배꽃
 아가씨의
꽃바람

배꽃
아가씨의
꽃바람

성희주 장편 소설

SCARLET ROMANCE STORY

C o n t e n t s

계 순번 20번. 다달이 50만 원씩 19개월을 부은 곗돈의 원금과 꼭지인 오야의 이자를 뺀 18명의 이자 5만 원씩을 보태서 타는 금액은 무려 1,040만 원이다.

순번 20번이었던 배순영 여사의 통장으로 그 돈이 입금되었다. 은행으로 직접 가서 만 원짜리 빳빳한 현금으로 인출한 후 엄지와 검지에 침 퉤퉤 묻혀 가며 1,040장의 지폐를 세는 것이 곗돈의 참맛이다. 하지만, 상황이 그러지 못해 아쉽기만 하다.

'그래 봐야 괜히 날치기 눈에 띄어 돈 날리는 수가 있지, 암. 하필 오늘 온천 여행이 잡힌 이유도 다 피 같은 그 돈을 보호해 주기 위한 신의 도움인 거야. 그런데 얘는 왜 이리 안 와?'

배 여사가 시간을 확인하는 순간 현관문을 여는 소리가 들렸다.

"선민이니?"

"응."

피곤한 기색으로 들어서는 딸을 반기기보다는 그녀의 양손에 들린 쇼핑백을 반가워하듯 배 여사의 시선이 쇼핑백에 꽂혀 있었다. 딸에게 어서 오라는 인사도 없이 순영은 선민의 양손에 들린 쇼핑백부터 얼른 받아 들었다.

"무슨 연애하러 가? 갑자기 웬 옷 타령이야?"

"그동안 산에만 다녀서 죄다 등산복밖에 없잖니. 봄바람 불기 시작했는데 칙칙하게 입고 갈 수도 없고. 야, 딸 둘 있는 엄마치고 나처럼 우중충한 여편네는 세상에 없을 거다."

"봄바람은 무슨? 이제 겨우 설날 지난 지 일주일도 안 됐구만."

"입춘 지난 지 열흘이다!"

딸이 가져온 쇼핑백을 뒤지더니 맘에 드는 붉은색 야상 점퍼를 꺼내 입은 배 여사가 거울로 앞태, 뒤태를 살폈다. 배 여사는 마치 선을 보러 가는 노처녀처럼 상기된 얼굴로 한껏 멋을 부리고 콧노래까지 흥얼거리며 짐을 꾸리기에만 바빴다.

옆에 있는 둘째 딸, 선민이 죽을상을 하고 앉아 있는데도 그런 딸의 표정은 눈에 들어오지도 않았다. 들어왔다고 해도 별 관심 없이 넘어갔을 것이다.

딸이 가져온 쇼핑백에서 니트 티 하나를 더 꺼내 짐 가방에 챙겨 넣고 나서야 가방의 지퍼를 잠그고 선민을 바라봤다.

"선민아, 너 심부름 좀 해라."

"무슨 심부름?"

"여기 이 통장에 천사십만 원이 입금돼 있거든."

"응? 천사십만 원?!"

시무룩하던 선민의 눈이 반짝였다.

"요 아래 으뜸은행에 가서 최 대리를 찾아. 그 대리하고 얘기 다 끝냈으니까 이 돈 찾아서 최 대리한테 주면 알아서 정기예금 으로 넣어 줄 거야. 이자하고 세금하고 이런 거 저런 거 따졌을 때 제일 수익 좋은 거라니까."

배 여사가 통장과 도장 그리고 신분증을 선민에게 건넸다.

"하여튼 은행 일 보고 나서 통장하고 도장하고 엄마 신분증은 집에 놓고 가. 아무 데나 놓지 말고 저기 싱크대 오른쪽 맨 위에 엎어진 냉면그릇 안에 잘 숨겨 놔야 해. 알았어?"

그래도 못 미더운지 배 여사는 싱크대 수납장 문을 열고 확인 시켜 주었다.

"여기에! 알았지?"

"응."

"나갈 때 문단속 잘 하고."

"알았어."

뜨거운 시선을 통장에 꽂은 채 선민은 건성으로 대답했다. 그런 그녀의 성의 없는 대답이 못마땅한 배 여사가 소리를 꽥 질렀다.

"야, 구선민!"

"또, 왜?"

"엄마 온천 여행 가는데 딸이 돼 가지고 가서 맛난 거 사 드시라고 용돈 좀 안 찔러 주냐?"

"아이고, 왜 이러셔? 딸보다 부자인 양반이 벼룩의 간을 내드시려고?"

"선아는 그 먼 미국에서도 용돈 하라고 잘도 보내 주는구만."

"아, 그럼 언니가 보내 준 돈으로 옷 사 입지, 왜 내 옷을 입고 가는데?"

"어우, 지독하게 짠 년."

"엄마 닮아 지독하게 짠 거거든! 그런 말 하면 엄마 얼굴에 침 뱉는 거야."

"못된 년. 하라는 거나 잘 해 놔. 은행 다녀와서 전화하고."

말을 길게 해 봐야 매일 싸움으로 번질 듯이 모녀의 대화가 거칠어진다는 것을 아는 배 여사가 가방을 둘러메고 현관문을 열었다.

"아, 그리고 배추 사다 놓은 거 있어. 그걸로 겉절이 좀 해 놓고 가. 마늘 너무 넣지 말고."

배 여사의 말에 선민의 입에서 한숨이 새어 나왔다.

"내가 말이야, 엄마. 어려서부터 밥 짓고 청소하고 설거지하고 이런 거 배운 건 후회가 안 되는데, 김치 담그는 거 배운 거는 정말 후회돼. 열일곱에 김치 담그기 시작해서 나이 서른 되고 독립해서까지 엄마 김치 담가 줘야 하는 줄 알았으면 안 배우고 안 했을 거야."

"아이고, 누가 보면 새엄마 밑에서 식모처럼 자란 줄 알겠네."

"새엄마가 아니라 친엄마가 식모처럼 부려 먹은 건 사실이지."

"그래서? 그래서 난 놀았냐? 네 입으로 들어간 거, 몸뚱아리에 걸치고 다닌 거, 교과서하고 학용품은 뭐 거저 하늘에서 떨어졌냐? 니들 입히고 먹이고……."

"알았어, 알았어. 다 엄마 덕이야. 일 절만 해. 아빠 없이 이렇게 잘 키워 줘서 고마워."

선민이 일어나 배 여사의 몸을 뒤로 돌려 현관 밖으로 밀어냈다.

"겉절이 마늘 아껴 넣고 기가 막히게 해 놓을 테니까 가서 즐겁게 놀다 오셔."

"나쁜 년. 꼭 제가 혼자 큰 줄 알고."

어깨에 있는 선민의 손을 매정하게 털어 버리고 배 여사는 거칠게 현관문을 닫으며 밖으로 나왔다.

"계집애. 용돈도 안 주면서 겉절이 좀 해 놓으랬다고 지랄은."

입으로는 투덜거리지만 배 여사의 입가에는 미소가 서렸다. 돈 천만 원이 생긴 날이니 오늘은 뭐든 웃으며 넘어갈 수 있다.

매년 설 지나면 가는 온천 여행이건만 이번 여행은 유난히 마음이 설레고 흥겹다. 온천은 아직 들어가지도 않았는데 피부가 매끈매끈해지고 예뻐진 기분이다.

콧노래를 부르며 동네 입구에 세워진 관광버스에 오를 때만 해도 배 여사는 남부러울 것 없이 행복하기만 했다.

온천에서 목욕을 끝내고 난 후의 저녁 식사 시간. 숯불에 구워지는 불고기 향에 사람들이 젓가락을 입에 문 채 군침을 흘리고 있었다. 하지만 배 여사는 지금 숯불 불고기가 문제가 아니었다. 선민과 연락이 닿지 않고 있는데 그 무엇이 눈에 들어오겠는가.

혹시 돈과 통장과 도장을 잃어버려 힘들게 모은 돈 천만 원을 날리는 사고를 낸 건 아닌지 걱정이다.

미국에 있는 큰딸 선아에게 연락을 해 보았지만 선아 역시 선민의 휴대폰이 연결되지 않는다는 말뿐이다.

"안 되겠어, 나 집에 가 봐야 할 것 같아. 먼저 올라갈게."

1박 2일 일정이었으나 배 여사는 저녁도 챙겨 먹지 않고 서울행 버스를 탔다.

'선민이 집으로 가는 게 나으려나? 아니야, 일단 집에 가서 통장하고 다 있는지 먼저 확인부터 하고. 아이고 이 계집애, 이거…… 천만 원 잃어버린 거면 어떡해?'

집을 향해 가는 내내 불길한 생각은 떨쳐지지 않았고 집에 도착해서 현관문을 여는 순간에는 피가 다 말라 없어진 기분이었다.

어둠만 가득한 거실 등을 빠르게 켰다. 혹시라도 집 어딘가에서 선민이 자고 있는 건 아닌가 싶어 안방부터 욕실까지 후다닥 살펴보았지만 딸의 흔적은 보이지 않았다.

심장이 발아래로 떨어지는 것 같았고 살이 떨려 왔다.

"도대체 애가…… 어떻게 된 거야?"

돈 천만 원에만 신경 쓰느라 선민이 잘못됐을 거라는 생각은 하지도 못했는데, 어디에도 선민의 흔적이 보이지 않자 갑자기 무서운 생각이 들었다.

이제 와 돈이 아닌 딸 걱정을 하면서도 배 여사는 자신만의 비밀창고라고 할 수 있는 싱크대 오른쪽 맨 위에 엎어진 냉면대접 안으로 손을 넣었다.

무언가 잡혔다. 다행이라는 생각이 끝나기도 전에 배 여사가 그 안에서 꺼낸 것은 딱지 모양으로 고이 접혀 있는 쪽지였다.

'설마, 설마……'

쪽지를 읽은 배 여사의 얼굴이 일그러질 대로 일그러졌고, 손은 심하게 떨고 있었다.

"이, 이, 이…… 구선민, 네 이년!"

절규에 가까운 배 여사의 비명과 울음소리가 아무도 없는 온 집 안을 흔들었다.

「어머니께.

먼저 죄송하다는 말씀부터 드리겠사옵니다. ㅠ·ㅠ

어머니께서 이 돈을 어떻게 모으셨는지 누구보다 잘 아는 소녀가 이렇게 홀랑 가지고 튀는 게 무척이나 마음 아프옵니다.

하지만! 어머니, 약속드리겠사옵니다.

딱 3개월 후, 이 돈의 원금과 함께 3부로 3개월 치 이자까지 얻어서 어머니께 내놓을 테니 이번 한 번만 눈감아 주시옵소서.

절대 어머니께서 손해 보는 일은 없사오니 지금 당장 눈이 뒤집어지시고 함께 속도 뒤집어지시겠지만, 그래도 딸을 위해 딱 3개월만 참고 기다려 주시면 후사하겠사옵니다. 어머니.

사랑합니다, 내 어머니이신 배순영 여사님! I LOVE YOU.」

우습지도 않은 쪽지 한 장만 덩그러니 남긴 채 딸은 천만 원이 들어 있는 일곱 번째 정기예금 통장을 가지고 튀어 버렸다.

딸이지만 자신의 재산을 그런 식으로 강탈한 것은 용서할 수 없는 중죄다.

"구선민, 너 내 손에 잡히기만 해 봐! 아주 머리털을 다 밀어서 절로 보내 버릴 테니까! 이 나쁜 년!"

1. 날벼락(1)

　서울 톨게이트를 벗어난 시외버스는 한 시간도 되지 않아 안성 톨게이트를 통과해 평택 방향으로 들어서고 있었다. 새로 지은 아파트들과 상가 건물들이 즐비한, 신도시 모양을 갖춘 그곳을 15분 정도 지나면 언제 그런 도시가 있었냐는 듯 논과 밭이 펼쳐진 평야가 나온다.

　그 푸른 대지를 보자 선민의 가슴이 콩닥거렸다. 그리고 조심스럽게 가방에서 서류 하나를 꺼내 다시 한 번 확인했다.

　등기필정보 및 등기완료통지서.

　바로 그녀가 산 땅문서다. 권리자에 그녀의 이름 구선민이 있고, 그 아래 쓰인 주민등록번호와 주소는 그녀의 것이었다. 예전과 다르게 등기권리증서가 아닌 등기필정보 보안 스티커가 붙어 있지만 어쨌거나 천 평 가까운 과수원이 자신의 것이 되었다는 증거의 문서다.

더럽고 치사했던 5년간의 직장생활을 견디며 모은 피 같은 돈에 불법자금(?)을 보태 구입한 배 과수원이다. 지금은 비록 작은 과수원에 불과하지만 두 달 후면 공단 개발이 발표될 것이고 그때가 되면 금 과수원이 될 거라는 말을 듣고 샀다. 어린 나이에 부동산 투자로 재벌이 된 친구, 지혜의 말이라 그 믿음은 확실했다.

과수원 뒤로는 텃밭 딸린 작은 집이 있어 그 집까지 함께 매입을 하였으니 자신의 명의로 된 땅과 집이 있는 지금, 그 누구도 부럽지 않았다.

'개발 계획이 발표되면 기본적으로 두 배는 올라갈 거고, 공단 개발이 본격적으로 착수되면 그 이상 더 올라갈 거야. 그때 보상받으면 그야말로 돈방석에 앉는 거지. 그러니까 집 산 거 대충 도배, 장판 해서 들어가 살아. 그래야 나중에 보상받을 때 문제가 안 돼.'

지혜의 말을 떠올린 선민은 등기서류를 소중하게 다시 가방으로 넣었다.

어느새 터미널에 도착했고 선민은 자신이 구입한 집까지 가기 위해 택시를 잡아탔다. 버스가 안 다니는 곳은 아니었지만 한 시간에 한 대씩 다니는 버스 시간을 맞추기 어려울 것 같았다.

"아저씨, 이화리 15번지요."

택시기사는 내비게이션도 찍지 않고 그대로 차를 몰기 시작했다.

"아저씨, 이화리 15번지가 어디인지 아세요?"

"15번지는 몰라도 이화리야 다 거기서 거기니께."

안다는 건지, 모른다는 건지 애매한 대답을 했지만, 기사는 잘 아는 길을 가는 것처럼 망설임 없이 터미널의 택시 정류장을 벗어나 좌회전을 하고 또다시 우회전을 한 후 직진했다.

그렇게 달린 지 5분도 안 되어 양쪽으로 배나무들만 보이는 과수원 마을의 시골길로 접어들었다.

온통 배나무밖에 보이지 않는 바깥에는 차도 사람도 보이지 않았다. 과연 사람이 사는 마을이 있는지 의구심이 들 정도다. 하지만 간혹 도로 옆으로 나 있는 길 안쪽으로 여러 채의 집들이 옹기종기 모여 있는 모습이 보였다.

"아저씨 저 골목 입구에서 세워 주세요."

10분도 안 되는 길을 막힘없이 달려왔지만 택시비는 만 원이나 나왔다.

뭔가 속은 것 같지만 왠지 시골의 택시 요금 시스템이 원래 이런 것 같아 말없이 지불했다.

택시가 멀어지고 선민은 마을을 휘둘러보았다. 시골의 정겨움보다는 삭막함과 낯섦이 느껴졌다. 그래도 선민은 괜찮았다. 땅값만 오르면 떠날 마을이기에 정겨움이 느껴지지 않는다고 해서 불편할 필요는 없었다.

아스팔트가 아닌 시멘트 골목길을 천천히 걸어 100m 정도 지나자 흙길이 나왔다. 딱 차 한 대만 다닐 수 있는 길에 접어들자,

흙길 끝에 그녀의 희망이자 미래이자 흥부의 박과 같은 그녀의 집과 과수원이 보였다.

외관만 보자면 주황색 기와에 하얀 외벽이 무척이나 초라해 보이는 집이다. 하지만 선민의 눈에는 웬만한 별장이나 펜션보다도 좋아 보였다. 앞으로 이 집의 가치가 별장이나 펜션보다 더 크게 뛸 걸 알기에.

기와의 색깔과 전혀 어울리지 않는 진초록의 철 대문 앞에 도착한 선민은 대문을 뒤로하고 전방에 시선을 두었다.

넓게 펼쳐진 배 과수원, 그곳이 그녀의 땅이다. 뒤에 있는 농가는 물론이고.

'하얀 배꽃이 피면 정말 장관이겠다.'

뿌듯하고 설레는 마음으로 잠긴 대문을 열고 안으로 들어갔다.

돈방석에 앉고 싶은 간절함에 지혜의 말대로 집 안을 손보고 이사를 했지만 농가 주택의 불편함이나 누추함은 사라지지 않았다. 그리고 막상 집 안으로 들어와 보니 혼자 이곳에서 지낸다는 게 생각보다 무서웠다.

미리 옮겨 놓은 세간이 없었다면 썰렁해서 안으로 들어가지도 못했을 것 같다. 그녀가 늘 사용하던 소파와 바닥에 깔린 사랑스러운 그린 컬러의 러그가 그녀를 반기듯 거실에 자리를 잡고 있었다. 그 반가운 물건들을 보고 나서야 선민은 거실로 들어올 수 있었다.

'두 달을 여기서 혼자 견딜 수 있을까?'

내 집과 내 땅을 장만했다는 뿌듯함도 잠시, 낯선 집과 혼자 있을 밤 시간이 두려움으로 다가왔다.

[집 등기권리증은 내일 가져다줄게.]

지혜에게서 문자가 들어왔다. 토지권리증은 받았지만 집에 관한 권리증은 좀 늦어지는 것 같다더니 다행히 이사 시점에 맞춰 나왔나 보다.

'정원이보고 같이 살자고 할까?'

지혜보다 오래된 우정으로 서로에 대해 모를 게 없는 친구가 정원이다. 정원과 함께 지내면 좋겠지만 일본으로 출장을 밥 먹듯 가야 하는 이유로 공항 근처에 사는 그녀에게 이 시골구석으로 내려오라는 것은 무리였다.

'아니면 방 하나 남는데 하숙이나 칠까? 근처에 대학도 있으니까……. 너무 구석이라 안 오려나?'

이러저런 고민과 생각으로 시골로 내려온 첫날은 생각보다 많이 힘들었다.

그리고 다음 날, 일이 터졌다.

외딴 집에서 밤을 보내는 건 생각보다 쉽지 않았다. 쉽게 잠들지 못한 채 밤새 컴퓨터로 영화를 보며 두려움을 견뎌 냈고 새벽녘이 되어서야 잠을 잘 수 있었다. 하지만 그녀가 눈을 뜬 시간은 5시간도 채 못 잔 오전 10시쯤이었다.

대충 씻고 나온 선민은 커피 한 잔을 가지고 과수원으로 나왔다.

"꽃 피우고 새 우는 봄이 오면 여기에 파라솔 달린 테이블 하나 놔야겠다. 커피 마시게."

선민은 상상만으로도 행복한 미소를 지으며 시간을 확인했다.

'언제쯤 오려나?'

지혜를 기다리며 다시 집으로 들어가려는데 멀리서 커다란 용달차 하나가 들어오고 있었다.

"뭐지? 설마 지혜가 짐 싸 들고 내려왔나?"

계속해서 혼자 무서운 밤을 보낼 생각에 걱정이 많았는데 지혜가 이곳에서 살기 위해 내려온 것이라면 이보다 더 좋을 수는 없다고 생각했다. 그런데 그 순간, 집 앞에 도착한 용달차에서 내린 주인공은 지혜가 아닌 곱게 나이 드신 것 같은 중년의 여인이었다.

"누구세요?"

"그러는 아가씨는?"

"저는 여기…… 이 집 주인인데요."

선민이 자신의 집을 가리키며 주인임을 밝혔다.

"이 집 주인? 이 집 주인은 난데?"

서로가 어이없어하는 시선이 오갔다.

"뭔가 잘못 아신 거 아니에요? 요 앞에 과수원하고 이 집하고 제가 샀어요. 제가 주인이에요."

"아니, 아가씨. 이 집하고 과수원 내가 샀어. 내가 주인이야. 이거 봐, 이거 집문서거든? 봐 봐, 권리자 이름이 장수희로 되어 있지? 장수희가 나야, 나. 지금 무슨 말을 하고 있는 거야? 그리고 저 앞에 있는 땅도 내가 샀어. 여기 계약서."

"저는 저 땅 땅문서를 가지고 있거든요. 여기 구선민이 저예요."

서로 여기가 자기 집이고 자기 땅이라고 우기는 것도 잠깐이었다. 선민은 지혜에게 연락을 취했지만 닿지가 않았고, 수희라는 중년의 여인도 땅과 집을 중개해 준 업자에게 전화를 해 봤지만 연락이 닿지 않는 모양이었다.

"육촌 조카가 소개해 주고 다 해 줬단 말이야."

불안한 수희의 목소리에 선민의 목소리도 불안해졌다.

"저도 신원 확실한 친구가 해 준 거예요."

하지만 두 사람의 머리에는 슬슬 '사기'라는 단어가 떠올랐다.

결국 경찰서와 등기소를 함께 다니며 알아본 결과, 등기부는 이상 없는 진본이라고 했다. 그러니 결과적으로 선민은 땅 주인이고 수희는 집주인인 것이다.

그리고 그 과정에서 선민도 수희도 시세보다 두 배 이상의 높은 가격으로 땅과 집을 구입했다는 것도 알았다. 인정하고 싶지 않지만 '사기'가 맞았다.

"아이고, 이걸 우리 아들이 알면 난 죽는데……."

"우리 엄마가 알면 저는 머리 깎여요. 엉엉엉."

집으로 돌아온 두 사람은 그렇게 하염없이 울어야만 했다.

❀❀❀

혼자 있었던 첫날밤과 다르게 누군가와 함께 있으니 외롭거나 두렵지 않아야 정상인데 그렇지도 않았다. 귀신보다 사람이 더 무섭다고 하더니 친구 지혜가 이런 식으로 자신의 뒤통수를 칠 줄은 몰랐다. 너무 쉽게 세상과 사람을 믿었다는 후회로 인해 속이 터질 것 같다.

TV 드라마나 뉴스에서만 접해 오던 '사기'라는 것을 직접 당하고 나니, 하늘이 무너져 내린 것 같은 심정에 오늘도 빈속에 커피만 세 잔째 들이켜고 있는 중이다.

그 심정은 수희도 마찬가지니, 땅이 꺼질 것 같은 한숨이 수희에게서 나왔다.

"우리 이제 어쩌지?"

같은 집과 같은 땅으로 사기당한 처지가 같고, 함께 보낸 일주일 동안 정이 들어 남 같지 않은 사이가 되어 버린 수희가 선민에게 물었다.

"글쎄요. 휴우, 진짜 뭘 어떻게 해야 할지 모르겠어요. 정말 울고만 싶어져요."

일이 터지고 바로 지혜를 미친 듯이 찾아다녔다. 그러나 이사하던 날까지 연락이 되던 전화는 이미 해지된 상태였고, 살던 집도 벌써 처분되어 다른 사람이 살고 있었다.

사기죄로 고소할까 알아봤지만 연고지가 불분명하고 주민등록

번호도 모르는 지혜를 고소하기는 쉽지 않다고 했다. 제일 문제는 그렇게 고소해도 잡힐 가능성이 높지 않고, 잡힌다고 해도 잃어버린 돈을 찾는다는 것은 불가능하다는 것이다.

자신의 뒤통수를 친 지혜가 때려 죽이고 싶을 만큼 밉고 어떻게든 콩밥을 먹이고 싶은 심정이지만, 날려 버린 돈을 찾을 수 없다면 그렇게 미워하는 것도 의미가 없다.

'그 돈이 어떤 돈인데…… 그 돈이…….'

5년 동안 힘든 직장 생활을 버티며 모아 온 피 같은 돈과 원룸 전세를 뺀 돈만으로 땅과 집을 산 게 아니다. 물론 은행 대출금도 들어가 있다. 당장 그 이자를 내야 하는 것도 문제였다.

하지만 가장 그녀의 마음을 힘겹게 하는 건 엄마의 곗돈 천만 원이다.

은행에 예금으로 넣으라고 그녀에게 맡긴 돈을 홀라당 가지고 튀어 모자란 잔금을 처리하고, 남은 돈은 낡은 집의 도배와 장판, 그리고 화장실을 고치는 등 집 수리비로 날렸다.

두 달만 버티다가 공단 개발 계획 발표가 나고, 땅값과 집값이 오르면 위풍당당하게 찾아가 배 과수원이 아닌 금 과수원의 땅문서를 내밀려고 했다. 돈 좋아하는 배 여사가 자기 돈 가지고 튄 딸이 시간이 지날수록 돈이 되는 금 과수원을 가져다 바치면 그녀를 어여삐 봐 줄 거라 생각했는데.

"조만간 우리 아들 돌아올 텐데……. 가게 팔고 집 판 돈으로 사기당한 거 알면 인연 끊자고 할 텐데. 아이고, 죽겠네, 죽겠어."

수희 역시 이곳에 공단이 들어선다는 육촌 조카의 달콤한 유혹에 빠져 무조건 사고 봤다고 한다. 게다가 어쩜 그렇게 사고도 선민과 똑같이 쳤는지. 수희는 집 팔고 가게를 판 돈에 아들 이름으로 되어 있는 만기 예금을 찾아 보탰다고 했다.

게다가 선민이 엄마인 배 여사를 무서워하는 것만큼 수희는 아들을 끔찍하게 두려워했다.

"아드님이 그렇게 무서우세요?"

"말도 마. 차갑기가 북극 얼음보다 더할 거야. 차갑기만 해? 눈에 힘 한번 주면…… 아들이지만 내 오금이 다 저려."

선민의 머릿속에 그려지는 수희의 아들은 조폭의 모습이었다. 깍두기 헤어스타일에 목과 팔목에 누런 황금 체인 목걸이와 팔찌를 칭칭 감고 검정 정장을 입고 있는, 인상 더러운 조폭의 일원이 분명하다. 그렇지 않으면 아들을 저토록 두려워할 이유는 없을 것 같았다.

선민과 수희에게서 나오는 무거운 한숨이 집 안을 가득 채우고 있을 때였다.

"계십니까?"

문밖에서 남자의 목소리가 들렸다.

"아이고, 깜짝이야!"

남자의 목소리를 아들의 목소리로 착각한 수희가 거의 경기에 가까울 정도로 놀랐다.

"누, 누구세요?"

덩달아 놀란 선민도 말을 더듬으며 물었다.

"마을 이장입니다."

"아, 예."

선민이 밖으로 나가 대문을 열자, 그곳에는 촌 동네 마을 이장이라고 볼 수 없을 만큼 지적인 분위기의 중년 남자가 서 있었다. 마치 대학 교수와도 같은 그 분위기로 인해 삭막하고 무서웠던 마을이 갑자기 훈훈한 인심이 넘치는 마을로 생각되기 시작했다.

"이 집에 새로 이사 오신 분 맞으시죠?"

"네."

"그동안 비어 있던 집에 이사를 오셔서 신경 쓰고 있었는데, 전입신고도 안 되어 있는 것 같고 타지에서 오신 것도 같고……. 또 한 마을 살면서 모르는 척 지내는 게 여기서는 쉽지가 않거든요. 그래서 이장인 제가 먼저 찾아왔습니다."

"아, 그러세요. 이사는 왔는데 저희가 사정이 좀 있어서……."

"누가 오신 거야?"

이곳에 정착해서 살 마음도, 상황도 아니기에 무어라 대답해야 할지 몰라 머뭇거리는 순간, 수희가 밖으로 나왔다.

"어머니신가 봐요?"

선민에게 물은 이장의 눈길이 안에서 나온 수희에게 향했다.

"안녕하십니까? 이 마을 이장입니다."

"아, 네. 안녕하세요."

분명 마을 이장과 새로 이사 온 마을 주민과의 인사일 뿐인데 선보러 나온 중년 남녀의 쑥스러움 같은 것이 느껴졌다.

"따님께 대충 말씀은 드렸습니다만, 앞으로 한 마을에서 사실 거 아닙니까? 이곳은 도시와 달라서 이웃과의 교류 없이는 지내기 힘듭니다. 그래서 인사도 하고 이런저런 우리 마을 돌아가는 이야기도 해 드릴 겸 해서 겸사겸사 찾아왔습니다."

"그러세요? 그럼 안으로 들어가시죠? 바람도 찬데 문밖에서 이러시지 말고."

"실례가 안 된다면……."

아들에 대한 두려움에 어둡기만 했던 수희의 얼굴에 화색이 돌았다.

선민과 그녀가 이사 온 이유는 사실 투기가 목적이었으니 이장과 할 말이 뭐 있겠는가. 하지만 수희는 이장을 집 안으로 들였다.

거실에 이장을 앉혀 놓고 직접 커피를 타서 찻상에 곱게 받쳐 내오는 모습이 수줍은 새색시 같다. 당장 하늘이 무너질 것 같은 얼굴로 한숨만 푹푹 내쉬던 어두운 얼굴은 찾아볼 수 없었다.

일주일 동안 보아 온 정 많고 마음 약한 모습이 소녀 같기는 했지만, 점잖아 보이는 마을 이장의 모습에 얼굴이 발그레해질 정도로 소녀 감성이 풍부할 줄은 몰랐다.

"농사를 지을 생각으로 오신 겁니까?"

"……그럴 생각으로 내려왔는데…… 사정이 생겨서 다시 급하게 땅하고 집을 팔아야 될 것 같아요."

"아, 그렇습니까? 무슨 사정이시길래……. 서울에서 오셨습니까?"

"네."

"저도 서울에서 교직에 있었습니다. 퇴임 전에 아내와 사별하는 바람에 고향인 이곳으로 일찍 내려왔죠. 처음엔 낯설고 외롭고 힘들었는데 이제는 여기를 떠나서 살 수가 없더라구요. 무슨 사정인지 몰라도 여기에서 마음 붙이고 사시면 좋을 텐데."

"아, 그러세요? 그럼 지금 혼자……?"

"아들 녀석이 둘 있기는 하지만 다 서울에 있고, 주말마다 내려와서 일 도와주고 갑니다. 혼자 지내는 게 외로울 것도 같지만 마을 분들 인심이 워낙 좋아 그렇게 외롭지는 않습니다. 오히려 서울 살 때보다 더 즐겁고 활기찹니다."

갈수록 대화의 내용이 묘해지고 있었다. 이장과 새로운 마을 주민의 대화가 아닌 서로의 신변에 대한 대화로 두 사람의 분위기가 이상한 쪽으로 무르익어 가고 있었다.

수희는 선민과 같이 땅과 집을 부동산에 내놓은 상태라 이곳에 정착할 생각도 계획도 없다. 그런데도 두 사람은 오래 볼 사람처럼 살가운 대화를 나누었다.

옆에 있던 선민은 자리를 피해 자신의 방으로 들어왔다.

'저 아주머니는 속도 좋으시네. 방금까지도 아들 무섭다고 벌벌 떨더니 금방 발그레해져서. 아이고, 내가 지금 남 얘기 할 때가 아니지. 그냥 엄마한테 두 손 들고 들어가 싹싹 빌까?'

하지만 그럴 수는 없다. 용서를 빌기도 전에 무시무시한 형벌이 가해질 것이다. 등으로 쏟아지는 매서운 손 매는 물론이고 머리가 그대로 빡빡 밀려 나갈 수도 있다.

일례로 그녀의 언니 선아가 명품 가방을 사겠다고 몰래 노래방 도우미를 나간 적이 있었다. 그걸 들킨 선아의 머리는 배 여사에 의해 빡빡 밀려 나갔었다. 그 정도로 그녀의 엄마 순영은 자신의 마음에 들지 않으면 무섭게 화를 내는 성격이었다. 한마디로 무서운 불 아니면 차가운 얼음이다. 그만큼 활활 태워 버리거나 꽁꽁 얼려 버린다.

그런데 순영이 세상에서 딸 이상으로 좋아하는 돈을 가지고 몰래 튀었으니 과연 머리만 밀려 나갈까? 아마 다리까지 분질러질 것이다.

차라리 스스로 머리를 밀고 산으로 들어가는 게 더 쉽고 나은 일일지 모른다.

'이번 달 카드 값 빠져나가면 당장 먹고살 돈도 없는데, 어쩌지? 남지혜 너 내 손에 잡히기만 해 봐. 내가 널 살려 두면 인간이 아니다.'

그때 선민의 전화벨이 울렸다. 돈을 가지고 튄 날부터 수시로 걸려 오는 배 여사의 전화 때문에 거의 노이로제에 가까울 정도로 무서운 소리가 돼 버린 휴대폰 벨소리였다.

지혜의 소식이 들려올까 싶어 차마 꺼 놓을 수 없어 켜 놓고는 있었지만, 매번 걸려 오는 전화는 배 여사 아니면 선아였다. 끈질

기게 걸려 오는 전화를 더 끈질기게 받지 않자 배 여사도 선아도 포기했는지 엊그제부터 전화가 오지 않았다.

그런데 다시 울리는 휴대폰 벨소리가 선민의 심장을 강하게 긴장시켰다. 다행히 발신인은 정원이었지만 혹시나 배 여사가 정원의 휴대폰을 빌려 전화를 걸어 온 게 아닌가 싶은 마음에 쉽게 받지 못했다. 배 여사는 정원의 전화번호를 모르는데도 말이다.

"여보세요? 구선민 씨 휴대폰입니다."

선민은 만약에 사태에 대비해 살며시 목소리를 변조해서 전화를 받았다.

— 여보세요? 누구세요?

다행히 정원의 목소리가 들려왔고 그 목소리가 반가워 선민은 울먹이며 제 목소리를 냈다.

"정원아, 나야."

— 뭐야? 너 지금 뭐 한 거야? 시골로 내려가더니 할 일이 더럽게 없나 보지? 구선민 씨 휴대폰은 무슨, 장난하냐?

"차라리 장난이면 좋겠다. 정원아…… 나 어떡하지? 나 이제 어떡하냐고?"

심상치 않은 선민의 목소리에 정원도 덩달아 심각해졌다.

— 왜? 너 왜 그래? 무슨 일 있어? 그러게 아무리 촌이라지만 혼자 사는 거 위험하다고 했잖아!

신변에 무슨 사고가 터진 줄 알았는지 걱정과 놀람이 담긴 정원의 목소리가 심하게 떨렸다.

"그게 아니고…… 나…… 남지혜 그 계집애한테 사기당했어. 이거…… 과수원하고 집하고 다 사기였어! 어떡해?"

— 뭐? 뭘 당해? 사, 사기?

"지금 내가 사는 게 말이 아니다."

— 내가 걔 이상하다고 했잖아! 요새같이 부동산 경기가 안 좋은 때에 부동산 투자로 그렇게 한순간에 떼부자가 되겠어? 말이 안 되는 것 같다고 그렇게 내가 이상하다고 할 때는 귓등으로 안 듣더니……. 이제 어떡할 거야?

"별것 없던 애가 외제차 끌고 다니고 강남 주상복합에 사니까……. 에휴, 이제 와 그걸 말하면 뭐해? 그래, 다 내 잘못이지. 다 내 죄지."

— 야, 너! 너 거기에 네 엄마 돈 훔쳐다가 넣지 않았어?

"그래서 죽겠는 거야. 정말 크게 인생 공부 했다 넘기고 싶은데…… 엄마 돈 때문에……. 엄마한테 가지도 못하고 이 시골 촌구석에서 죽지 못해 살고 있다. 그래서 말인데, 일단 엄마 거 이자라도 벌어서 갚으려고 하거든. 당분간 네 오피스텔에서 지내면서 직장 잡고 밤에는 알바 뛰고……."

— 저기, 선민아…….

자신의 말을 다 듣지 않고 중간에서 자르는 정원의 목소리가 수상쩍었다. 당연히 오라는 말이 나와야 하는데 당황한 듯 더듬거리는 친구의 말투에 불안함이 엄습해 왔다.

"왜? ……안 돼? 그냥 잠만……."

— 아니, 그게…….

15년을 함께한 사이다. 모질고 억척스러운 엄마와 이기적이고 새침한 언니로 인해 마음 붙일 곳 없던 자신의 옆에서 가족보다 더한 정과 마음으로 함께한 친구. 선민이 아는 정원이라면 지금 그녀가 부탁하기 전에 나서서 도와주어야 정상이었다. 그런데 뭔가 자꾸 피하려 하는 눈치다. 이제는 불안함에서 서운함으로 그 감정이 바뀌려 하고 있다.

— 사실은 선민아……. 집에 누가 와 있어.

"누구?"

— 친구.

우물쭈물 사정을 설명하는 말을 듣고서야 선민은 정원이 사내 커플로 만나고 있는 남자인간과 동거에 들어갔다는 사실을 알게 되었다. 정원이 동거를 한다는 사실이 충격이어야 정상이다. 그런데 그런 정원의 사정보다 희망이었던 친구가 절망적인 결과를 만들어 냈다는 사실이 더 힘들고 충격이었다.

"그래, 알았어. 잘해 봐."

— 기운 내.

정원과 통화를 끝내고 나자 영혼이 빠져나간 것처럼 맥이 풀렸다.

'결국엔 땅이 빨리 팔리는 것만이 해결책인가? 다른 방법은 없는 걸까. 땅이 안 팔리면 그때는 또 어떡하지.'

한숨만 내쉬며 깊은 시름에 빠져 있을 때 마을 이장이 나가는 소리가 들렸다. 좁은 방에 있어 봐야 답답하기만 하고 또 한 잔의 커피가 생각나 선민이 거실로 나왔다.

"마을 인심이 나쁘지 않은 것 같아 다행이야. 그렇지, 선민이?"

"뭐……. 이장님께 땅하고 집을 살 사람이 있나 알아봐 달라고 하시지 그랬어요. 이장님이면 이곳 사람들 사정을 잘 알고 계실 텐데 혹시나 과수원을 더 늘릴 마을 사람이 있을지 모르잖아요."

"살짝 떠봤는데 젊은 사람들이 없어서, 가지고 있는 땅으로 농사짓기도 힘든 사람들이 많다나 봐. 오히려 가끔 귀농을 꿈꾸며 내려오는 젊은 사람들이 있는데 그쪽으로 알아보는 게 더 빠르고 낫다더라고. 우리도 그렇게 귀농을 꿈꾸고 내려온 사람인 줄 알고 도와줄 테니까 땅 팔지 말고 여기서 정착해 보라고 오히려 나를 설득하던데."

상황은 자꾸 땅과 집이 팔리지 않는 쪽으로 흘러가고 있었다. 선민의 마음도 점점 희망이 사라지고 절망으로 흘러갔다. 하지만 딱히 이곳을 벗어날 방법도, 자금도 없으니 수희의 말대로 동네 인심이라도 좋아 다행이라면 다행인 것이다.

"이거 안 팔리면 우린 이제 어쩌죠?"

함께 지내는 일주일 내내 오가던 대화가 다시 이어졌다. 그래 봐야 딱히 답도 나오지 않는데 매일 매 순간을, 어떻게 할 거냐는 말만 나누고 있다.

다만 조금 달라진 게 있다면 이젠 한배를 탄 공동 운명체인 것처럼 두 사람이 함께 헤쳐 나갈 방법을 고민한다는 것이다.

"이 집하고 과수원이 팔릴 때까지 여기서 지내야지. 방법이 없잖아."

"과연 집하고 과수원이 팔릴까요? 우리가 당한 것처럼 사기로 팔지 않으면 살 사람이 없을 것 같은데."

"그러게 말이야. 아이고, 참."

둘의 한숨 소리가 거실을 채우기 시작할 때 수희의 휴대폰 벨이 울렸다.

"엄마야! 어떡해? 이걸 어떡해? 아이고!"

휴대폰으로 발신인을 확인한 수희가 쩔쩔매기 시작했다. 요란하게 울려 대는 휴대폰을 받을 생각은 하지 않고 혼자 호들갑을 떨던 수희는 전화가 한 번 끊어지고 난 뒤 다시 울리고 나서야 전화를 받았다.

"동우니? ……아이고 엄마가 이사를 하느라고 네가 도착하는 날을 깜빡했어. 미안하다. ……이사? 어, 그게 그렇게 됐어. 자세한 건 만나서 얘기하자. ……아니야, 아니야. 그런 거 아니야. 시골로 내려왔어. 이젠 좀……. 그래, 그래. 만나서 얘기하자. 여기 주소? 여기가……."

휴대폰으로 통화를 하고 있는 상태에서도 얼굴색까지 흙빛으로 변한 수희가 상대에게 쩔쩔매고 있었다. 통화 내용으로 보아 상대는 아들인 것 같은데, 아들이 아닌 빚쟁이에게 굽실거리는 모양새였다.

"주소가 말이지……."

선민은 수희가 주소를 모르는 것 같아 종이에 적어서 보여 주었다. 그러나 당황한 수희는 적어 준 그 주소도 쉽게 말하지 못해 우물쭈물했다.

"찾았어, 찾았어. 여기가 어디냐면……."

어렵게 주소를 말해 주고 통화를 끝낸 수희가 그 자리에 주저 앉았다. 넋이 나간 것 같기도 하고 겁을 집어먹은 것 같기도 했다.

"왜 그러세요? 혹시…… 아드님?"

하얗게 질린 수희의 모습은 아들에게서 온 전화를 받은 게 맞나 싶을 정도로 안쓰러웠다.

"어떡하지? 아이고 선민이, 나 좀 살려 줘. 응? 아이고 나 어떡하냐고."

"왜요? 아드님이 사기당한 거 알았어요?"

수희가 정신이 나간 사람처럼 안절부절못하고 있으니 선민 또한 당황스럽고 정신이 없었다.

"아니. 아직 그건 몰라. 오늘 막 돌아왔는데 어떻게 알겠어?"

"어디서 돌아와요? 어디 나가 있었어요?"

"응. 우리 아들 해군 장교야. 청해부대라고 아나? 해적 잡으러 외국에 나가는 해군 부대. 거기 소속으로 파병되어 나갔다가 돌아왔어."

조폭일 거라는 선민의 예상은 한참이나 빗나갔지만, 그래도 조폭에 비교될 만한 폭군 장교일 거라는 상상은 버리지 못했다.

"내일 여기로 온다고 하면 뭐라고 하지? 왜 멀쩡한 집하고 가게를 팔고 이리로 왔냐고 하면 뭐라고 해? 뭐라고 해야 얘가 믿을까?"

"글쎄요. 그걸 알면 저도……."

배 여사를 피해 이렇게 숨어 살지는 않을 텐데.

수희를 따라 선민도 함께 고민하기 시작했지만 그 해답은 쉽게 나오지 않았다.

"그냥 농사짓고 싶어서 내려왔다고 할까 봐. 이 시골에 내려올 이유는 그것밖에 없으니까."

"아줌마 혼자서요?"

"아니, 선민이하고."

"네? 저하고요?"

"선민이는 귀농을 생각하고 있다가 과수원을 사서 내려왔고, 난 선민이 따라 집을 사서 내려왔다고 하자. 우리 둘이 배 과수원을 해 보려고 그렇게 의기투합해서 내려왔다고."

"아줌마 아드님 무섭다면서요? 게다가 해군 장교가 그런 단순한 거짓말에 쉽게 넘어가겠어요?"

"사기당했다고 할 수는 없잖아. 그리고 우리 애가 여기서 살 것도 아니니까 휴가 기간 동안만 어떻게 잘 넘기면 될 거야. 그러니 며칠 그냥 농사짓는 흉내만 내 보자고. 응?"

"뭘 알아야 흉내도 내죠!"

"이장님! 이장님이 있잖아. 뭐든, 언제든, 궁금한 게 있으면 부담 갖지 말고 물어보라고 하셨어. 그리고 이장님이 여기서 농사짓고 사는 것도 괜찮다고 했으니까 찾아가서 물어봐도 이상할 게 없을 거야."

말이 되는 건지, 안 되는 건지 선민은 알 수가 없었다. 과연 그 단순한 거짓으로 북극 얼음보다 더 차갑다는 해군 장교의 눈을 속일 수 있을지……. 하지만 겁에 질린 수희의 절박함이 어떤 것인지 알기에 해군 장교를 속이는 일에 동참해 주기로 했다.

다음 날, 선민과 수희는 방구석에 앉아 한숨으로 답도 없는 문제를 걱정하던 다른 날들과 다르게 분주했다.

한숨과 고민으로 하루하루를 보내느라 먼지가 쌓인 집을 구석구석 청소했다. 다음에는 먼 타국의 바다에서 고생하고 왔을 수희의 아들을 위한 음식 준비로 바빴다.

"아이고, 그런 것도 할 줄 알아? 야무지게 잘 하네."

수희를 도와 오징어를 손질하는 선민의 손놀림을 보고 수희가 진심 어린 칭찬을 건넸다. 그런 칭찬은 순영에게선 들어 보지 못한 것이었다. 늘 주방 살림을 도맡아 했어도 청소나 빨래를 제대로 하지 못한다는 타박만 들었지, 잘 하는 것에 대한 칭찬은 들어 본 기억이 없다.

선민은 수희의 따뜻하고 진심 어린 말 한마디에 가슴이 먹먹해 왔다.

"계십니까?"

듣기 좋은 젊은 남자의 목소리가 밖에서 들려왔다.

수희의 하얗게 질려 가는 안색을 보자 그 목소리의 주인공이 누구인지 쉽게 알 수 있었다. 이내 선민도 척추를 타고 찌릿한 전기가 흐르는 기분이 들었다.

저승사자가 자신의 이름을 부를 때 이럴까 싶은 마음에 괜히 등골까지 오싹해지는 것 같았다. 수희의 아들을 본 적 없는 선민도 이 정도인데 앞에 앉은 수희는 오죽할까. 이미 수희의 얼굴은 핏기가 가셔 있었다.

마음의 준비를 하고 있었지만 막상 목소리를 듣고 나니 몸과 마음이 경직되어 갔다.

"동우니?"

두 눈을 감은 채 무거운 한숨을 내쉬던 수희가 모든 걸 체념한 사람처럼 현관을 열고 밖으로 나갔다.

밖으로 나가서 인사를 해야 하는지, 아니면 자신의 방으로 숨어들어 가야 하는지 갈피를 잡지 못하고 선민이 우왕좌왕할 때였다.

"미안해, 미안해. 엄마가 너무 정신이 없었어."

"괜찮습니다. 이사 잘 끝내셨으면 됐습니다."

쩔쩔매는 소리를 하며 수희가 들어오고 그 뒤로 아들이 들어왔다.

그런데, 어라? 수희 아줌마 아들 좀 보소.

아무리 해군 장교라고 하지만, 분명 듣기로는 무섭고 살벌하기가 조폭만큼이나 두려운 인물이었다. 하지만 조폭처럼 인상이 더럽지 않다.

오히려 이목구비가 또렷한 얼굴에서 부티와 귀티가 좔좔 흐를 뿐 아니라 인물이 잘나도 너무 잘났다. 어디 그뿐인가. 키도 크고 몸도 잘빠졌다. 요새 날고 긴다는 짐승돌이 울고 갈 정도다.

다만 사람 기죽이기에 딱인 눈매가 좀 무섭기는 했다. 한번 부릅뜨면 어머니고 뭐고 눈에 보이지 않을 냉정함이 스며 있었다.

해군 장교라기보다는 영화에서나 볼 수 있는 조직의 젊고 멋있는 보스 이미지를 풍긴다는 생각을 하고 있을 때였다. 선민의 신원을 물어보는 그의 질문이 수희에게 던져졌다.

"저분은 누구십니까?"

"응, 서울에서 잘 알고 지내던 아가씨야. 엄마하고 같이 과수원일 하면서 함께 살 거야. 자세한 건 나중에 엄마가 얘기해 줄게. 둘이 인사나 해."

수희는 손으로 둘을 번갈아 가리키며 소개를 시켜 주었다.

"이 아가씨 이름은 구선민이고 올해 서른. 그리고 선민이, 이쪽은 우리 아들 윤동우. 선민이보다 동우가 오빠네. 우리 동우가 서른셋이니까. 호호호, 동우가 해군 장교인 건 알지? 이번에 청해부대 대원으로 해적 잡으러 갔었던 것도 알고? 실제로 보니까 어때, 멋있지?"

애써 웃는 수희의 웃음소리와 무표정한 아들 사이에 무정한 기류가 흘렀다. 그로 인해 뻣뻣하게 굳어 있는 선민에게 그가 먼저 인사를 건넸다.

"안녕하십니까?"

군인 장교라 그런지 인사가 정이 없을 만큼 무척이나 절도 있었다.

"아, 네. 안녕하세요."

인사를 한 후 선민은 모자의 편안한 대화를 위해 자리를 피해 줘야 하는지, 하던 음식을 계속 만들어 상을 차려 줘야 하는지 잠깐 우왕좌왕했다. 하지만 심각한 남자의 표정을 봐서는 일단 자리를 피해 줘야 할 것 같았다.

혼자 남을 수희가 걱정되기는 했지만 남도 아닌 모자 사이인데 무슨 일이 있겠나 싶어 자신의 방으로 들어왔다.

졸지에 방에 갇힌 신세가 되어 버린 선민은 생계를 위한 일자리를 알아보기 위해 노트북 전원을 켰다. 그때 거실에 있는 두 사람의 대화가 들려왔다. 일부러 들으려고 한 건 아니었지만 두 사람의 대화가 궁금해 절로 귀가 열렸다.

"또 무슨 사고 치셨습니까? 집 팔고 가게 팔아 이 촌구석으로 들어오신 이유가 뭡니까?"

"사고라니? 이제 조용히 살고 싶어서 그래. 여기서 과수원이나 슬슬 하면서 조용히 늙어 가려고."

"농사는 아무나 짓는 게 아닙니다. 꽃밭 한 번 가꿔 보지 못한 분이 무슨 농삽니까? 말이 된다고 보십니까, 어머니?"

"물론 쉽지 않지. 하지만 뭔가 땀 흘려 열심히 하고 싶어. 서울에 있으면 네 이모한테 자꾸 기대게만 되고. 나도 많이 생각하고 내린 결정이야. 너무 걱정하지 마. 저 아가씨 덕분에 마음도 편하고 외롭지도 않아. 오히려 서울 네 이모 옆에 있을 때보다 더 좋아. 정말이야."

"예전의 일들은 생각하지 않고 결정하셨습니까? 도대체 그 생각이라는 것을 어떻게 하시는지 모르겠습니다. 먼저 상의하는 것도 아니고 매번 일부터 저지르시니 생각이라는 걸 하시는 게 맞는지 알 수가 없단 말입니다."

그의 목소리만 듣고 있는데도 표정이 보이는 것 같았다. 그 매서운 눈에 잔뜩 힘을 주고 수희를 마땅치 않게 보고 있을 그 얼굴이 선명하게 그려졌다.

"이번에는 믿어 봐, 동우야. 엄마 정말 욕심 같은 거 다 내려놨어. 그냥 조용히 이곳에서 살 거야. 그러니 엄마 걱정 하지 마."

누구에게서 나온 한숨인지 모르는 긴 한숨 소리가 들려왔다. 그리고 잠시 침묵이 흘렀다.

"동우야, 오랜만에 얼굴 봤는데 밥이나 좀 먹고 가. 엄마가 맛있는 거 해 놨어. 너 오징어 넣은 부추전 좋아하지? 얼른 부쳐서 상 차려 줄게."

수희의 목소리는 아무리 들어도 농사를 짓기 위해 내려온 마음가짐이 느껴지지 않는 말투다. 그냥 대충 놀고먹는 전원생활을 누리려 내려온 사모님의 모습이 그려지는 목소리라 선민은 수희가 걱정되었다.

'아줌마가 아들한테 들키는 건 시간문제겠네.'

남의 일 같지 않은 선민의 마음이 더 타들어 가고 있었다.

"더 이상 어머니 뒤치다꺼리해 드릴 수 없다는 거 아실 겁니다. 조용히 이곳에서 말년을 보낸다는 어머니 생각대로 그렇게 됐으면 하는 마음뿐입니다."

아들도 만만치 않다는 생각이 들었다. 수희가 어떤 사고를 치고 다녔는지는 모르지만 그래도 낳아 주고 키워 준 엄마 아닌가.

해외로 파병을 나가 오랜 기간 멀리 떨어져 있다 만났으면 큰절까지는 아니더라도 건강부터 묻는 게 기본인 것을. 오랜만에 대면한 엄마에게 한다는 말이 고작 사고 치셨습니까, 라니!

'저렇게 엄마한테 싸가지 없이 굴다니. 우리 엄마 아들 같았으면 우라질 놈 소리 들으며 척추가 부러질 때까지 등짝을 맞았을 텐데.'

"이모님께 인사드리러 가야 해서 일어나겠습니다. 어떤 집을 사셨는지 궁금해서 이모님께 가는 길에 들렀습니다. 서울 갔다가 내려가는 길에 다시 오겠습니다."

"밥이라도 먹고 가지. 얼른 상 차려 줄 테니까 먹고 가. 그 먼 곳에서 고생하고 왔는데 그냥 가면 미안하고 속상하잖아."

"가 보겠습니다."

문밖으로 현관문 열리는 소리가 들렸고, 수희의 아쉬운 목소리가 작아져 갔다.

"아주 못된 인간이구만!"

다 된 밥 먹고 가는 게 뭐가 힘들어서 그냥 가는지.

방 밖으로 나온 선민은 주방으로 들어갔다. 커피를 한 잔 마시려고 들어왔지만 수희의 아들이 좋아한다는 오징어 넣은 부추전 반죽을 보자 괜히 울컥했다.

저런 싸가지 없는 아들 입으로 들어가기에는 너무 아까운 반죽이었다.

부추전 두 장을 부쳐 식탁에 놓고 냉장고에 넣어 둔 소주를 꺼냈다. 아무래도 수희에게 알코올이 필요하지 않을까 싶어서였다. 그때 수희가 어둡고 우울한 낯빛으로 들어왔다.

"갔어요?"

"응."

"뭐가 바쁘다고……."

"에고, 맛있게 부쳤네? 먹자, 먹어. 둘이서 먹자. 이 맛있는 거 못 먹고 가는 저놈은 잊고 우리끼리 맛나게 먹자."

수희가 오히려 선민을 위로하려는 사람처럼 목소리를 키우며 웃고 있었다. 하지만 수희의 손은 부추전이 아닌 소주로 먼저 향했다.

"캬, 좋다! 선민이도 어서 앉아. 한잔해."

수희가 선민에게 소주를 권했고 괜히 수희와 함께 속이 상해 버린 선민도 소주 한 잔을 단숨에 마셔 버렸다.

오랜만에 마시는 소주는 유난히 썼다. 하지만 인생의 쓴맛을 제대로 느끼고 있는 지금의 현실보다는 단맛에 속한다.

그렇게 좋지 않은 마음으로 한 잔을 마시고 두 잔을 마시다 보니 두 사람 앞에 놓인 소주병은 금세 빈병이 되었다. 두 번째 소주병을 새로 꺼내 한 잔씩 나눠 마실 때였다.

"흑흑흑."

수희가 갑자기 흐느끼기 시작했다.

"아줌마……."

취기로 인해 그동안 쌓인 마음고생의 설움이 터져서인지, 아니면 오늘 만난 아들에 대한 서운함인지 알 수 없지만, 그 눈물과 설움이 점점 더 커져 가기 시작했다.

남을 달래 주는 일이 익숙하지 않은 선민이었다. 하지만 남자만이 우는 여자에 약한 것이 아니었다. 여자, 남자 가리지 않고 우는 사람 앞에서 한없이 마음 약해지는 이가 있으니 그게 바로 선민이었다.

지독하고 억척스러운 홀어머니 아래서 울 일들이 많았다. 하지만 그녀를 위로해 준 사람은 아무도 없었다. 정원이 있기는 했지만, 존재만으로 위로가 되었던 정원 앞에서는 운 적이 거의 없다.

늘 아무도 보지 않는 곳에서 울었던 선민. 누군가 자신을 달래 줬으면 하는 마음이 있으면서도 자신을 달래 주고 위로해 줄 사람이 없어서 더 서글펐던 그녀다.

그래서인지 그녀는 우는 사람은 달래 줘야 한다는 강박관념이 심했다. 우는 사람을 위로해 주지 않으면 자신이 예전에 겪었던 아픔이 가슴속에 되살아나기 때문에 선민은 우는 사람은 그게 누구든 무조건 위로부터 해 주었다.

마주 앉았던 선민이 자리를 바꿔 수희 옆으로 앉았다.

"울지 마세요. 비록 우리가 힘든 일을 당하기는 했지만 그래도 이렇게 술을 마실 수 있는 집이 있고 위로를 나눌 수 있는 사람이 옆에 있다는 게 얼마나 다행이에요."

선민은 수희가 더 마시면 안 될 것 같아 앞에 있던 소주를 자신의 옆쪽으로 치우고 티슈를 뽑아 수희에게 건넸다. 하지만 눈물 콧물을 닦으며 좀 진정하는 것 같던 수희는 또다시 흐느껴 울기 시작했다.

"살고 싶지가 않아. 살고 싶지가 않다고."

"누구나 다 인생에 있어 실수는 해요, 아줌마."

"그렇지, 실수는 하지. 그런데…… 이놈은 왜 그걸 한 번도 인정을 하지 않느냐고! 나쁜 놈! 내가 이 나이가 될 때까지 아들놈 눈치 보며 이렇게 살아야 하느냐고!"

취기에 분을 풀어내는 대상은 아들인 것 같았다.

"제가 사정은 잘 모르지만요, 아무리 아드님이 차갑다고 그래도 어머님 생각하는 마음은 따뜻할 거예요. 부모님들만 자식 생각에 마음 아픈 게 아니에요. 자식들도 부모님 생각에 마음 아플 때 많아요."

"그놈이? 그 매정한 놈이? 나 때문에 마음이 아플 거라고? 제이모 때문에 마음이 아프면 모를까! 어떻게 그 먼 곳에서 그 오랜 시간을 지내고 와서 엄마가 해 주는 밥도 안 먹고 이모한테 인사를 가냐고! 그게 말이 돼? 아무리 내가 상의도 없이 집을 팔았다고 해도 그렇지!"

수희가 선민이 그녀 옆으로 치워 놓은 소주를 다시 집어 들더니 벌컥벌컥 들이켰다.

"저도 아빠가 일찍 돌아가셔서 남편 없는 부인들이 얼마나 힘들게 사는지 잘 알아요. 그래서 엄마 때문에 마음이 많이 아팠었어요. 아드님도 그럴 거예요. 아줌마가 해 준 밥 안 먹고 가는 거, 마음 안 좋을 거예요."

"젊은 아가씨가 땅도 사고 집도 사고 그래서 돈 좀 있는 집 딸인 줄 알았는데……."

"있는 집 딸이요? 말도 마세요. 없는 집 딸도 저처럼 힘들고 불쌍하게 살지는 않았을 거예요. 저도요, 어려 고생한 거 풀어내자면 아줌마 세월 못지않게 한 맺히고 응어리진 것들이 많다고요."

수희의 분위기에 휘둘려서인지, 자신의 지난 세월을 돌아보니 자신의 팔자도 그렇게 편한 건 아니었다. 괜히 서럽기만 한 지난 시간들이 떠오르면서 눈물도 차올랐다.

"어린 것이 무슨 한? 무슨 응어리? 선민이 네가…… 네가 뭘 안다고…… 흐흐흑."

이제는 취기가 제대로 올랐는지 풀어진 눈으로 선민을 향해 삿대질을 하더니 곧바로 또다시 눈물을 펑펑 쏟아 냈다.

"한 맺힌 인생이 뭔지, 응어리진 인생이 뭔지 알려 줘?"

선민의 대답과는 상관없이, 수희가 그동안 살아온 자신의 인생을 구구절절 풀어내기 시작했다. 수희의 그런 인생이 딱히 궁금하지 않았지만 눈물 콧물 뽑으며 말하는 내용을 듣다 보니 남의 이야기 같지 않았다.

특히나 언니에게 얻은 마음의 상처를 털어놓을 때는 마치 자신의 상처처럼 가슴이 욱신거리기까지 했다.

"아줌마, 저도 그거 너무 잘 알아요. 잘난 것도 하나 없이 애물단지였던 언니가 결혼 잘 해서 잘난 척하고 교만 떠는 거, 그거 보는 마음이 어떤지 저는 알아요. 우리 언니가 지금 그래요. 뭐하나 나보다 나은 게 없던 언니였단 말이에요."

학교 다니고 알바하고 살림까지 하면서 순영에게 얼마 안 되는 생활비라도 보태던 선민과 다르게 선아는 자신의 치장에만 신경을 썼다. 아르바이트는커녕 좋지도 않은 대학 다니면서 학비에 용돈까지 꼬박꼬박 챙겨 가던 선아는 순영에게 있어 애물단지였다.

돈 잡아먹는 년이라며 순영에게 막말까지 들으면서도 저 하고 싶은 대로 다 하고 살던 언니였다.

아빠를 닮아 전형적인 동양인 얼굴이었던 선아는 얼굴을 갈아엎을 정도의 성형수술 비용을 마련하기 위해 병원에 있는 커피숍에서 아르바이트를 하다가 현재의 남편을 만났다.

쌍꺼풀 없는 눈과 광대뼈가 매력적이어서 반했다는 미국인 의사 알버트는 언어도 통하지 않는 선아에게 적극적으로 구애를 했다. 그리고 선아는 미국에서 잘살 수 있을 것 같은 희망 하나로 알버트의 프러포즈를 받아들여 결혼했다.

생각보다 어마어마한 집안에다 의사로서의 능력도 좋았던 남편과의 결혼으로 선아는 로또보다 더한 인생역전을 맞이했다.

예전에는 철없는 선아를 못 잡아먹어 안달이던 순영은 이제 선아가 보내 주는 용돈으로 고생 않고 살 수 있게 되었다. 그러면서 시집도 안 가고 학원 강사로 일하고 있던 선민을 애물단지 취급하기 시작했다.

서럽고 치사한 마음이 갈수록 커 가고 있을 때에 지혜의 달콤한 유혹에 넘어갔다. 땅으로 부자가 되어 땅땅거리며 살면서 순영에게 자신의 능력을 보여 주려고 했다.

"그런데 이렇게 되고 말았어요. 아줌마, 우린 왜 이렇게 되어야만 했을까요? 요령을 바란 것도 아니고 그저 열심히 그리고 행복하게 살기 위해 노력만 했을 뿐인데……. 우리는 왜 그런 언니를 두고 있으며, 왜 사기를 당해야 했던 걸까요? 왜? 왜! 왜!"

"그러게 말이야. 우리가 왜 이러고 살아야 하지? 죄지은 것도 없는데 왜 난 아들을 무서워하고. 선민이도 비록 사기를 당해서 집은 날리고 땅만 가졌을지언정 그 나이에 이 정도 땅과 집을 구입할 능력이면 대견한 건데 뭐가 무서워서 엄마 집에도 못 가고 이 집에서 이렇게 살아야 하는 거냐고!"

수희가 또다시 병에 남은 소주를 잔에 따르지도 않고 벌컥벌컥 들이켰다. 선민 역시 연거푸 마신 소주에 취해 술이 술 같지 않게 느껴져서 냉장고에서 소주 한 병을 더 꺼내 왔다.

"엉엉엉. 우리 엄마가 아줌마 반만 됐어도 내 인생이 조금은 덜 힘들었을 텐데."

"흑흑흑. 우리 동우가 선민이 마음 반만 닮았어도 내 인생이 이렇게 꼬이지는 않았을 텐데."

이제는 둘이서 서로를 부여잡고 서럽게 울어 대기 시작했다. 힘들었던 시간의 설움이 터지면서 울음소리는 거의 곡소리에 가까워지고 있었다.

"지금 뭐 하고 계시는 겁니까?"

마른하늘에 날벼락도 이보다 더 무섭고 놀랍지는 않을 것이다. 저승사자가 왔다고 해도 이보다 더 두렵지는 않을 것이다.

"엄마야!"

"아이고, 심장이야! ……도, 동, 동우야!"

수희는 물론이고 선민이까지 동우의 서슬 퍼런 표정에 놀라 멍해지는 것도 잠깐이었다. 약속이나 한 듯 둘은 후다닥 각자의 방으로 뛰어들어 갔다.

❋❋❋

밥 먹자는 어머니를 뒤로하고 가는 마음은 무겁기만 했다.

아덴만에 파병되어 있는 동안 한마디 상의도 없이 가게를 처분하고 시골에 있는 집을 매입한 수희에게 화가 났지만 그게 다는 아니었다.

강한 생활력도 없이 뭔가 해 보려는 그 마음이 안쓰럽기도 했다. 어르고 달래고 싶지만 그럴수록 수희가 더 나약해진다는 것을 알기에 일부러 더 쓴소리를 해야만 했다.

하지만 밥 한 끼 먹는 게 뭐 어렵다고 그토록 매정하게 굴었을까. 자신을 바라보는 수희의 눈빛이 지워지지 않아 결국 차를 돌렸다.

집이 너무 외진 곳에 있어 여자 둘이 살기에 위험하지는 않을까.

함께 살게 되었다는 그 젊은 여자는 믿을 만한 여자인가.

두 여자가 과수 농사를 짓는다는 게 가능하기는 한 걸까.

저러다 또 금방 지쳐서 서울로 가겠다고 하면 구입한 집을 처분할 수는 있을까.

이런저런 걱정과 고민으로 집 앞에 도착해서 대문을 열고 들어설 때였다. 초상집처럼 서러운 울음소리가 밖으로 새어 나오고 있었다. 처음엔 무슨 큰일이 났나 싶어 뛰어들어 갔다.

하지만 걱정스러운 마음으로 급하게 들어온 그의 눈에 믿을 수 없는 광경이 들어왔다. 빈 소주병이 나뒹굴고 있었고, 그가 들어온 것도 모른 채 두 여인이 부둥켜안고 통곡 소리를 내고 있었다.

대낮부터 술에 취해 울고 있는 두 여인의 모습에 어이가 없었다. 매일을 두 사람이 이렇게 지낸 것 같아 화가 치밀어 올랐다.

그대로 집을 나가 두 여자가 어떻게 살든지 모른 척하고 싶었지만 그럴 수는 없었다.

"지금 뭐 하고 계시는 겁니까?"

치솟는 화를 누르며 자신이 와 있음을 알렸다.

그러자 자신을 바라보며 놀란 토끼 눈을 하던 두 여인은 후다 닥 방으로 뛰어 들어갔고 혼자 덩그러니 서 있는 동우의 가슴은 화로 이글거렸다.

'이분들, 정신 교육이 좀 필요하군.'

＊＊＊

머리가 깨질 것 같은 두통은 아무것도 아니었다. 위가 요동을 치고 있는지 세상이 요동을 치고 있는지 빙글빙글 도는 방 안에 서 느껴지는 멀미를 참지 못하고 화장실로 달려갔다.

"우웩."

안주 없이 마신 술 때문에 별로 나올 것이 없는데도 구토가 계 속되어 현기증이 느껴질 정도였다.

'미쳤지, 미쳤어. 내가 왜 그 분위기에 휩쓸려서 마시지도 못하 는 술을 마셔서는 이게 무슨 고생이야?'

게워 낼 수도 없을 만큼 게워 낸 후에야 겨우 지탱할 수 있는 몸을 이끌고 화장실 밖으로 나왔다. 그러나 이제는 숙취인지 허기 로 인한 배고픔인지 모르는 속 쓰림이 그녀를 괴롭혔다.

아침 이후로 먹은 것이라고는 부추전 한 장과 소주밖에 없으니 속이 멀쩡하면 그게 더 이상한 일이었다. 해장을 하지 않으면 안 될 것 같아 라면을 끓여 먹기 위해 가스레인지에 라면 물을 올리고 시간을 확인했다. 저녁 8시.

언제인지 모르지만 수희의 아들이 나타나고 방으로 숨어들어와 잠에 빠져들었다. 그리고 깨어난 시간이 지금이니 몇 시간을 잤는지 도통 가늠이 되지 않았다.

'점을 보러 가야 하나? 왜 이렇게 올해 신수가 시작부터 파란만장한 거야?'

한숨을 내쉬며 보글보글 끓고 있는 물에 라면을 넣으려고 할 때 수희가 주방으로 들어왔다.

"정신 좀 들어?"

잠 때문인지 아니면 울음 때문인지 얼굴이 퉁퉁 부어 있었다.

"속 괜찮으세요? 라면 끓이는데 좀 드실래요?"

"아니. 아무것도 못 먹겠어."

수희의 얼굴색이 무척이나 어두웠다. 숙취가 아닌 아들로 인한 것 같았다.

"아드님은……?"

"몰라. 안 보여. 간 것 같지는 않은데……."

뒤이어 그녀는 땅이 꺼질 것 같은 한숨을 내쉬었다.

그 한숨의 무게가 선민에게도 느껴졌다.

"아직 우리가 사기당한…… 읍."

수희가 갑자기 선민의 입을 막으며 조용히 하라는 신호를 보냈다. 집 안에 없다고 하지만 그래도 아들의 존재가 신경 쓰이는지 수희의 시선과 모든 감각은 주방 밖으로 향해 있었다.

그런 수희와 달리 속을 달래는 일이 먼저인 선민은 라면을 마저 끓이고 식탁에 앉아 먹는 일에 집중했다. 뜨겁고 얼큰한 면발과 국물이 그녀의 쓰린 속을 따뜻하게 채워 주는 느낌에 먹는 속도가 빨라졌다.

"체하겠어. 천천히 먹어."

컵에 따른 물을 옆에 놓아주며 걱정하듯 말해 주는 수희의 말투가 다정하게 들려왔다. 마치 딸을 걱정해 주는 것 같은 말투와 순영에게서는 들어 보지 못한 걱정 어린 목소리에 선민의 젓가락질이 멈췄다.

그 따뜻한 말 한마디에 그녀도 뭔가 따뜻한 말을 건네야 할 것 같았다.

"아드님하고는 잘될 거예요. 너무 걱정하지 마세요. 언젠가는 아줌마 진심을 알아줄 날이 올 테니 너무 마음 아파하지 마세요."

씁쓸한 미소가 수희의 얼굴에 다 퍼지기도 전에 현관문 열리는 소리가 들렸다. 약속이나 한 듯 선민과 수희는 입을 다물고 긴장한 시선으로 한곳을 바라보았다.

"두 분, 정신이 좀 드셨습니까?"

역시나 주방으로 들어오는 그에게서 서슬 퍼런 기운의 목소리가 튀어나왔다.

"그, 그래. 어디 나갔다 오는 거야?"

수희는 아들에게 쩔쩔매며 어쩔 줄 몰라 했다.

"매일 그렇게 두 분이서 술 드시면서 신세 한탄을 했습니까?"

선민은 오늘 처음으로 술을 마시며 서로를 달래 줬을 뿐인데 큰 죄를 지은 것처럼 추궁하는 동우의 말투가 듣기 싫었다. 엄마의 마음이 어떤 것인지 헤아릴 줄도 모르는 냉정한 그에게 술이나 마시고 신세 한탄하는 여자로 취급받는 그 순간 욱하는 성질이 올라왔다.

"아니요. 오늘 처음 마신 건데요. 그쪽이 아줌마 정성을 무시하고 가 버려서 마음 아파하는 아줌마 달래 드리느라 마시지도 못하는 술인데도 마시게 된 거예요. 그리고 우리가 무슨 죄지었어요? 죄인 취조하듯 그렇게 몰아붙이시는 이유가 뭐예요? 저하고는 잘 알지도 못하는 사이인데 실례라는 생각 안 드세요?"

"몰아붙이는 건 아니었습니다. 근무하는 곳이 부대이고 대하는 사람들이 부하 병사들이다 보니 말투가 늘 이렇습니다. 이해하십시오."

수희가 선민에게 그만하라는 눈짓을 보냈지만, 이미 욱하고 올라온 것이 있어 그냥 넘어가지 않고 하고 싶은 말을 계속했다.

"그렇게 따지면 저도 그쪽 분한테 학생 대하듯 혼내고 훈계하는 말투로 대해야 하거든요? 그것도 반말로. 그리고 그렇게 말하고 나서 기분 나빠하는 그쪽에게 그냥 직업이 그러니 이해하라고 하면 이해가 되시겠어요?"

동우를 향해 톡 쏘아붙인 선민은 다 먹은 라면 그릇을 들고 일어섰다.

"반은 이해했을 겁니다."

고저도 없고 감정도 들어 있지 않은 무뚝뚝한 목소리는 비꼬고 있는 것 같지 않은데, 말 속에 든 뜻은 그게 아닌 것 같았다.

선민은 더 이상 그의 말에 대꾸하지 않았다. 자칫 싸움으로 번질 것 같아 그를 무시하고 자리에서 일어섰다.

"할 얘기가 있습니다."

"무슨 할 얘기가 있다고 그래?"

자신에게 할 얘기가 뭔지 선민도 궁금했지만 질문은 수희에게서 먼저 나왔다.

당황하는 수희의 모습이 선민의 눈에 들어왔다. 저렇게 안절부절못하면 사기당한 거 들키는 것도 금방이다. 그러나 이미 걱정과 근심이 앞선 수희는 그 속이 보이도록 불안해하고 있었다.

"그러게요? 무슨 말씀을 하시려고……."

선민 역시 찔리는 게 있어 조금 전 뻣뻣했던 고개와 마음이 수그러들었다.

"커피 한 잔 드시겠습니까? 어머니도 한 잔 드릴까요?"

그렇게 묻는 의도는 한 잔 하겠다면 정말 커피 한 잔 만들어주겠다는 말인가, 하고 의심할 때 그가 가스레인지에 물을 올렸다. 혼자 마실 수 없어 예의상 물어본 질문으로 보였다.

두 사람에게 물었지만 그 누구도 대답하지 않았다. 두 사람 모두에게 지금 커피는 문제가 아니었기 때문에.

동우가 수희 옆에 앉았다. 깊고 날카로운 그의 눈과 마주하니 좀 전 그에게 대들었던 때와 다르게 선민의 마음이 작아져 갔다.

"제가 좀 알아봤습니다."

좀 알아봤다는 말에 간이 콩알만 해지고 심장이 꽉 조이는 기분이다. 그리고 그 짧은 순간에 별별 생각이 머릿속을 떠다녔다.

수희 역시 선민과 다르지 않은지 눈동자가 심하게 흔들리고 있었다.

'아줌마하고 나하고 사기당한 거에 대해 알아봤나? 아니면 집하고 과수원을 부동산에 내놓은 거를 알아봤나? 저 인간 정말 장난 아니게 어렵고 무섭네. 대체 뭘 알아봤다는 거야?'

사람을 조이는 기술이 남다른 것 같은 그가 자리에서 일어나 여유롭게 커피 세 잔을 만들어 한 잔은 수희 앞에 그리고 또 한 잔은 선민 앞에 놓아 주었다. 여자의 마음을 단번에 홀릴 것 같은 잘생긴 외모에 어울리는 자상하고 따뜻한 행동이었다.

하지만 그가 그리 자상하지 않은 남자라는 걸 알게 된 선민은 그가 내미는 커피가 사약으로 보였다.

"배 과수 농사가 쉬운 게 아니더군요."

그가 알아봤다는 것이 배 농사에 관한 것이라고 하니 한시름 놓으며 무의식중에 그가 타 준 커피 한 모금을 마셨다. 숙취 중에 마시는 커피 맛은 감동이라 할 만큼 향과 맛이 좋았다. 비록 인스턴트 믹스커피일지라도. 차갑고 냉정한 남자가 타 준 것일지라도.

"두 분이서 배 농사를 짓는다는 것이 무리가 아닐까 생각했습니다. 의지만 앞서서 어머니가 감당도 하지 못할 일을 벌이신 건 아닌가 걱정하는 마음뿐이어서 어머니를 그냥 서울로 보내려고 했습니다."

그는 커피를 한 모금 마신 뒤 말을 이었다.

"그런데 생각해 보니 어머니도 그 어느 때보다 하고자 하는 의지가 강하신 것 같고 또 그쪽 분과 함께 하신다고 하니 일단 지켜보기로 했습니다. 하지만 여자 두 분이서 하는 건 아무래도 무리일 것 같아 남은 휴가 기간을 이곳에서 보내면서 함께 과수 농사에 대해 공부하고 연구하면서 두 분을 돕기로 했습니다."

진지한 얼굴로 여유 있게 말하는 그와 다르게 수희의 퉁퉁 부은 얼굴은 새하얗게 질려 가고 있었다. 농사 여부를 떠나 그가 이곳에 있는 시간이 길어지면 길어질수록 숨기고 있는 진실이 탄로날 가능성이 높으니 그럴 수밖에.

"어차피 우리가 알아서 해야 하는 부분이니까…… 걱정 말고 돌아가. 먼 곳에서 힘들게 근무하고 와서 얻은 휴가인데 여기 와서까지 힘들게 지낼 게 뭐 있어? 그냥 네 계획대로 휴가 보내."

수희의 입장에서 둘러댈 수 있는 최선의 대답이 나온 것 같았다.

"괜찮습니다. 마침 휴가 기간도 길고."

그러나 앞에 있는 남자는 결코 만만하지 않았다.

수희가 그토록 쩔쩔매고 힘들어할 수밖에 없었던 이유를 이제는 충분히 이해하고도 남을 것 같다. 하지만 지금은 누굴 이해할 때가 아니다. 생각지도 않게 일이 어렵고 복잡하게 돌아가고 있었다.

수희와 자신의 처지가 어떤지, 그 사실과 진실을 밝히지 않으면 팔자에도 없는 농사를 짓게 생겼다.

"동우야, 과수원은 내 게 아니라 이 집만 내 명의야. 그러니까 그렇게 과수원에 신경 써 주지 않아도……."

"어머니! 그렇게 말씀하시면 저분 기분이 어떻겠습니까? 뭐는 내 거고, 뭐는 내 거가 아니라서 신경 쓰지 않아도 되고. 이런 마음으로 두 분이 같이 사실 수 있을 것 같습니까? 그런 마음으로 그 힘든 과수 농사를 함께 하실 수 있느냐 말입니다."

동우의 말은 틀린 말이 아니다. 뭐라고 반박할 수 없을 만큼 바른 말이었다.

"지금 어머니 같은 마음이면, 술 마실 때는 위로해 준다고 부둥켜안고 함께 울다가도 조금만 힘들고 일이 꼬이면 서로에게 책임을 전가하는 사이가 될 겁니다. 그런 마음이라면 여기서 접으시고 서울 올라가십시오."

진실이 없는 거짓은 쉽게 무너지고 거짓을 감추기 위한 거짓도 쉽게 드러나는 법이다.

조금만 더 말을 잘못 하면 모든 상황이 드러날지도 모른다는 생각에 선민은 불안하기만 했다. 그런데도 수희가 눈치 없이 또다시 나섰다.

"저기, 동우야. 내 말은…… 선민이 입장이라는 게 있지 않겠냐는 말이었어. 네가 도와주는 건 좋지만, 갑자기 찾아온 네가 많이 낯설고 불편할 텐데 휴가 기간 내내 여기서 지낸다는 건 아무래도…… 아무리 내 집이라고 하지만 시집도 안 간 처녀가 있는 집에 네가 있다는 것도 그렇고……. 과수원 주인 허락도 없이 네가 무작정 도와준다는 게 선민이 입장에서 어떨지 몰라서……."

아무래도 윤동우라는 남자를 속일 수 있는 시간은 그리 길지 않을 것 같다. 사기도 쳐 본 사람이 치는 법이다. 아무리 봐도 수희의 말과 행동은 어설프고 어수룩하기만 하다.

"제가 과수원 일을 돕는 게 불편하십니까?"

어떻게 해야 이 상황을 모면할 수 있을지, 어떻게 해야 저 남자가 의심 없이 그냥 넘어갈 수 있을지 선민의 머릿속은 복잡하기만 했다.

"불편하시다면 이 집에 있지 않고 근처 여관방 하나 잡아 놓고 출퇴근 식으로 들르겠습니다. 그러니 부담감 같은 건 갖지 마시고 편하게 생각하십시오. 아무래도 남자가 힘으로 해야 할 일들이 있을 텐데……. 있는 동안 제가 할 수 있는 일들을 할 테니 부담이나 걱정은 하지 마십시오."

모친을 걱정하는 마음의 그를 말렸다가는 오히려 수희와 선민이 이상하게 몰릴 분위기다.

"그러세요, 그럼. 뭐……."

얼떨결에 동우가 머무는 것으로 이야기가 마무리되었다.

"그럼 저는 내일 근처 여관방을 알아보고, 서울 이모님께 인사

드리고 내려오겠습니다."

동우가 주방 밖으로 나갔고 동시에 두 여자의 입에서는 숨죽인 한숨이 흘러나왔다.

"아이고, 십년감수했네. 고마워. 불편하고 힘들 텐데 그렇게 수습해 줘서."

수희가 선민의 귓가에 낮게 속삭였다.

"그런데 아줌마…… 우리 들키는 건 시간문제인 것 같아요. 아들 보는 아줌마 눈빛이 너무 불안하게 떨려요. 표정도 그렇고."

"그치? 이젠 정말 마음 단단히 먹어야겠어. 에고, 휴가가 거의 한 달일 텐데 그 긴 시간을 어찌 버티누?"

그러게 말이다. 한 달? 선민은 처음 듣는 휴가 날짜에 입이 떡 벌어졌다. 한 달을 저 얼음보다 차가운 강철 같은 남자와 어떻게 지낼까. 수희보다 선민의 걱정이 더 컸다.

똑똑똑똑.

급하게 문 두드리는 소리에 늦은 시간까지 자고 있던 선민의 눈이 떠졌다. 시간을 확인할 사이도 없이 반사적으로 문을 열었다.

"미안해, 자는 거 깨워서."

수희가 어젯밤보다 더 수척하고 까칠해진 얼굴을 하고 서 있었다.

"무슨 일 있어요?"

"아니. 이장님 댁에 같이 가자고. 동우가 서울 올라가면서 이장님을 좀 만나 봐야 될 것 같다고 하더라고. 이장님은 우리가 다 처분하고 여기를 뜰 거라고 알고 있는데 둘이 만나면 안 되잖아? 그래서 먼저 이장님 만나서 우리가 농사짓고 여기서 사는 걸로 결정했다고 말해 놔야 할 것 같아서."

"그래야겠네요. 그럼 같이 가요, 아줌마."

선민이 밖으로 나오니 집 안 가득 고소한 향기가 가득 차 있었다.

"죽 좀 쒔어. 술에 라면까지 먹었으니 속 쓰릴 것 같아서."

주방 식탁에는 고소한 참기름 향이 모락모락 올라오는 죽이 도자기 그릇에 참하게 담겨 있었다. 그 앞으로는 김치와 장아찌까지 정갈하게 차려진 것이 정성이 들어간 아침상이었다.

오로지 자신을 위해 차려진 밥상을 받는 일은 처음이었다. 이상하게 그 죽과 장아찌에 서툰 감동이 밀려왔다.

"아줌마는요?"

식탁 위에 놓여 있는 죽 그릇은 하나였다. 수희의 것이 보이지 않아 물었다.

"아침 일찍 동우하고 먹었어."

"고마워요, 아줌마. 잘 먹겠습니다."

부드럽고 따뜻한 죽이 쓰리고 따가운 속을 달래 주었다. 선민은 죽 한 그릇에 속을 달래고 있지만 수희는 달랠 길 없는 답답함을 한숨으로 토해 내고 있었다.

"아줌마…… 그렇게 아드님이 무서우세요?"

대답 대신 또 한 번의 깊은 한숨이 수희에게서 흘러나왔다.

"우리 아들이 무섭기도 하지만 사실…… 미안함이 더 커. 재한테는 그냥 다 미안해."

"어제…… 일부러 들으려고 한 건 아닌데……. 혹시 이번 말고 예전에도…… 사기 같은 거 당하신 적……."

"있어."

수희가 씁쓸하게 웃었다. 미소는 옅었지만 그 안에 보이는 아픔은 짙었다.

"동우 아빠 죽고 나서 탄 보험금을 사기로 날렸었어. 그뿐인가? 사기는 아니지만 재혼하고 살다가 이혼당했을 때, 언니가 차려 준 양품점 몰래 처분하고 토스트 가게 차렸을 때…… 늘 그 애 앞에서 거짓말만 했어."

수희의 눈가가 붉어졌고 목소리가 떨렸다.

"결국엔 다 들통 나서 알게 될 텐데도 이상하게 아들 앞에서는 못난 엄마로 보이기 싫어서 자꾸 거짓말을 하게 되더라고. 뭐 하나 제대로 못 하고 매번 그렇게 실패하는 것도 미안하고. 그래서 창피한 엄마로 그 애 앞길 막은 것도 미안하고."

수희의 떨리는 입가에는 미소가 걸려 있지만 눈에서는 눈물이 흐르고 있었다. 차분하게 이야기하는 수희의 서글픈 과거가 두 여자에게서 뜨거운 눈물을 뽑아냈다.

"아줌마…… 이렇게 또 대충 속이려고 하다가 나중에 아드님한테 저까지 깨지고 부서지는 거 아니에요? 솔직히 저도 아줌마 아들 너무 어렵고…… 무서워요. 차라리 그냥 다 털어놓는 건 어때요?"

"생각 안 해 본 건 아니야. 하지만 해적 잡는다고 멀리 다녀온 애야. 그렇게 멀리서 고생하고 돌아오자마자 엄마 사기당했다는 말을 듣게 하고 싶지는 않아. 들킬 거 아는데…… 지금은 들키고 싶지 않아."

수희의 목소리에서 점점 힘이 빠졌다.

"알더라도 좀 더 있다가…… 부대 복귀하고, 적응도 하고……. 언니 말로는 이번에 해적 소탕에 공이 커서 동우가 소령으로 진급할 수 있을 거라고 하더라고. 뭐, 진급은 해야 하는 거지만 어쨌든…… 더 있다가……."

아들 입장에서 보면 답답하고 화를 만들어 내는 엄마일 것 같다. 하지만 자식 생각에 눈물 보이는 모습을 보니 선민의 눈에는 자식을 생각하는 평범한 엄마로 보였다. 오히려 자식 일에 억척을 떠는 순영보다 그 모습이 더 인간적으로 다가왔다.

"그래요. 갈 때까지 가 보죠, 뭐. 여기서 더 잃을 것도 없는데."

정말로 더 잃을 건 없다고 생각했다. 이장 집으로 가기 위해 방으로 들어와 로션을 바르고 휴대폰을 받기 전까지는.

휴대폰 벨이 울렸을 땐 또다시 배 여사나 선아가 아닌지 긴장했지만 발신인은 최고은행이었다. 선민이 땅을 사기 위해 대출을 받았던 은행이다. 배 여사와 선아는 아니라 다행이라는 생각도 잠시, 대출을 받은 은행에서 걸려 온 전화라는 사실에 다시 긴장이 되었다.

"여보세요?"

― 안녕하십니까? 최고은행입니다. 구선민 고객님 휴대폰 맞습니까?

너무도 친절하고 상냥한 목소리에 일단 안심이 되었다.

"네, 맞습니다. 제가 구선민인데요."

― 다름이 아니라 지난달 신용대출 받으신 건으로 전화 드렸습니다. 이자가 3일 연체가 되어 있어서요.

"이자요? 아, 그게…… 확인해 볼게요. 잔고가 있어서 신경 안 썼는데……. 확인하고 입금하겠습니다."

― 네, 그럼 오늘 중으로 입금 부탁드리겠습니다. 좋은 하루 되십시오. 감사합니다.

당신 같으면 좋은 하루가 되겠어?

은행으로부터 이자 독촉 전화를 받고 나니 그녀의 기분은 무척이나 복잡했다. 신용불량자가 된 것 같아 찜찜하기도 하고, 마치 죄를 지은 범죄자가 된 것 같기도 했다. 은행 대출이 사채 빚처럼 그녀의 가슴을 짓누르기 시작했다.

걱정하고 우려하던 사태가 벌어진 것이다. 땅에 모든 것을 털어 넣었으니 남은 것 없이 빈곤함에 허덕일 것이라고 예상은 하고 있었지만 그 시작부터가 너무 비참했다.

주거래 은행의 통장 잔고는 카드 값이 빠져나가 얼마 남지 않았다. 대출 이자가 빠져나가야 하는 통장으로 이자만큼 이체시키고 나니 당장 먹고살 일이 걱정이었다.

"아직 멀었어?"

밖에서 수희가 재촉하기 시작했다.

"다 됐어요."

대답을 하고 옷을 주섬주섬 껴입는 자신이 한심해 보였다.

'내 코가 석 자인데 지금 뭐 하고 있는 거니?'

그러면서도 선민은 수희를 따라 이장의 집으로 향했다.

아내가 없는 이장의 집은 홀아비 혼자 사는 집답지 않게 깔끔
하게 정리되어 있었다.

"아침부터 웬일이십니까?"

"아, 예. 드릴 말씀이 있어서요. 둘이서 얘기를 많이 해 봤는
데……. 과수 농사를 한번 해 보기로 했어요. 더구나 아들이 휴가
나왔는데 마침 도와주고 가겠다고 해서. 그래서 이장님께 도움 좀
구하려고요."

"땅하고 집을 내놓으셨다고 하시더니 달리 결정을 하셨나 보네
요?"

"네."

"두 분이서 하기에는 처음에 많이 힘드실 겁니다. 하지만 농사
도 내 사업이다, 하고 생각하시면 됩니다. 열심히 하면 그만큼 보
람과 대가가 따르죠. 팔십 드신 노부부들도 하시는 일이니까 너무
어렵고 힘들다 생각하지 마세요. 몸은 좀 힘들 수 있지만 마음은

넉넉해지는 게 또 이 일입니다."

"힘들어도 해야죠, 뭐. 그러려고 땅 사고 집 사서 내려왔는데. 그리고 휴가 나온 제 아들이 그동안 이장님에게 일을 좀 배우고 싶다고 만나 뵀으면 하더라고요."

"아, 예. 뭐가 어렵습니까? 만나면 되죠."

"저녁때쯤 올 거예요. 그때 전화 드리고 찾아뵐게요."

"그러십시오."

"아, 그리고…… 우리 아들은 집하고 과수원을 팔려고 내놓았다는 사실을 몰라요. 그러니까……."

수희가 뒷말을 잇지 못했다. 아무래도 체면상 모른 척해 달라고 말하기 어려운 모양이다.

"하하하. 무슨 말씀인지 알겠습니다. 염려 마시고 저녁에 함께 오세요. 정말 잘 생각하셨어요."

농사와는 어울리지 않는 고운 중년 부인과 세련된 도시 여자가 어제와 다르게 갑자기 농사를 짓고 살아 보겠다고 마음먹은 게 대견했는지 이장도 적극적으로 그녀들에게 호응을 해 주었다.

"감사합니다, 이장님."

"감사는요. 이런 건 감사도 아니라는 걸 곧 아시게 될 겁니다. 이곳에서 살면서 진정한 감사가 뭔지 깨닫고 있을 정도로 살기 좋은 곳이라니까요. 정식으로 환영 인사 드리겠습니다. 이화리에 오신 걸 환영합니다."

밝게 웃는 이장에 비해 선민의 얼굴은 더욱더 어두워만 갔다.

점점 더 이곳에 눌러살게 될 것만 같은 예감과 당장의 생활고를 버텨 내야만 하는 압박감에, 이장의 환영 인사는 지옥행을 축하해 주는 인사로 들려왔다.

"장 여사님, 환영식으로 제가 저녁에 삼겹살 쏠 테니 아드님하고 함께 오세요. 아가씨도 같이."

"아니에요, 아니에요. 그러실 필요까지는 없어요."

"아닙니다. 마을에 새 식구가 들어왔는데 이장으로서 가만있는 건 예의가 아닙니다. 그러니 저녁에 꼭 오십시오. 환영식 준비해 놓고 있겠습니다."

일이 점점 더 커져 가고 있었다. 그렇다고 여기서 접을 수도 없는 일이었다.

선민과 수희는 될 대로 되라는 마음으로 자리에서 일어섰다.

"아들이 워낙 낯을 좀 가려서…… 저녁에 오면 물어보고 연락드릴게요."

자리에서 세 사람이 일어날 때였다. 거실 테이블에 놓인 전단지 한 장이 선민의 눈에 들어왔다.

〈배꽃 아가씨 선발대회〉

'촌이긴 촌이구나. 아직도 이런 아가씨 선발대회를 열고 있다니.'

피식하고 웃으며 별생각 없이 전단지를 훑어보는데 참가 자격 아래로 보이는 시상 내역에 선민의 눈이 커졌다.

배꽃 아가씨로 선발될 경우 상금이 무려 이백만 원이다. 이백만 원이면 애물단지인 과수원이 언제 팔릴지 모르는 지금, 어느 정도 먹고살며 버틸 수 있는 돈이다.

미스코리아에 나갈 외모는 아니지만 어디 가서 뒤처지는 외모
도 아니다. 더구나 이런 촌구석은 아가씨들 외모가 다 거기서 거
기일 테니 한번 도전해 볼 만하지 않은가.

갑자기 심장이 쿵쾅거리며 설레기 시작한 선민은 그 전단지를
집어 들었다.

"이장님, 저 이거 하나 가져가도 돼요?"

"아, 그거? 왜요? 한번 참가해 보시게?"

"아니, 뭐…… 그냥…… 이런 선발대회는 어떤 건가 궁금해서
요."

"가져가요. 앞으로 이 마을에 살 건데 참가하는 것도 생각해
보고. 그 얼굴이면 배꽃 아가씨 '신고'는 따 놓은 당상일 텐데."

"신고요?"

전단지를 살피니 배꽃 아가씨는 미스코리아의 진선미와 다르게
원앙, 화산, 신고로 구분되어 있었다.

"미스 원앙, 미스 신고 이렇게 불러. 그게 우리나라에서 제일
많이 재배되는 배 품종들이거든. 뭐가 되든 아가씨는…… 아이고
아직 이름을 모르네. 이름이?"

"선민이에요. 구선민."

"선민 씨는 못해도 신고라니까. 이 대회 참가자도 별로 없는 데
다 한창 바쁘기 직전에 행사를 하니 호응도 별로라서 폐지한다는
말이 나올 정도야. 그래도 그 얼굴에 나가면 미스 신고는 할 수 있

을 거야. 이장 추천서하고 지원서만 내면 되니까 나가 봐요.”

이상하게 이장의 말이 농담으로 들리지 않았다. 이 촌구석에서
이 정도 외모라면 좀 먹히지 않을까 하는 얄팍한 생각과 눈앞에
아른거리는 이백만 원이 참가하자는 마음을 굳히게 만들었다.

“제가 무슨…….”

그래도 한번 겸손을 떨어 준 선민은 전단지를 챙겨 이장의 집
을 나섰다.

배웅을 해 주러 나온 이장과 수희가 앞서 걸었고 그 뒤를 선민
이 따랐다. 도란도란 대화를 나누며 걷는 두 사람의 뒷모습은 부
부 같기도 하고 중년에 만난 연인 같기도 했다.

‘두 분 저러다 정분나서 재혼이라도 하시는 거 아니야? 아줌마
는 속도 좋아. 아들 때문에 겁나서 덜덜 떨 때는 언제고.’

하지만 억척을 떨며 살아온 순영과 다른 수희의 모습이 선민에
게는 나쁘게 보이지 않았다. 오히려 순수하고 소녀 같은 수희가
선민은 좋았다.

가진 전 재산을 날린 허탈함과 앞으로 살아갈 막막함에 힘들어
하는 그녀에게 수희는 늘 끼니 걱정을 해 주고 건강까지 챙겨 주
었다.

‘사람 나고 돈 났지, 돈 나고 사람 났어? 돈이야 있다가도 없
고, 없다가도 있는 거지만 건강은 한 번 잃으면 회복하기 힘들어.
그러니 밥 먹고 기운 차려.’

그렇게 자신을 챙겨 주는 수희의 다정함과 따뜻한 마음에 눈물

이 날 뻔했다. 엄마인 순영에게조차 받아 보지 못한 따뜻한 밥상과 위로의 말을 들었으니, 서로의 거리가 순영보다 더 가깝게 느껴질 정도다.

'엄마가 수희 아줌마 반만 됐어도 내가 여기 이렇게 숨어서 살지 않아도 됐을 텐데.'

생각만으로도 무시무시한 순영의 모습이 눈앞에서 어른거리자 심장이 멎어 버린 것처럼 답답했다.

'3개월 안에 과수원이 팔려야 할 텐데……'

하지만 팔릴 기미가 전혀 보이지 않는 과수원에서 이제는 농사까지 짓게 생겼으니 나오는 건 한숨밖에 없었다.

나란히 걷던 수희와 이장이 큰 도로가 시작되는 곳에 서서 뒤에 오는 선민을 기다리고 있었다.

"조심해서 들어가시고, 오늘 저녁에 꼭 오세요."

저녁에 꼭 오라는 다짐을 받은 이장이 집으로 돌아가고 수희가 선민 옆에서 나란히 걷기 시작했다.

"생각해 보니까 이렇게 농사짓는 것도 나쁘지 않을 것 같아. 땅을 팔아도 배가 열릴 수 있게 만들어서 팔아야지, 망가진 땅을 보여 주면 팔리겠어?"

듣고 보니 틀린 말은 아닌 것 같다.

"그러니 너무 그렇게 죽을상 하지 마. 요 고비만 넘기고, 이 집과 땅이 빨리 해결되길 바라자고. 내 아들 모르게, 그리고 선민이 어머니 모르게."

"네."

"그런데 그 배꽃 아가씨 선발대회는 왜? 이장님 말대로 나가 보려고?"

수희의 말에 잊고 있던 배꽃 아가씨 선발대회가 생각났다. 주머니에 넣어 두었던 전단지를 꺼냈다.

"그런 대회에 나가는 건 고사하고 관심도 없을 것 같았는데…… 그건 왜 챙겼어?"

"사실…… 여기 땅 사고 집 사는 데 돈을 다 털어 넣어서 먹고 살 돈이 없어요. 알바를 할까도 생각했는데 여기서 시내까지 가는 데 차편이 편한 것도 아니고. 아줌마 차 빌려서 다녀 볼까도 했는데 그랬다가는 차 기름값이 더 들 것 같고."

선민이 전단지를 바라보던 눈을 들어 수희를 쳐다봤다.

"뭘 해야 할까 고민하는 중이었는데 이 상금이 눈에 들어와서요. 뭐, 된다는 보장도 없고 아줌마 말처럼 제가 이런 대회에 나갈 만큼 넉살이 좋은 것도 아니지만……. 목구멍이 포도청이다 보니 이런 것까지 생각하게 되네요."

수희가 선민의 등을 다독였다.

"이런 말이 있잖아. 이 또한 지나가리라. 힘내자, 우리."

선민은 수희의 말대로 제발 빨리 지나가길 바랄 뿐이었다.

2. 소작농 신세

    시골이라 그런지 유난히 새소리가 크게 들린다. 평소라면 일어 나기 힘들었을 시간에 눈이 떠졌다. 새소리가 아니더라도 하루 종 일 하는 일 없이 빈둥거리니 몸이 고단할 일이 없어 일찍 자고 일 찍 일어나는 게 습관이 되어 버렸다.

    아침을 커피 한 잔으로 때우기 위해 주방으로 들어가 가스레인 지에 물을 올려놓을 때였다. 해가 뜨지 않은 아침부터 어디를 다 녀오는지 수희가 외출복 차림으로 밖에서 들어오고 있었다.

    "어디 다녀오세요?"

    "응. 이장님 댁에. 어제 동우하고 오간 얘기가 궁금해서."

    계획대로라면 어젯밤 이장의 집에서 삼겹살을 구워 먹었어야 했다. 하지만 낯을 많이 가린다는 수희의 말대로 동우는 그런 환 영식을 원치 않았고 혼자 조용히 이장을 만나러 갔었다.

"커피 드릴까요?"

"아니. 커피는 이장님 댁에서 마셨어. 아, 그리고 이장님이 선민이 그, 뭐야? 그…… 배꽃 아가씨 그거! 거기 꼭 나가 보라고 한 번 더 말씀하시던데. 나가면 뭔가 될 거라고."

수희의 말에 상금 이백만 원이 떠올랐다. 어디 가서 말 꺼내기도 부끄러울 것 같은 그 대회에 정말 나가야 하는지 고민이기는 하지만, 생활고에 등이 휘니 그런 부끄러움은 잠시 잊기로 했다.

"한번…… 나가 볼……까요?"

"나가 봐. 30년만 젊었어도 내가 나갔다. 호호호, 응원 갈게."

"괜히 나갔다가 창피만 당하는 건 아닌지……. 제가 그렇게 어린 나이도 아니고."

"어차피 이 시골에 어린 아가씨들이 없어서, 30세 미만의 미혼이라고 자격 조건도 후하다잖아. 어쨌거나 선민이 파이팅!"

그렇게 두 사람이 화기애애하게 대화를 나누고 있을 때였다.

"지금 한가하게 차나 마실 때입니까? 문단속도 안 하고 말입니다."

이번에도 저승사자 같은 목소리를 내며 동우가 주방으로 들어왔다.

아들임에도 불구하고 출현만으로도 긴장이 되는지 수희는 이미 자리에서 벌떡 일어나 있었다. 그런 수희를 보며 앉아 있을 수만은 없던 선민도 자리에서 어기적거리며 일어서는데, 그가 그녀에게 손에 들고 있던 검정 비닐 봉투를 툭 하고 던져 주었다.

"이건 어머니 겁니다."

그래도 기본 예의는 있는지 수희에게는 던지지 않고 직접 건네주었다.

선민은 봉투 안에서 꺼낸 물건을 한참 바라만 보았다. 그러고 보니 수희의 손에도 똑같은 것이 들려 있었다.

"이게……?"

일명 몸빼로 불리는 일바지였다.

"두 분, 그걸로 갈아입고 과수원으로 나오십시오."

"네?"

"뭐?"

놀란 건 선민만이 아니었다. 아들의 느닷없는 명령에 수희도 놀라 아들을 바라보았다. 하지만 두 여인의 비명 소리에도 아랑곳하지 않고 동우는 유유히 밖으로 나가 버렸다.

"아줌마……."

예상에도 없던 일이라 수희도 적잖이 당황했는지 어쩔 줄 몰라 하며 긴 한숨만 내쉬고 있었다.

"어떡해요?"

"나가야지 어떡해. 미안해."

"아, 이건……."

농사짓는 시늉만 좀 하면 될 줄 알았다. 이렇게까지 윤동우라는 남자가 몰아붙일 거라는 예상은 하지 못했다.

졸지에 팔자에도 없는 농사를 짓게 생긴 자신의 처지에 눈물이

날 것 같다. 마음 같아서는 내 땅이니 신경 쓰지 말고 그냥 두라
는 말을 하고 싶었다. 수희만 아니면 정말 내뱉고 싶은 심정이다.

'얌전히 학원에서 애들이나 가르치고 있을걸. 무슨 인생 역전
을 하겠다고…….'

옆에서 조용히 일바지를 입는 수희를 보며 선민도 어쩔 수 없
이 촌스러운 일바지에 패딩 조끼를 껴입고 과수원으로 향했다.

과수원 한가운데 동우가 서 있었다. 장교여서 그런지 서 있는
폼이 예사롭지 않다. 마치 군기를 잡으려 하는 교관과 같은 그의
모습에 가슴이 답답해졌다.

선민과 수희는 신병처럼 동우 앞에 곧은 자세로 섰다.

"오늘 할 일은 과수원 대청소입니다. 먼저, 지저분하게 널려 있
는 배 봉지부터 주워서 여기 있는 자루에 담으시고, 나무 주위에
있는 잡초들을 모두 뽑고 갈퀴로 긁어모으십시오."

동우가 두 여자에게 목장갑을 건네주었다.

과수원을 매입할 때는 이곳이 이렇게 넓은 줄 몰랐는데.

사실 금이 열리는 과수원이 될 거라는 말에 이 땅이 그렇게 넓
지 않다는 것을 아쉬워했었다. 하지만 쓰레기처럼 널려 있는 배
봉지를 줍고 풀을 뽑기 위해 둘러보니 왜 이렇게 운동장 같이 넓
기만 한지.

자꾸만 한숨이 나오고 짜증이 나고 우울해졌다. 어느 정도 예
상은 하고 있었다. 농사라는 것이 방구석에 앉아 입으로만 짓는
게 아니니 과수원에 나와 뭔가 일을 해야 할 거라는 것 정도는 각

오하고 있었다.

그런데 시키는 일을 해야 한다는 마음과 다르게 뭔가 이건 아니라는 생각이 들면서 기분이 묘하게 뒤틀렸다. 선민은 그 원인을 동우의 말을 듣고 찾아냈다.

"저기요!"

선민이 동우를 불렀고 동우는 그런 그녀를 무슨 일이냐는 듯 약간의 인상을 쓰며 바라보았다.

"아줌마하고 제가 그쪽 졸병이 아니잖아요?"

"선민이……."

불만 서린 선민의 목소리에 놀란 것은 수희였다. 선민의 말을 막으려는 듯 수희가 끼어들었지만 선민은 아랑곳하지 않고 할 말을 계속 이어 갔다.

"말을 좀 부드럽게 하실 수는 없어요? 지금 우리가 무슨 훈련이나 벌 받고 있는 거예요? 아니잖아요! 그리고 이 과수원 제 땅이에요. 그쪽이 주인 아니거든요! 그렇게 사람 부리듯 일을 시킬 자격이 없단 말이죠."

"그래서 해 놓은 게 뭐 있습니까?"

"네?"

"과수원 주인으로서 뭘 했냐는 말입니다. 그리고 앞으로 무엇을 할 수 있으며 어떻게 하겠다는 계획은 있습니까?"

"……그게……."

"그리고 분명히 말했을 텐데요. 내 거, 네 거 따지기 시작하면 두 분 이렇게 함께할 수 없다고. 그러니 구선민 씨 땅에 도움 주는 일을 그런 식으로 받아들일 거라면 여기서 털고 끝내는 게 낫지 않겠습니까?"

잡아먹을 것같이 치뜨고 있던 선민의 매서운 눈빛은 동우의 차갑고 무거운 말투에 비하면 아무것도 아니었다.

누가 목소리 큰 사람이 이긴다고 했던가. 목소리 큰 사람이 이기는 법은 없었다. 고저 없이 한 톤으로 깔리는 그의 목소리에는 아무도 이길 사람이 없을 것 같았다.

선민도 그의 표정과 목소리에 기가 죽었다.

"지금 내 거, 네 거를 따지는 게 아니잖아요. 저는 윤동우 씨 그 말투가 맘에 안 들었을 뿐입니다. 그런데 또 그걸 가지고 그렇게……."

"그만, 그만! 선민이 우리 아들이 좀 그래. 그러니까 나 봐서라도 이해해 줘. 그리고 동우야, 너도 아직 서먹하고 낯선 선민이한테 그렇게 말을 네 식대로 하면 좀 그렇지 않겠니? 나야 너를 아니까 다 받아들이고 이해하고 그러려니 하지만 여기 선민이는 아직 너에 대해서 모르는데 그렇게 딱딱하게 말하면 기분이 상하거나 거부감 들 수 있는 거니까, 좋게 좋게 말하자."

수희가 분위기 수습을 위하여 선민의 말을 가로막고 나섰다.

수희의 말이 틀리지 않다는 걸 인정하는지 그의 표정이 조금씩 풀어지고 있었다.

"자, 자. 일해야지, 일."

선민의 등을 다독이며 수희가 동우에게서 그녀를 멀리 떼어 놓는 것처럼 한쪽으로 데리고 갔다.

"조금만 참아 줘, 선민이."

"아줌마 아들 아무리 군인이라지만 너무한 거 아니에요?"

"미안해. 그래도 알고 보면 마음은 따뜻한 애야. 표현할 줄 몰라서 그래. 선민이가 잘 좀 봐줘."

굳어진 인상으로 툴툴거리는 선민의 마음을 풀어 주기 위해 애쓰는 수희의 노력이 선민의 눈에 보였다. 그 마음이 안쓰러워 괜찮다며 마음을 좀 돌려 볼까 하는 순간.

"노닥거릴 시간 없습니다. 빨리 움직이십시오."

어김없이 권위적인 말투의 목소리가 들려왔다. 그뿐 아니라 두 여인을 바라보는 그의 시선 또한 차갑기 그지없었다.

알고 보면 따뜻? 아니다. 그냥 봐도 윤동우라는 남자에게서 따뜻함은 찾아볼 수 없다. 말투부터 표정까지 그는 냉정하고 딱딱한 군인 그 자체였다.

선민은 긴 한숨을 힘겹게 내뱉은 후 바닥에 떨어진 배 봉지를 줍기 시작했다.

후회해도 소용없는 일, 후회하지 말자 했지만 또다시 지혜를 죽이겠다는 다짐을 하고야 만다.

시간이 흐르면서는 허리가 끊어질 듯 아파 왔고 고된 노동으로 인한 짜증이 참을 수 있는 한계에 다다랐다.

"아이고, 허리야! 아이고, 아이고."

어느새 수희의 입에서는 앓는 소리가 끊임없이 터져 나오고 있었다. 똑같은 소리가 선민의 입에서도 절로 터져 나올 즈음 과수원에 어지럽게 널려 있던 배 봉지들이 없어져 깨끗해졌다.

"자, 이제는 잡초 뽑으시면 됩니다. 나무 주위의 풀들을 모두 뽑아내십시오. 손으로 뽑기 힘들면 이렇게 호미나 모종삽으로 캐내면 됩니다."

동우가 먼저 시범을 보였다. 어려울 것 하나 없는 풀 뽑기 작업이다. 그가 알려 준 대로 앉아서 그냥 풀만 뽑고 있으니 배 봉지를 치우는 일에 비하면 일 같지도 않게 느껴졌다. 오히려 손에 든 모종삽으로 인해 과수원이 아닌 꽃밭을 가꾸는 기분이었다.

하지만 그런 여유로운 기분도 오래가지 못했다. 쪼그리고 앉은 자세가 너무 불편했고, 무릎의 통증은 물론, 다리 전체가 마비되는 느낌에 제대로 일을 할 수가 없었다.

"아이고, 다리야. 이러다 관절 나가는 거 아니야? 아이고, 내 다리."

이번에는 허리가 아닌 다리에 감각이 없어질 정도로 힘들었다. 목욕탕 의자라도 가져다 앉지 않으면 풀 뽑기 작업은 더 이상 불가능한 상태였다.

"아, 진짜 내 인생이 왜 이렇게 된 건지. 어휴."

몸과 마음이 괴롭고 힘드니 또다시 속에서 욱하고 올라오는 것이 있었다. 그 화풀이를 손에 든 잡초에 하느라 힘껏 내던지는 바람에 뿌리에 묻어 있던 흙이 눈으로 들어갔다.

"으윽."

따가워 눈도 뜨지 못하고 눈물만 흘리고 있는데 옆에서 동우의 목소리가 들렸다.

"어디 안 좋습니까?"

이 남자, 이렇게 인간적이고 따뜻한 목소리도 지니고 있었나?

걱정을 해 주는 것 같은 그의 목소리는 이제껏 들었던 것과 다르게 인간적이었다. 진심으로 걱정해서 묻는 것이라는 걸 알 수 있을 만큼.

"눈에 흙이 들어간 거 같아요."

"눈 비비지 말고 일단 집에 들어가서 식염수 있으면 그걸로 씻어 보고 없으면 물로라도 씻어요. 그리고 계속 이물감이 있으면 말해요. 병원으로 가야 하니까."

그리고 동우는 수희를 불렀다.

두 사람이 있는 곳으로 온 수희에게서 앓는 소리가 먼저 들렸다.

"아이고, 다리야. 왜?"

"구선민 씨 데리고 집으로 들어가세요. 눈에 흙이 들어간 모양입니다."

"아이고, 어떡해? 괜찮아?"

눈물을 줄줄 흘리고 있는 모습이 안돼 보였는지 수희는 선민의 손을 잡고 집으로 가면서 쉴 새 없이 걱정해 주었다.

그 걱정이 오히려 선민의 눈에서 더 많은 눈물을 뽑아냈다.

이물질에 의한 자극으로 흘리는 눈물보다는 풀 뽑다 눈에 흙이 들어가 눈물 흘리고 있는 자신의 신세가 더 불쌍해서였다.

아이들을 가르치다가 분필 가루가 눈이나 코로 들어가도 끄떡없었는데.

몇 시간을 서서 강의를 해도 무릎 관절이 아플 정도는 아니었는데.

원장에게 가끔 싫은 소리를 들어도 이토록 무시를 당한 적은 없었는데.

그런데 지금은 잘 알지도 못하는 해군 장교에게서 풀 뽑으라는 명령이나 듣고 또 그 말에 복종하듯 쪼그리고 앉아 풀을 뽑고 있던 자신의 처지가 서럽기만 하다. 생각하면 할수록 눈물이 멈추지 않고 계속 흐른다.

"많이 아픈가 보다? 병원 가야 하는 거 아니야? 눈에 뭐 잘못 들어가면 실명할 수도 있다는데. 일단 식염수로 씻고 병원에 가자."

수희가 욕실로 데리고 들어와 식염수를 내밀었다.

선민은 식염수로 눈을 씻어 냈지만, 눈에서 느껴졌던 이물감이나 통증은 서러움에 눈물을 흘릴 때부터 사라졌었다. 이물질은 이미 눈물에 씻겨 내려갔지만 눈에 느껴지는 아픔보다는 가슴에서 느껴지는 아픔으로 인해 계속 아파하고 있었을 뿐이다.

수희 앞에서 계속 눈물을 흘리고만 있을 수 없었던 선민은 마음을 추슬렀다. 빨갛게 충혈된 눈을 깜빡이며 선민이 수희를 안심

시켰다.

"다 씻겨 나갔나 봐요. 이젠 아프지 않고 괜찮아요."

"그래? 병원에 안 가 봐도 되겠어?"

"네."

"에고. 괜히 미안하네, 나 때문에……. 몸도 힘들고 우리 애한테 안 좋은 소리 듣고……. 이런 고생 안 해 봤을 텐데……. 나야, 뭐 어쩔 수 없이 이렇게 해야 된다지만."

"저 좀 쉴게요, 아줌마."

"그래. 쉬어. 마무리는 나하고 동우하고 할게."

선민은 밖으로 나가는 수희의 뒷모습을 보고 방으로 들어왔다.

책상 위에 놓인 배꽃 아가씨 지원서가 눈에 들어왔다. 지금 그녀에게 있어 지원서는 그냥 종이 한 장이 아니라 그녀를 이 시골에서 구해 줄 희망 한 장이었다.

선민은 충혈되어 불편한 눈이나, 끊어져 나갈 것같이 아픈 허리, 관절이 으스러진 것같이 삐거덕거리는 무릎의 통증은 잊은 채 지원서를 써 나가기 시작했다.

쉬고 싶은 마음과 아픔보다는 돈 이백만 원에 대한 간절함과 이곳을 당장 벗어나고 싶은 마음이 더 컸기 때문이다.

가장 먼저 이름을 써넣을 때만 해도 상금을 어떻게 써야 할지 고민을 했다.

엄마 이자부터 갚고 엄마 집으로 들어갈까?

중고차라도 하나 사서 시내로 알바를 구해 다닐까?

정 안 되면 땅 팔릴 때까지 수희 아줌마한테 생활비를 내고 버텨 볼까?

하지만 마지막 생각은 지웠다. 윤동우라는 남자 때문에. 지금 그녀가 몹시도 벗어나고픈 이유가 윤동우인데 그 남자하고 계속 지낼 생각은 추호도 없었다.

행복하고 서글픈 고민을 하며 구선민이라는 이름을 쓰고 나니 생년월일에서 갑자기 딱 막혔다.

만 30세 이하의 미혼여성이라는 자격조건에 턱걸이로 걸려 있는 자신의 나이. 아무리 촌에 여자들이 없어 나이 조건이 그렇다고 하지만 20대들과 비교해 나을 게 없는 나이다.

'내 나이가 언제 서른이 된 거지? 서른…… 참으로 서러운 나이가 맞구나.'

힘들게 달려온 20대에는 좀 더 나은 30대를 꿈꾸었다. 그러나 우리나라 나이로 서른에 접어든 올해, 시작부터가 불운하니 혹여나 20대보다 더 힘들게 보내야 되는 건 아닌지 두렵다.

행정구역이 그리 넓지 않아서인지 참가 신청서에 채워 넣어야 할 사항은 단순했다. 사진을 붙여야 하는 란에는 5년 전 이력서에 붙였던 증명사진을 붙였다. 지금보다 훨씬 풋풋하고 신선한 그 사진을 보자 차라리 취업 전쟁을 치렀던 그때가 그리웠다.

힘들었지만 희망이 있던 25살. 다시 돌아가고 싶은 마음을 접고 신청서를 고이 챙겨 놓은 후에야 선민은 낮잠을 청했다.

"선민이, 밥 먹고 자."

문 두드리는 소리에 낮잠에서 깨어난 선민은 밥 생각이 없었지만 커피라도 마실 생각에 자리에서 일어나 주방으로 향했다.

"밥 먹어."

주방에는 간단한 상이 차려져 있었다.

밥 생각도 없었지만 사실 차려 준 밥을 먹기 위해 쉽게 그 식탁 앞으로 앉을 수 있는 처지도 아니었다. 식탁 위에 차려진 밥과 반찬은 수희가 사 온 쌀과 식재료들로 만들어진 것들이기 때문이다.

비용 부담을 하지 않은 상태에서 가만히 앉아 차려 주는 밥을 꼬박꼬박 받아먹을 수는 없는 일이었다. 꼭 자신이 식충이가 된 기분이 드는 것 같아 선민은 수희가 차려 준 밥상을 거절했다.

"아니에요. 밥 생각 없어요. 그냥 쉴래요."

"아침에도 커피로 때우고 점심도 안 먹으면 어떡해? 그러다가 몸 축나고 건강 잃는다니까. 얼른 먹어. 동우 때문에 불편할 것 같아 피하는 거라면 괜찮아. 걔 지금 숙소로 잡아 놓은 여관으로 갔어."

"매번 이렇게 차려 주시는 거 넙죽넙죽 받아먹는 거…… 너무 죄송하고 그래서요."

"동우 때문에 내가 선민이 힘들게 하는 거에 비하면 밥 차려 주는 건 아무것도 아니야. 그러니까 편하게 먹어. 미안해하지 말고. 그리고 이 밥상은 동우가 차렸어. 우리 오늘 힘들었다는 거 알고 차려 준 거야."

이런 센스도 있는 사람이냐고 묻고 싶었지만 선민은 말을 꺼내지 않았다. 다만 식사는 거절했다.

서로가 권하고 거절하기를 여러 번. 결국 선민은 자리에 앉아 수희와 함께 점심 겸 저녁을 먹었다.

"사람만 가꿔서 예뻐지는 게 아니더라."

된장국을 입에 넣으며 하는 수희의 말을 선민은 바로 알아들을 수가 없었다.

"밥 먹고 과수원에 한번 나가 봐. 과수원이 젊어졌어. 일할 때는 몰랐는데 그렇게 정리해 놓으니까 팔려고 내놓으면 팔릴 것도 같더라고. 그동안 그 땅이 얼마나 피폐한 땅이었는지, 나가서 지금하고 비교하면 알게 될 거야."

"아, 그래요?"

하고 선민은 수희의 말을 심각하게 듣지 않고 넘겨 버렸다.

하지만 고단함을 이기지 못하고 소파에서 일찍 잠든 수희를 보던 선민은 다시금 그녀의 말이 생각나 과수원으로 나가 보았다.

수희 말이 맞았다. 사람만 가꿔서 예뻐지는 게 아니었다. 폐허와 같던 과수원에 사람의 손길이 닿으니, 곧바로 꽃을 피우고 열매를 맺을 것 같은 생기가 흙바닥에서부터 넘쳐나고 있었다.

'하, 힘들었어도…… 뭔가 이뤄 낸 게 있어 기분은 나쁘지 않네.'

조금 뿌듯함을 느끼는 순간이었다.

❀❀❀

촌스러운 꽃무늬 벽지, 호박색 비닐 장판, 그리고 유행이 한참 지난 월넛 가구들이 놓인 시골 여관방은 촌스럽기는 해도 깔끔하고 깨끗하게 정돈된 침구로 인해 지낼 만했다.

샤워를 마친 동우는 여관으로 들어오기 전에 사 온 아메리카노를 한 모금 마셨다. 이미 식어 버려 향이 날아간 커피였지만 못 마실 정도는 아니었다.

'어머니 좋아하는 핫초코를 사 드리고 올 걸 그랬나?'

너무 고된 일만 시키고 나 몰라라 한 것 같아 마음이 좋지 않았다. 적당히 어르고 달랠 줄도 알아야 하는데 첫날부터 너무 몰아붙인 것 같아 미안하다.

사실 배 봉지를 줍고 풀을 뽑는 일은 급한 일이 아니었다. 이장 말에 의하면 지금 과수원에서 가장 시급하게 해야 할 작업은 전지와 유인 작업이라고 했다.

즉, 가지를 치고 그 가지를 옆으로 눕혀 고정시키는 작업을 해야 배 수확량이 많아지니 꽃 피기 전에 끝내야 한다고 한다. 인부들을 붙여 주겠으니 빨리 시작하라고.

하지만 그녀들에게는 배 농사가 중요한 게 아니었다.

수희는 의지박약으로 인해 중년의 나이임에도 불구하고 혼자 할 수 있는 일들이 거의 없다. 거기에 마음은 약해 남에게 사기당하고 빼앗기고 잃어버리는 일이 허다하다. 이젠 뭔가 해 보겠다고 다짐을 하고 나왔으니 몰아붙여 그 다짐대로 이뤄 낼 수 있도록 할 참이다.

게다가 함께 농사지으며 살겠다는 구선민이라는 여자에게서는 인생 손 놓고 대충 살려고 하는 안일한 태도가 보인다. 성질과 고집만 있을 뿐이다. 승부욕도 없고 삶에 대한 능동적인 의욕도 안 보인다.

정말 농사를 짓기 위해 모든 것을 땅에 쏟아붓고 내려온 것이 맞는지 의심스러울 정도로 나태하기만 하다.

동우는 그런 두 여자들을 위해 오늘부터 좀 굴려 보기로 했다. 버티면 농사를 짓는 거고 아니면 서울로 다시 올려 보내는 거고.

괜히 돈 버리고 땅 버리고 시간까지 버릴 수는 없지 않은가.

살아온 날보다 살아갈 날이 더 짧아지고 있는 수희의 시간과, 가장 귀한 젊음을 가진 구선민의 시간을 제대로 쓸 수 있게 해 주고 싶을 뿐이었다.

❊❊❊

온몸이 아우성이다. 어디선가 우두둑 관절 꺾이는 소리가 나는 것 같았고, 어깨부터 무릎까지 쑤시지 않는 곳이 없었다.

수희도 몸 상태가 안 좋은지 아침도 거른 채 소파에만 누워 있었다.

"우리 찜질방 갈까? 아니면 어디 마사지 숍에 가서 경락이라도 받고 올까? 그래야 몸이 풀릴 텐데."

경락 마사지는 받아 보지 않아서 모르겠지만 뜨거운 찜질방에서 몸을 지지고 싶었다. 하지만 돈 한 푼이 아쉬운 선민은 수희의 말에 선뜻 응하지 못하고 어제 적어 둔 지원서를 들고 나왔다.

"이장님 댁에 다녀올게요."

"왜?"

큰 병 걸린 사람처럼 축 늘어져 있던 수희가 소파에서 벌떡 일어나며 물었다.

"아, 이거 지원서 내려고요."

"그래? 같이 갈까? 혼자 가면 심심하잖아."

"몸 괜찮으시겠어요?"

"응, 괜찮아. 기다려 봐."

수희가 준비하는 동안 선민은 지원서를 다시 꼼꼼하게 훑었다.

'제발 돼라. 제발! 제발!'

배꽃 아가씨의 영광 따위는 마음에 없었다 오직 돈에 눈멀어 미스 화산이든, 원앙이든 뭐가 돼도 됐으면 하는 간절함을 담아 선민은 수희와 함께 이장의 집에 도착해서 지원서를 제출했다.

그리고 이장이 내준 차 한 잔을 막 마시려는 순간 수희의 휴대폰 벨이 울렸다.

"어, 동우야?"

— 어디 가셨습니까?

"이장님 댁에 볼일 있어서. 왜?"

— 왜라니요? 오늘 가지치기 작업해야 합니다. 볼일 빨리 보고 오십시오. 구선민 씨도 거기에 있습니까?

"가지치기? 그걸 우리가 어떻게……?"

— 얼른 오십시오. 아니면 제가 이장님 댁으로 모시러 가겠습니다.

"아니야, 갈게. 지금 갈게."

통화를 끝낸 수희가 선민을 재촉했다.

"선민아 가자. 동우가 와서 기다리고 있어."

"또 왜요? 또 뭐요?"

"가지치기……한다고."

여기가 이장의 집만 아니었으면 그대로 바닥에 누워 배 째라며 데굴데굴 굴렀을지 모른다. 어제 일한 후유증으로 온몸이 쑤시는데 또 일이라니?

"일단 가자."

수희의 손에 이끌려 집으로 오기는 했지만 선민의 마음은 짜증이 가득했다.

"동우야, 우리 몸이 너무 아파서 아침도 못 먹었어. 그런데 가지치기라니? 그건 좀 며칠 후에……."

"몸 다 풀려서 며칠 후에 작업하면 또 아플 겁니다. 처음이라 그렇지 이틀 정도만 작업하면 몸도 알아서 적응합니다. 그러니 얼른 아침 드시고 나오세요."

동우가 밖으로 나갔다.

그리고 수희가 또 미안한 표정으로 선민을 바라보았다. 이젠 그런 수희의 미안한 얼굴도 안쓰럽거나 안돼 보이지 않는다. 내 몸과 마음이 아프고 힘든 게 먼저기에 선민은 수희의 어두운 얼굴을 보고도 표정이 펴지지 않았다.

"아줌마, 미안하다는 말은 하지 마세요, 이젠. 슬슬 한계가 오고 있거든요."

선민은 수희의 대답은 듣지 않고 주방으로 들어왔다. 그리고 당당하게 밥통에 있는 밥을 푸고 냉장고에 있는 반찬들을 꺼냈다. 이전에는 돈 한 푼 내지 않고 수희의 밥을 축내는 게 미안했지만 이제는 그럴 필요가 없었다.

자신의 희생은 이 밥과 반찬보다 더한 희생이라는 생각에 더는 먹는 거에 미안해하지 않기로 했다.

평소와 다르게 침묵으로 식사를 마친 두 사람은 과수원으로 나왔다.

동우는 어제와 마찬가지로 그녀들에게 목장갑을 건네주고 어디서 구했는지 가지치기용 가위라며 공구 같은 모양새의 가위까지 건네주었다.

"제가 톱으로 굵은 가지를 반 정도 잘라 내면 남은 가지의 옆으로 나 있는 잔가지들을 그 가위로 잘라 주면 되는 겁니다."

동우는 시범을 보이듯 사다리 위로 올라가 굵은 가지 몇 개를 톱으로 잘라 냈다. 그리고 수희가 들고 있던 가위를 건네받아 잔

가지들을 잘라 냈다.

"어떻게 하는지 아시겠죠?"

"그런데 왜 가지를 잘라 주는 거예요? 가지가 많아야 배가 많이 열리는 거 아닌가요?"

궁금해서 던지는 질문이 아니었다. 물론 배가 많이 열리지 않아 걱정돼서 하는 질문도 아니었다.

'너, 뭐 알고나 시키는 거니?'

이런 의도가 담긴 질문이었다.

"영양분의 균형을 맞춰 제대로 된 열매를 얻기 위한 작업입니다. 잔가지들이 많으면 그만큼 영양분이 분산되고 열매는 많아져도 크기라든가 모양이 일정하지 않고 작을 수밖에 없으니까 가지치기를 하는 겁니다."

괜히 물어봤나 싶을 정도로 동우에게서는 유창한 대답이 흘러나왔다.

"저 앞에 있는 나무들은 제가 잘라 놨으니 두 분은 가셔서 작업하시면 됩니다. 그리고 키가 닿지 않는 부분은 그냥 두십시오. 제가 할 테니까."

선민과 수희는 고개를 숙인 채 동우가 작업을 마쳤다는 나무를 향해 걸었다.

"아줌마 아들 해군 장교 맞아요? 해군 장교라고 아줌마 속이고 어디서 배 농사 짓고 살고 있는 거 아니에요?"

선민이 수희에게 불만 가득한 목소리로 조용히 속삭였다.

"쟤가 뭘 한다고 마음먹으면 철저하게 하는 타입이라…… 아마 잠 줄이면서 밤새 배 농사에 대한 공부했을 거야."

"어유, 뭘 공부씩이나…… 은근 독하기까지 한가 봐요?"

아들에 대해 좋지 않은 식으로 말하는 게 듣기 거북했는지 수희가 대답 없이 선민의 시선을 피했다.

"잡담 그만하시고 얼른 시작하십시오."

등 뒤에서 들리는 동우의 목소리에 선민이 진저리를 치며 배나무 앞에 섰다.

"과수원 며느리로 들어왔어도 이렇게 일은 안 하겠다."

선민은 투덜거리며 동우가 알려 준 대로 잔가지들을 가위로 잘라 냈다. 어제처럼 쪼그리고 앉아서 하는 작업이 아니기에 다리나 무릎이 불편하거나 아프지 않아 좀 낫다고 생각했다. 하지만 얼마 가지 않아 이번에는 목과 팔이 아파 왔다.

'왜 젊은 사람들이 농사를 선택하지 않고 고향 등지고 도시로 나가는지 이제야 알겠네. 참 세상 쉬운 게 없네.'

더럽고 치사한 꼴을 보며 사람과의 관계에서 오는 어려움을 이겨 내야 하는 직장 생활만큼이나 농사짓는 일도 힘들다. 사람과 업무와의 싸움이 아니라 나 자신과의 싸움이라서 더 고되고 힘드니 사람들이 쉽게 포기하고 떠나는 것이 아닌가 싶다.

최근 다시 귀농하는 사람들이 꽤 있다고 하지만 스스로를 다스릴 수 있는 마음의 여유가 없다면 쉽게 할 수 있는 일은 아닌 것 같다.

목이 굳은 것처럼 뻣뻣하고 팔이 떨어질 것처럼 아프지만 혼자 그 아픔을 버텨야 하는 것처럼 자기와의 싸움을 잘 하지 않으면 안 되는 일이 농사라는 생각을 하며 선민의 시선이 동우에게 향했다.

'농사는 저 사람 체질인 것 같은데.'

하지만 농부로 촌에서 지내기에는 인물이 좀 아깝다. 성격을 보면 부하 잡는 해군 장교로 딱이고, 혼자 묵묵히 제 일만 하는 것을 봐서는 농부로도 손색이 없다.

'성격만 좋으면 좋을 텐데. 인물만 아깝다, 아까워. 어떻게 수희 아줌마한테서 저런 아들이 나왔을까? 하긴 악착같이 부지런하고 자린고비 같은 울 엄마한테서 언니 같은 딸도 나왔는데 다른 집이라고 다를까? 아이고, 목이야.'

잠깐 하던 일을 멈추고 목을 주무르고 팔도 휙휙 돌리며 경직된 몸을 풀어 주었다.

"좀 쉬었다 하자."

수희도 힘들었는지 그 자리에 주저앉아 버렸고 선민도 수희를 따라 털썩 앉아 버렸다.

그런 두 여인의 모습을 보던 동우는 말없이 과수원을 벗어났고, 동우가 사라지자 그에 대한 뒷담화가 다시 시작되었다.

"아줌마 아들 해군 장교씩이나 돼서도 왜 아직 장가 못 가고 노총각으로 있는지 알겠어요. 사람이 어떻게 저렇게 뻣뻣하고 딱딱하고 그래요? 표정도 없고 말도 없고……. 심장도 없는 사람

같아요. 몸에 뜨거운 피가 아니라 차가운 피가 흐르는 사람처럼."

"아니야, 나중에 장가가면 아마 잘하고 살 거야. 아내 끔찍하게 위해 주고 제 자식 잘 챙기면서. 아이고, 그렇게 사는 거 봤으면 소원이 없겠는데."

"아닐걸요. 아마 청소고 설거지고 빨래고 지금처럼 표정 없이 이렇게 해라, 저렇게 해라, 하면서 명령 내리듯 그렇게 할 것 같아요. 애들한테도."

"내 아들이라서 하는 말은 아닌데 저런 남자들이 제 여자한테는 또 끔찍한 법이야. 다른 사람한테는 차게 굴어도."

"무섭고 차갑고 냉정한 놈이라고 흥보실 때는 언제고, 아들이라고 편드세요?"

"그럼! 내 아들 내가 흥보는 건 괜찮아도 남이 그러는 건 또 못 보는 게 부모거든."

수희의 말을 듣고 선민은 배 여사를 떠올렸다.

'우리 엄마도 어디 가서는 내 편을 들어 줄까?'

어디 가서 편을 들어 줄지 아니면 함께 흥을 볼지는 모르겠지만 지금은 아마 어마어마한 독설을 내뱉으며 그녀를 벼르고 있을 거라는 사실만은 확실하다.

'내 돈 천만 원 내놔!'

라고 하는 배 여사의 목소리가 귓가에 들리는 것 같다. 그러자 한숨이 나왔다.

"아줌마 안 힘드세요?"

이 정도 강도의 일을 하는 것보다 차라리 몸 편하고 마음 편하게 아들에게 이실직고하는 게 낫지 않나, 하는 마음에서 물었다.

"힘들지. 눈물 날 만큼 힘들지."

"그냥 말하세요. 사실은 사기당해서 이렇게 된 거라고. 농사는 핑계였다고. 이거야말로 사서 하는 고생이잖아요. 괜히 저까지."

"그럼 선민이는 이 고생 왜 하고 있는데? 지금이라도 그냥 엄마한테 가서 말하면 되는 거 아니야? 내가 도와 달라고 했지만 힘들어서 못 참겠으면 손 털고 가도 되는데 왜 이러고 있는 건데?"

"그건⋯⋯."

갈 곳이 없어서다. 수희 말대로 배 여사에게 이실직고하면 엄마 집으로 들어갈 수 있겠지만 아직까지 용기가 나지 않는다. 등짝을 강타할 매타작보다 심한 엄마의 악다구니를 받아 낼 자신이 없다.

이제는 그런 엄마의 모습에 적응이 돼서 그러겠거니 하며 넘길 만도 한데 그게 쉽지 않다.

아직도 배 여사의 악에 받친 꾸지람과 행동들이 상처로 고스란히 가슴에 남아 아프다. 엄마라는 존재에게서 그런 상처와 아픔을 더는 받고 싶지 않다.

생각해 보니 힘들어도 버틸 수밖에 없고 어린 선민에게 늘 미안해서 쩔쩔매야만 하는 수희가 이해가 된다.

"지금처럼 이렇게 열심히 살았으면 내 인생이 많이 달라졌을 것 같은 마음이 들더라고. 그동안 정신 차리지 못하고 산 거에 대한 벌을 받고 있구나 싶고."

"나는 열심히 살았는데……. 어려서부터 진짜 열심히 살았어요. 그런데 난 지금 왜 이러고 있는 걸까요?"

"선민이는 살 날이 더 많잖아. 오늘 이 고생이 내 나이 돼서 큰 보상으로 돌아올지 누가 알아?"

"그런가요? 전생에 나라를 팔아먹어 벌 받는 게 아니고 미래에 할 고생을 앞당겨 하는 거라면 다행이지만요."

봄기운이 막 시작되는 햇볕 아래서 두 사람은 도란도란 이야기 꽃을 피웠다. 힘든 일 중간에 앉아서 수다를 떠니 그야말로 꿀수 다였다.

한숨이 나오는 답답한 상황이었지만 두 사람의 수다는 어제오늘 쌓인 스트레스를 조금씩 해소시켜 주고 있었다.

시간 가는 줄도 모르고 수다에 빠져 있을 때, 동우가 과수원으로 돌아왔다. 그의 손에는 작은 커피 캐리어가 들려 있었고 그 안에 종이컵이 들어 있었다.

"어머니 좋아하는 핫초코입니다. 그리고 구선민 씨는 취향을 몰라서. 아메리카노하고 카라멜 마끼아또 중에 어떤 겁니까?"

"아메리카노요."

동우가 선민에게 커피를 건네주고 수희에게는 핫초코를 건네주었다.

커피를 받은 선민의 얼굴에서 미소가 피어올랐다. 선민뿐 아니라 수희도 핫초코 한 잔에 화색이 돌기 시작했다.

오랜만에 마시는 아메리카노의 향과 맛에 선민의 눈이 절로 감겼다.

"너무 좋다."

마음에서 우러나는 감탄사가 의지와는 상관없이 입 밖으로 튀어나올 만큼 아메리카노 한 잔의 여유는 대단한 것이었다.

"이거 사러 일부러 나갔다 온 거니?"

"네."

수희의 물음에 동우가 짧게 대답했다.

"일하기 지루하고 힘드시면 음악이라도 들으면서 하십시오. 여기."

동우가 주머니에서 이어폰 두 개를 꺼내 선민과 수희에게 내밀었다.

"휴대폰으로 음악 들을 수 있을 거 아닙니까? 듣고 싶은 음악 들으면서 하면 덜 힘들고 덜 지루할 겁니다."

동우는 이어폰 하나를 선민에게 건넨 후, 수희에게서 휴대폰을 받아 들어 음악을 들을 수 있는 앱을 깔아 주었다. 그리고 수희의 음악 취향에 맞춰 선곡을 한 후 이어폰을 휴대폰에 꽂아 다시 그녀에게 돌려주었다.

"천천히 드시고 시작하십시오."

동우는 선민이 선택하지 않은 카라멜 마끼아또를 마시며 작업 중이었던 나무 앞으로 갔다. 그는 바로 일을 시작했고, 능숙하지 않은 솜씨지만 그래도 제법 해 본 사람처럼 거침없이 톱질을 하며 나뭇가지를 잘라 냈다.

그 모습을 선민과 수희가 지켜보고 있었다.

"거 봐, 자상하다니까. 이런 거 챙겨 주는 것 봐 봐. 남한테도 이러는데 제 여자한텐 얼마나 잘하겠어?"

수희가 자랑스러운 듯 선민을 보고 의기양양한 미소를 보였다.

수희 말대로 동우는 지금 꽤나 괜찮은 행동을 하기는 했다. 집에서 대충 믹스커피를 타서 가져온 것이 아니라 일부러 읍내까지 나가서 커피를 사 온 것도 그렇지만, 생각지도 못한 이어폰은 수희의 말에 반박할 수 없을 만큼 세심하고 자상한 행동이다.

무지막지하게 일을 시킨 사람이 맞나 할 정도로 지금 그가 보여 준 배려는 가슴이 따뜻해질 만큼 큰 것이었다.

"그래도 얼굴하고 말은 차가워서 자상하게 안 보여요."

"나중에 우리 동우 웃는 거 한번 봐. 얼마나 예쁜지 알아? 여자보다 더 예뻐."

"제가 데리고 살 것도 아니고, 저를 데리고 살 것도 아닌데 남의 남자 웃는 거 예쁘면 뭐해요? 저는 웃는 게 예쁘지 않아도 늘 웃는 사람이 좋아요."

선민은 자리에서 일어났다.

"일해요, 아줌마. 무서운 얼굴로 잔소리하기 전에."

"나중에 우리 동우 참모습 보고 후회하지나 마."

"제가 무슨 후회를 해요?"

"잘해 볼걸…… 하는 후회."

"됐다고 하세요!"

예의상 어디다 찍어 붙이냐는 말은 차마 꺼낼 수 없었다.

제아무리 아들이라 편을 든다고 해도 좀 심하다는 생각이 들었다. 인물 하나 반반하고 해군 장교라는 것 빼고는 아무것도 괜찮은 게 없는 남자와 잘해 보지 못했다는 걸 후회하다니.

'왜 이러세요! 이래 봬도 나 눈 높다고요!'

속으로 투덜거리며 귀에 동우가 건네준 이어폰을 끼우고 음악을 들으며 작업을 시작했다.

커피 한 잔으로 여유로워진 마음에 듣고 싶은 음악을 듣고 있으니 점점 모든 게 편안해진다.

중노동으로 느껴졌던 작업은 단순 작업으로 느껴져 어려울 게 없었다. 처음엔 이걸 잘라야 하는 건지, 말아야 하는 건지 몰라 고민에 고민을 하다 잘라 냈다면 지금은 음악 리듬에 맞춰 손 닿는 대로 척척 잘라 내고 있으니 작업에 속도가 붙고 재미가 붙기 시작했다.

'얘들아, 너희가 열매를 주렁주렁 달고 있는 모습을 볼 수 있을지 모르겠지만 너희가 열매 맺는 데 있어 나의 정성과 땀이 들어갔다는 사실은 잊지 말아라. 은혜를 배로 갚아 주면 좋겠지만 그때 너희는 내 나무들이 아닐 수 있으니, 그냥 나 같은 주인이 있었다고 기억만 해 다오.'

해 질 무렵이 돼서는 나무에게 말까지 걸게 됐으니 점점 정신

줄을 놓는 것인지, 이제 일을 제대로 해 나가는 것인지 갈피를 잡지 못했다. 그저 어제보다 과수원이 더 과수원다워졌고 자신의 마음은 더 뿌듯해졌다는 게 기분 좋았다. 하루가 너무 힘들었지만 말이다.

※ ※ ※

가지를 치는 전지 작업은 이틀하고 반나절이 지나서야 끝이 났다. 일하는 도중 동우가 아메리카노를 또 사다 주는 건 아닌지 기대를 했지만 커피 배달은 그날 하루로 끝이었다.

자상은 개뿔! 이라고 말해 주고 싶었는데 어제는 의외로 작업으로 인해 지친 수희를 대신해 저녁에 오므라이스를 만들어 주는 것이 아닌가.

수희가 또 자랑을 했지만 다음 날까지 이어지는 작업으로 선민의 눈에 그는 그저 빨리 이곳에서 사라져 줘야 하는 존재에 불과했다.

"아이고, 삭신이야."

전지 작업을 모두 마치고 들어온 수희는 소파를 차지하고 누웠고 선민은 빨리 샤워를 하고 쉬고 싶었다. 그런데 동우가 숙소로 가지 않고 있어 괜히 거실을 서성이는 중이었다.

"계십니까?"

밖에서 익숙한 목소리가 들려왔다.

"어머, 이장님. 어쩐 일이세요?"

수희가 앓는 소리를 내며 소파에 누워 있던 모습과는 사뭇 다르게 수줍은 미소로 이장을 맞아 주었다. 그런 모습을 한두 번 본 게 아니라 선민은 별로 신경 쓰지 않았지만 그런 수희의 모습을 보는 동우의 표정은 심하게 굳어 있었다.

선민이 수희나 이장이 아닌 동우가 신경 쓰일 정도로.

"선민 씨, 배꽃 아가씨……."

"아, 네, 이장님! 그거요! 그거…… 그냥 전화로 알려 주시지 뭣하러 힘들게 여기까지 오셨어요? 아니면 저를 부르시지."

선민은 이장의 손에 들린 종이를 빼앗다시피 받아 들었다.

"일정이 나와서……."

"아, 네. 제가 보고 의문사항 있으면 전화 드릴게요."

선민이 몹시도 당황한 모습으로 이장의 말을 톡톡 잘랐다. 이장은 그런 선민을 보고 그녀가 뭔가 불편해하는 걸 눈치챘는지 더는 길게 말을 하지 않았다.

"그럼 살펴보고 전화해요."

"네. 그럴게요."

"오다 보니 전지 작업을 한 것 같은데. 힘들었죠?"

동우에게 묻는 건지 수희에게 묻는 건지, 모자가 있는 쪽을 보며 이장이 물었다.

"처음 하는 일이라 쉽지는 않았습니다."

"수고들 하셨습니다. 저녁에 우리 집에서 삼겹살 구워 먹는다고 마을 분들 몇 분 오시는데 와서 인사들 하는 거 어때요? 동네 오가면서 인사는 할 수 있게 얼굴은 익혀야 하지 않겠어요? 오늘 아니면 또 금방 바쁜 철 돼서 인사할 시간도 없는데."

"생각해 보겠습니다."

"그래요, 그럼. 6시쯤 오신다고들 하니까 그때 되면 전화를 하든가."

"네. 그럼 살펴 가십시오."

평소라면 수희가 차 한 잔이라도 대접해서 보냈을 텐데 동우와 대화를 나누는 바람에 이장은 용무만 간단히 보고 돌아갔다.

"가야 하지 않을까?"

수희가 동우를 보며 먼저 나섰다. 하지만 동우는 대답 없이 무표정으로 앉아만 있었다.

"너는 그 자리가 불편해서 가고 싶지 않더라도 나하고 선민이는 앞으로 여기서 살 텐데 동네 분들하고 모르는 척하면서 살 수는 없는 거잖니? 이장님 말대로 이 기회에……."

"같이 가 드릴 테니 시간 맞춰 준비하고 계세요. 저도 가서 준비하고 오겠습니다."

"그래, 알았어. 다녀와."

동우가 나가자 수희가 급하게 욕실로 향했다.

"선민이, 내가 먼저 샤워할게."

선민의 대답도 듣지 않은 채 수희는 욕실로 들어갔다. 먼지투성이인 옷을 벗고 싶은 간절한 마음은 배꽃 아가씨 일정에 대한 궁금증에 밀렸고 샤워를 먼저 하지 못한 거에 대한 불만도 쏙 들어갔다.

선민은 이장이 가져온 공문을 천천히 살폈다.

정확한 날짜는 일주일 후, 장소는 읍사무소 앞 주차장에 마련되는 무대. 그리고 자세한 준비 사항은 사전 모임 및 면접 날짜에 알려 준다는 내용이었다.

사전 모임 및 면접 날은 이틀 후다.

막상 자세한 일정이 나오니 괜한 짓을 한 건 아닌지 후회 아닌 후회가 밀려왔다. 더구나 동우 보기 괜히 민망하다.

미스코리아도 아니고, 슈퍼모델 코리아도 아닌 촌구석 배꽃 아가씨 대회에 나가려 하는 자신의 모습이 한심해 보일 것 같아서였다.

오죽 할 일이 없으면 초저녁부터 술 마시고 주사 부리는 것도 모자라 꽃다운 나이도 아닌, 꽃잎도 다 져 버린 나이에 그런 대회에 나가냐며 면박을 줄 것 같았다.

그렇지만 돈을 포기할 수는 없다. 지금처럼 윤동우 지휘 아래 과수원에서 소작농처럼 일하는 것을 벗어나기 위해서라도 꼭 필요한 돈이요, 대회이다.

'내가 이 상금만 타면 바로 서울 간다. 기다려라, 서울! 기다려라, 이백만 원!'

"선보러 가십니까?"

곱게 차려입은 수희가 맘에 안 드는지 동우의 목소리가 무척이나 거칠었다.

"처음 인사하는 자리니까…… 보기 안 좋으면……. 갈아입을까?"

수희가 또다시 동우에게 쩔쩔매고 있었다.

"네."

선민은 단호하게 대답하는 동우에게 시선을 주었다. 보통 저런 경우라면 그냥 됐다고 넘기는 게 흔한 경우인데 그렇게 넘기지 못하는 그가 못마땅해서다.

"그냥 가세요, 아줌마. 예쁜데 왜요?"

그러자 이번에는 동우의 더 거친 말투와 눈빛이 선민에게로 향했다.

"마을 분들한테 인사하러 가는 겁니다. 마을에 새로 이사 왔다고 온 사람들이 치장하고 꾸미고 오면 여기 분들 시선이 어떨 것 같습니까? 분명 편하게 저녁 먹으려고 모였을 테고, 내 집 같은 마음과 차림으로 계실 텐데. 그런 분들과 다르게 손님처럼 그렇게 치장하고 가면 그 사람들이 같은 마을에서 같은 정서를 가지고 살 이웃으로 받아들일 거라고 봅니까?"

"다르게 볼 건 또 뭔데요? 그냥 이웃에게 잘 보이려는 그런 마음으로 볼 수도 있는 거잖아요?"

"지방에서 살아 본 적 있습니까?"

"……없지만……. 사람 사는 게 다 똑같은 거 아닌가……."

"다릅니다. 손님으로 보이는 사람은 손님일 뿐입니다. 대접은 해 주겠지만 한 마을 식구는 될 수 없습니다. 함께 융화하고 동화되지 않으면."

"됐어, 됐어. 내가 갈아입으면 되는 건데 뭘 그렇게 입씨름들을 해. 갈아입고 나올게. 내가 생각이 짧았어."

수희가 옷을 갈아입으러 다시 들어갔고 두 사람만 덩그러니 남은 거실에는 찬 기운만 감돌았다.

그 차가운 분위기는 이장의 집으로 가는 길에 더해졌다.

"두 분! 가서 술 드시지 마십시오."

"알았어. 안 마셔. 걱정하지 마."

술 한 잔이라도 마셨다가는 땅에 메다꽂을 기세로 말하는 동우에게 수희는 얌전하게 대답을 했지만, 선민은 대답하지 않고 그의 말을 무시했다.

술을 마실 생각도 없었지만 그의 그런 고압적인 태도가 맘에 안 들어 대꾸도 해 주고 싶지 않았다.

'정말 맘에 들었다, 안 들었다. 휴가는 도대체 언제 끝나는 거야? 빨리 좀 사라지지.'

선민의 대답을 바라는 사람처럼 동우의 시선이 그녀의 얼굴을 향해 있었지만 선민은 이장의 집에 도착할 때까지 그를 무시했다.

이장 집 마당은 이미 고기 굽는 소리와 냄새로 가득했고 생각보다 많은 사람들이 모여서 와자지껄 술과 고기를 즐기고 있었다.

'설마 저런 분위기에서도 저 남자 혼자 무게 잡으면서 찬물 들

이붓는 거 아니야?'

아직도 풀리지 않은 표정으로 대문을 넘는 동우를 보자 선민은 괜한 걱정에 휩싸이기 시작했다.

하지만 그는 그녀의 예상에서 많이 벗어난 행동을 보여 주었다.

세 사람이 들어서자 이장은 그들을 마을 사람들에게 소개시켜 주며 일일이 인사를 나누게 만들었다. 낯선 마을 사람들 거의 대부분이 수희 또래의 어른들이라 인사를 하면서도 선민은 어색하고 불편했다.

그런데 우습게도 그런 선민과 다르게 동우는 예의 바르면서도 붙임성 있게 어른들과 인사를 나누고 대화까지 편하게 하는 것이 아닌가.

좀 전 대문 밖에서 보았던 그 까칠하고 차가운 윤동우는 보이지 않고 친절하고 싹싹한 윤동우가 있었다.

'여자도 아니고 아주 어른들 앞에서 내숭을 잘도 떨어 주시네. 쳇.'

맘에 안 드는 윤동우를 무시하고 선민은 자리를 잡고 앉았다. 수희도 맞은편에 앉아 동네 아낙들과 인사를 나누고 있었다.

"많이 먹어."

머리가 하얗고 허리가 굽은 할머니 한 분이 선민의 앞 접시에 고기를 한 점 놓아 주며 말을 붙였다.

"네, 감사합니다."

"얼굴도 예쁘고, 웃는 것도 예쁘고, 인사도 예쁘게 잘 하네."

할머니의 칭찬에 선민은 쑥스러운 미소만 지어 보였다.

"정식이 할머니, 이 처녀가 이번에 배꽃 아가씨 나간대요."

"푸우풉."

앞에 앉은 중년 아낙의 말에 놀라 맛있게 씹던 고기가 튀어나왔다.

"죄, 죄송해요."

다행히 입에서 나온 파편들은 선민의 앞 접시에만 튀어 있었다. 옆에 있는 정식이 할머니가 선민의 등을 다정하게 두드려 주었다.

"천천히 먹어. 안 뺏어 먹으니께."

선민은 중년 아낙의 말을 동우가 들었는지를 먼저 살폈다. 다행히 동우는 이장과 또래인 남자 어른들과 이야기 중이었다.

아무도 모르게 조용히 참가하려고 했는데 동네 아줌마가 알고 있다니. 정착해서 살 마을은 아니었지만 그냥 누군가 아는 것이 부담스럽고 창피했다.

"그동안 죄다 예쁘지도 않은 다른 마을 아가씨들이 나와서 지들끼리 다 해 먹는 것 같아 좀 눈꼴 시렸는데, 우리 마을에서 진짜 예쁜 아가씨가 나간다고 하니 내가 다 떨리고 설레네. 다음 주라지? 나가서 확 그냥 일등 먹고 와."

"그래, 아가씨. 가서 일등 먹고 와. 작년에 조합장 마누라가 제 딸이 미스 원앙이 됐다고 얼마나 유세를 하든지."

중간에 끼어든 다른 중년 여성이 고개를 절레절레 흔들며 말했다.

"아, 글쎄 학교 선생하고 선보면 어떻겠냐고 했더니 눈에 쌍심지를 켜고 선생 자리 보낼 거면 시집을 차라리 안 가는 게 낫다나? 아이고, 누가 들으면 딸이 무슨 미스코리아 진인 줄 알겠더라니까."

"그 여편네 하고 다니는 꼬라지가 어디 그것뿐이게? 입에 담으면 내 입이 아파."

오순도순 정답게 살 것 같은 시골 사람들도 누군가의 뒷담화를 한다는 사실이 좀 놀라웠다. 하지만 지금 문제는 그녀가 배꽃 아가씨에 참가한다는 사실을 동네 사람들이 알고 있다는 거다. 포기하고 싶을 정도로 부끄러워지기 시작했다.

"이것 좀 먹어. 이게 피부에 좋디야."

"우리 집에 쑥 말린 거 있는데 그거 끓여서 세수하면 얼굴이 고와진다는디 가져다줄까?"

"호호호, 이번에 미스 배꽃은 우리 이화리가 따 놓은 당상이네, 그려."

동네 아낙들의 정신없는 수다 속에서 선민은 알게 되었다.

배꽃 아가씨 행사가 비록 읍 단위 마을이 연합으로 만든 작은 행사지만 호응이 떨어진다는 이장의 말과 다르게 각 마을의 자존심을 건 그 지역만의 큰 잔치라는 것을. 그리하여 조용히 참가해 상금만 챙기려 했던 선민의 계획이 쉽지 않을 것임을.

불참하겠다는 선언을 하고 싶지만 분위기상 그건 더 어려운 일이 되어 버렸다. 게다가 이제는 남자 어르신들까지 선민에게 다가와 등까지 두드려 주며 격려를 하고 있으니 정말 죽을 맛이었다.

술이라도 마시고 취기에 못 하겠다는 말을 해 볼까 싶어 슬며시 옆에 놓인 술병을 드는 순간.

"아이고, 술은 마시지 마! 피부 버려."

그녀의 손에서 한 아낙이 술병을 번개처럼 빼앗아 가 버렸다.

와자지껄, 모두가 흥에 겨워 떠드는 그 속에서 선민은 우울해졌다.

올해 들어 선택하는 모든 것들이 그녀의 의지와는 상관없이 전혀 엉뚱한 방향으로만 흘러가고 있다.

땅을 산 것부터 해서 괜히 수희를 도와주겠다고 했다가 본격적인 농사일을 하고 있는 지금의 현실, 그리고 배꽃 아가씨 참가까지. 인생 자체가 아예 잘못된 길로 접어든 것 같아 우울하고 슬퍼졌다.

어떤 대화들이 오가는지 귀에 들어오지 않는다. 그저 그녀를 향한 시선에 미소를 지어 보이고 남들과 비슷한 추임새와 표정으로 자리를 지키고 있는 게 힘들 뿐이었다

"삼 일 내내 전지 작업을 하느라 어머니도 그렇고 선민 씨도 많이 피곤한 것 같습니다. 죄송하지만 저희는 이쯤에서 가 봐야 할 것 같습니다."

아무도 일어나 갈 생각이 없는 그 자리에서 동우가 과감하게

자리에서 일어나 그렇게 말했다.

선민은 더 이상 힘들게 앉아 있지 않도록 해 준 동우가 고마웠다. 반은 감은 눈으로 졸고 있던 수희도 그런 동우의 행동이 반가웠는지 자리에서 벌떡 일어났다.

"그래, 그래. 피곤한 사람들 괜히 잡고 있었나 보네. 얼른 가서 쉬어."

이장은 물론이고 동네 사람들의 배웅을 받으며 세 사람은 집으로 향했다.

동우를 뺀 선민과 수희의 느린 발걸음에는 졸음과 피곤이 들어 있었고, 선민에게는 근심과 걱정이 더 추가되어 무겁기까지 했다.

'아무래도 내일 이장님을 만나 봐야지.'

배꽃 아가씨를, 아니 이백만 원을 포기해야 한다는 생각으로 선민은 쉽게 잠들 수 없는 밤을 힘들게 보내야만 했다.

❋❋❋

이장의 집에서 만나고 인사를 나눈 마을 사람들은 모두가 좋아 보였다. 모두 그곳 토박이인 데다 대부분 연세 있는 어르신들뿐이니 인심이 그리 나쁘지 않은 것은 당연할지도 모르겠다. 외지 사람이 들어오면 마을 분위기 흐린다고 해서 배척하고 경계하는 마을들도 많은데 이곳은 그러지 않아 다행이었다.

하지만 여자 둘만 사는 것은 위험하다는 생각에 동우도 그곳에 거주하는 것처럼 말해 놓았다. 그러니 몇몇 어른들께 선민과 결혼할 사이냐는 질문을 받았었다.

동생 같은 사이지 그건 아니라고 둘러댔다. 그 말을 믿는 눈치들은 아니었지만 더는 둘 사이에 대한 말은 꺼내지 않았다. 오히려 예쁜 동생이 있어서 좋겠다면서 배꽃 아가씨 대회에서 꼭 수상을 했으면 한다는 말을 해 주었다.

처음엔 자신이 뭔가 잘못 들었다고 생각했다.

배꽃 아가씨라니. 요새도 그런 대회가 있던가.

하지만 잘못 들은 게 아니었다. 게다가 그 대회에 선민이 참가한다니.

선민의 겉모습은 전형적인 도시여자다. 길고 가는 몸매나 시원하고 또렷한 이목구비를 갖추고 있어 어디 내놔도 미인이라는 소리를 들을 만한 세련된 외모의 소유자다.

그런 그녀를 처음 봤을 때, 이런 시골에서 농사를 짓겠다고 과수원을 매입했다는 사실이 놀라웠다. 개념과 나름대로의 인생철학을 가진 여자일 거라고 생각했다. 물론 농사는 뒷전이고 수희와 함께 술을 마시고 대충 인생을 즐기려는 하는 그녀 모습을 보기 전의 생각이었지만.

어쨌든 그런 그녀가 이번에는 배꽃 아가씨 선발대회에 나간다고 한다. 나가라고 등을 떠밀어도 도도하게 거절할 것 같은데 말이다.

도대체 구선민이라는 여자의 정체가 뭔지 궁금해지기 시작했다.

생각 없이 쉽게 살려고 하는 것 같지만 그건 또 아닌 것 같다. 요 며칠 일하는 그녀 모습을 지켜보면서 그녀에 대한 생각이 많이 달라졌다.

게으른 줄만 알았는데 악바리 근성이 있다. 중간에 포기하고 서울로 도망갈지도 모른다는 예상과 달리 그녀는 이 악물고 잘 버티고 있다.

성질은 좀 있지만 천성이 못된 여자는 아니다. 그렇지만 배꽃 아가씨는 정말 의외다.

무슨 생각으로 그 대회에 참가할 생각을 했는지 궁금하다.

'미모를 뽐내고 싶었나? ……그건 아닌 것 같고. 참, 알 수 없는 여자야.'

오늘은 웬일인지 속을 알 수 없는 선민 생각으로 동우의 밤은 길어지고 깊어졌다.

❅ ❅ ❅

처음엔 수상하다는 생각을 하지 못했다.

새벽부터 들이닥쳐 과수원으로 불러내 고된 작업 지시를 내려야 할 윤동우가 오늘은 좀 늦은 시간에 와서 아침밥을 먹었다.

어제 피곤한 몸으로 이장의 집에서 밤늦게까지 있었으니 선민의 몸 상태가 말이 아니다. 아무리 남자고 직업군인이라지만 그도 힘들고 피곤하기는 마찬가지였으리라. 그래서 늦잠을 잤나 싶었다.

"이따 유인 작업이라는 걸 하는데, 그 작업을 해 줄 인부가 한 명 오실 겁니다. 과수원에서 마실 물 좀 준비해 주시고 점심 식사 전에 먹을 간식하고 점심 식사, 그리고 오후 간식을 좀 챙겨 주세요."

밥공기를 거의 다 비워 갈 즈음 동우가 수희에게 부탁했다.

"오늘은 그럼 그 인부가 일하는 거니? 우리는 오늘 그냥 쉬어도 되는 거야?"

"네. 그분하고 저하고만 하면 됩니다."

동우의 말에 수심 가득해 보이던 수희의 얼굴은 밝아지고 선민은 마음속으로 쾌재를 외쳤다.

"그래? 그런데 간식은 뭘 준비해야 하나? 식사도 그렇고?"

"이장님 말씀이 점심은 간단하게 짜장면 시켜 주면 된다고 합니다. 그리고 새참으로 먹는 간식도 빵하고 음료수 정도면 된다고 하니까 그것만 준비해 주시면 될 것 같습니다."

"그렇게만 하면 좋지. 빵이 없으니 읍내 마트에나 다녀와야겠다."

그때까지만 해도 오늘 아무 일도 하지 않는다는 사실에만 기뻐했다. 하지만 인부가 와서 작업을 하고 과수원으로 새참이라 할 수 있는 간식을 가지고 나갔을 때, 선민의 마음은 무거워졌다.

자신의 과수원에서 인부를 부르면 그 일당은 누가 감당해야 하는가.

그 문제가 고민에 휩싸이게 만들었고 수희와 은밀하게 독대의 시간을 가져야 했다.

"아줌마, 지금 작업하고 있는 인부의 일당은 누가 지불해야 하는 건가요? 제가 부른 게 아닌데 제 과수원 일을 해 주고 있잖아요. 하, 아드님 때문에 여러 가지로 골치가 아파지네요."

"동우가 우리 둘 사이에 생활비나 과수원 운영비, 그 외 함께 살면서 드는 금전적인 문제는 어떻게 되는 거냐고 물은 적이 있어."

철저한 사람이니 그렇게 물어봤다는 말이 놀랍지는 않았다.

"그래서요?"

"과수원에 들어가는 비용도 배 수확으로 인한 수익도 모두 반반 나누기로 했다고. 생활비는 살면서 차츰 조율해 가는 걸로 얘기했다고 대답했지, 뭐.

"다른 말은 안 해요?"

"그렇게 두루뭉술하게 말로 하지 말고 정확하게 합의해서 나중에 뒷말 없게 서로 증거를 남기라고 해서 그냥 알았다고 했어."

"아줌마 아들이 저런 사람이라는 걸 알았다면 아줌마 계획에 절대 동조하지 않았을 거예요. 이제는 제가요, 저 땅을 사기당해서 산 게 아니라 정말 농사지으려고 산 것 같아요. 아줌마 아들이 틈도 주지 않고 몰아붙여서 지금 내 현실이 어떻게 돌아가고 있는지 모를 정도예요."

"나도 그래. 이러다 여기서 농사짓고 노후를 보낼 것 같아. 나야, 내 아들이고 내가 저지른 잘못을 감추려고 그런다지만 선민이 한테는 미안하다는 말밖에 못 하겠네."

"어느 날 제가 없어지면 탈출한 줄 아세요. 매일 이러고는 못 살 것 같아요."

"에고, 우리가 어쩌다 이렇게 됐냐?"

한동안 잊고 있던 신세타령과 한숨이 시작되려 했다. 하지만 이제는 그런 한탄도 마음 놓고 할 수가 없었다. 수희의 휴대폰으로 물 한 통을 더 챙겨 달라는 동우의 전화가 오자 수희도 선민도 벌떡 일어나 바로 물부터 챙겼다.

무서운 교관 앞에 쩔쩔매는 신병처럼 두 여인은 그렇게 서서히 동우에게 길들여지는 듯했다.

그리고 그날 저녁, 인부가 돌아가고 이른 저녁 식사를 할 때였다.

"당분간 구선민 씨는 과수원에 나올 일 없을 겁니다."

선민은 동우의 그 말을 단순하게 이제는 과수원에서 할 일을 다 끝냈다는 것으로 받아들였다. 하지만 다음에 들리는 동우의 말에 입에 있던 음식을 뿜을 뻔했다.

"배꽃 아가씨 선발대회에 대한 동네 어르신들 기대가 대단하던데, 괜히 과수원에서 일하다가 얼굴이라도 타면 안 될 것 같아서 말입니다."

선민은 쥐구멍이라도 있으면 숨고 싶은 심정이다.

그에게 완벽하게 숨길 수는 없었지만 모르는 척 넘어가거나 신경 쓰지 않았으면 했다. 하지만 생각해 주는 것처럼 말하면서 속으로는 놀리고 있는 것 같아 몹시 거슬린다.

그 나이에 무슨 배짱으로 그런 대회에 참가하느냐는 생각을 하는 것 같기도 하고, 헛바람 들어 그런 대회라도 나가서 미모를 인정받고 싶어 하는 자뻑녀로 보는 것 같기도 하다.

선민 자신도 나이 서른에, 그것도 이사 온 지 얼마 되지 않아 그 대회에 나가는 것이 창피하고 한심스러웠다. 아무리 당장 먹고 사는 문제가 급해 참가한다고 하지만 창피한 건 창피한 거다.

윤동우라는 남자도 그런 그녀와 다를 것 없는 생각을 하고 있는 것 같은 창피함에 선민은 고개만 숙였다. 어쩐지 일을 시키지 않는다 했는데, 수상하게 여기지 않았던 제가 안일했던 것이다.

"이왕 나간 거 최고가 되는 게 낫지 않겠습니까?"

생각지도 못한 동우의 말에 선민이 숙인 고개를 들었다. 그의 입가에 미소가 보였다. 한 번도 본 적 없는, 아니 선천적으로 미소 결핍증일 것만 같은 그의 얼굴에 번진 미소가 신기했다.

"지금 절 놀리시는 건 아니죠?"

혹시라도 그 미소가 비웃음이 아닐까 싶어 물었다.

"놀릴 게 뭐가 있습니까?"

그런데 왜 그의 입가에서 미소가 떠나지 않을까? 무언가 재미를 느끼는 것 같은 얄궂은 미소가 입가에 머물러 있다.

더 따지고 들어 봐야 선민 자신만 우스운 꼴이 될 것 같아 선민은 더 이상 입을 열지 않았다. 하지만 저녁 식사를 끝내고 숙소로 정해 놓은 여관으로 돌아갈 때까지 그는 계속 그렇게 웃는 얼굴이었다.

'놀리는 거 맞는 거 같은데? 저거 분명 비아냥거리는 웃음 같은데?'

동우의 수상한 미소는 결국 선민에게 불면의 밤을 선사했다.

❋❋❋

오랜만에 마음이 편하고 즐거웠던 하루였다.

아덴만에 파병되어 있는 내내 긴장과 스트레스의 연속이었고 귀국해서는 사고 친 수희로 인해 짜증이 더해진 상태였다.

그런데 구선민, 그 여자 때문에 자꾸 웃음이 나오려 했다.

그녀를 무시하는 건 아니지만 그녀가 전혀 어울리지 않는 배꽃 아가씨 선발대회에 나간다는 것이 재미있고 흥미로웠다.

참한 성격으로 보이지 않는 그녀가 배꽃과 같은 환한 미소로 사람들에게 인사하고, 손을 흔들고, 가식적인 목소리로 자기소개를 한다고 생각하니 흥미롭지 않을 수가 없었다.

과수원에서 일바지를 입고 일하는 모습이 어울리지 않는 그녀지만 그런 대회에 나가 예쁜 척하는 모습은 더욱더 어울리지 않는다.

도시에서 자기 일을 할 커리어 우먼의 이미지인 그녀가 왜 이곳으로 내려왔는지 그 진심은 알 수 없지만 배꽃 아가씨 선발대회 참가는 그녀가 원하지 않은 엉뚱한 방향인 것 같았다.

그런 그녀가 대회에 나가서 어떻게 웃을지, 어떤 결과가 나올 것이며 그 결과에 대한 그녀의 반응은 어떨지 궁금해진다.

어쩌면 이곳에서 농사짓고 살겠다는 두 여인의 선택이 그리 나쁘지만은 않은 것 같다는 생각이 들 정도로 지금 그의 마음은 이화리에 내려온 뒤 처음으로 평안하기만 했다.

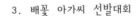

3. 배꽃 아가씨 선발대회

10cm는 족히 넘는 킬 힐, 속옷이 보일 듯 말 듯 아슬아슬한 미니스커트, 봄보다 더 화사하게 메이크업을 한 여자들이 넘쳐 나는 이곳은 배꽃 아가씨 선발대회 사전 모임 및 면접을 보는 장소이다.

있는 멋, 없는 멋을 다 부리고 나온 여자들 사이에서 청바지에 민낯으로 있는 이는 선민밖에 없었다.

주위를 둘러본 선민에게서 한숨이 흘러나왔다. 혼자 꾸미지 않고 튀는 존재로 있는 게 속상해서가 아니었다. 생각보다 요란하고 규모 있는 대회에 꼼짝없이 참가해야 하는 상황이 속상해서 나온 한숨이었다.

동우의 알 수 없는 미소를 보고 이장에게 찾아가 불참의 의사를 밝혔지만 이장은 마을을 위해서 나가야 한다고 오히려 선민을 설득시켰다.

이장의 설득에는 넘어가지 않았다. 하지만 마을 사람들이 그녀를 위해 피부에 좋다는 쑥과 수제 비누, 거기에 홍삼 엑기스(물론 먹다 남은 몇 봉이었지만)까지 챙겨 준 것을 받아 왔다. 그러니 이장을 봐서가 아니라 마을 어르신들을 봐서 선민은 불참 의사를 철회해야만 했다.

그런데 지금은 끝까지 밀고 나가지 못한 자신을 원망하는 중이다.

'내가 언제부터 남 생각했다고. 그냥 못 나가겠다고 버틸걸.'

속으로 혼자 끙끙 앓고 있는 그때, 행사 담당자가 나와 참가자들이 준비해야 할 사항들을 조목조목 알려 주었다.

헤어와 메이크업은 지정 미용실에서 정해 주는 시간에 가서 받아야 하고, 의상 역시 지정 숍에서 각자 맞는 의상을 선택해 입어야 한다.

거기까지는 괜찮았다. 그런데 무대에서 보여 줄 장기자랑 하나씩을 준비하라고 했다.

"춤도 좋고, 노래도 좋고. 개인기라고 해서 개그 같은 거 준비하셔도 되고. 악기 연주도 좋습니다. 뭐든 하나씩 준비하십시오."

시간이 갈수록 후회는 커져 갔지만 참가 번호를 제비뽑기로 뽑고, 리허설 비슷하게 진행 순서와 동선까지 확인하고 집으로 돌아왔다. 몸은 초주검이요, 얼굴은 거의 울상이 되어 버렸다.

"어때? 같이 나오는 여자들 중에 예쁜 애들 좀 있어?"

수희가 선민이 들어오자마자 빠르게 질문을 퍼부어 댔다.

"다 촌스럽고 그렇지? 선민이가 그나마 제일 낫지 않았어? 여기 아줌마들 얘기 들어 보니까 해마다 같은 여자들이 나온대. 안 되면 다음 해에 나오고, 또 안 되면 또 다음 해에 나오고. 그리고 여러 해 봐 왔지만 인물도 없다더라. 선민이가 제일 낫다고 그러더라고."

"그렇지도 않아요. 다들 어린 것 같고…… 또 어찌나 꾸미고 나왔는지. 기죽고 왔어요."

"지금 안 꾸며서 그렇지, 꾸미고 나면 어디 가서 기죽을 외모도 아닌데, 뭐. 기대된다, 그날. 그리고 동우는 그날 못 간대. 윗사람 이·취임식이 있다나? 뭐 그래서 거기 가야 한다고."

"그날 오려고 했대요?"

"그랬나 봐. 그러니까 그렇게 말을 하지."

동우가 못 온다는 사실보다 오려고 했다는 사실이 선민을 더 놀라게 만들었다.

도대체 어떤 마음으로 그곳에 오려고 했을까?

그날의 미소는 수상한 게 맞았다. 찔러도 피 한 방울 안 나올 것 같은 그가 자신이 그런 대회에 출전한다는 사실이 얼마나 우습고 재미있었으면 그런 미소를 지었을까? 게다가 오라고 해도 안 올 것 같은 그런 곳에 오려고 했다니.

괜히 기분이 좋지 않다. 그가 오지 않게 되어 다행이긴 하지만.

"들어가 일찍 쉬어. 그래야 피부도 좋아지지."

수희는 그렇게 말했지만 피부 걱정이 아닌 장기자랑 걱정을 하며 선민은 자신의 방으로 들어왔다.

'뭘 해야 하는 거야? 춤도 노래도 다 안 되는데. ……악기 연주?'

선민은 옷장 속에서 작은 가방 하나를 꺼냈다. 그리고 그 안에 들어 있는 은빛 반짝이는 플루트를 꺼내 들었다.

'할 거라고는 이것밖에 없네. 이럴 때 쓰일 줄은 몰랐는데.'

학창시절 어려운 형편 때문에, 아니 기본적인 학비 외에는 절대 지원이라는 게 없었던 순영으로 인해 남들 다 다니는 피아노 학원 한 번 다녀 본 적이 없었다. 그렇다고 특별히 음악학원에 다니는 친구들이 부럽지도 않았다.

하지만 정원과 단짝이 된 시절, 플루트를 연주하는 정원의 모습을 보고부터는 꿈의 악기가 되었던 플루트. 그러나 플루트를 배워 보겠다고 한마디 꺼냈다가 순영에게 눈물 빠지게 혼만 났었다.

그렇게 플루트에 대한 로망을 접고 살았던 어느 날, 학원의 동료 강사가 문화센터로 플루트 연주를 배우러 다닌다는 것이 아닌가. 선민도 함께 등록을 해서 배우기 시작했고 그 즐거움은 메마른 사회생활에 단비와도 같았다.

과수원을 빼고 유일하게 거금을 주고 산 플루트를 소중하게 꺼내 들었다.

'곡 선정을 어떻게 해야 하나? 분위기에 맞게 가요를 해야 하는 건가? 괜히 어려운 곡 했다가 다들 지루하게 만들면 점수 깎

일 수 있으니까.'

딱히 떠오르는 곡이 없어 컴퓨터로 어떤 곡을 해야 하는지 이리저리 찾아보다가 어르신들이 좋아할 만한 '어머나'와 배 여사의 18번인 '허공' 그리고 분위기 있는 '마법의 성' 세 곡을 골라냈다.

플루트의 헤드와 바디를 연결하고 풋까지 끼워 맞추어 조립을 끝냈다. 그리고 마우스피스에 입술을 대고 텅잉을 하기 시작했다.

몇 번의 텅잉을 끝내고 본격적인 연주로 들어갔다. 인터넷으로 검색한 악보를 보며 선민은 '어머나'를 먼저 연주하기 시작했다.

오랜만에 하는 연주라서 그런지 매끄럽게 한 번에 끝내기가 어려웠다.

'이러다 이거 괜히 망신만 당하는 거 아니야?'

마음을 가다듬고 집중하기 시작했지만 단번에 좋아지지는 않았다. 그렇게 여러 번 쉬지 않고 반복한 결과 어느 순간부터는 끊어지지 않고 한 번에 연주를 끝낼 수 있게 되었다.

'오호, 괜찮아, 괜찮아.'

이제는 연주보다 곡 선정이 문제였다.

선민은 수희에게 물어보고 결정을 하는 게 나을 것 같아 거실로 나왔다. 수희는 거실 소파에 동우와 앉아 있었다. 그녀의 어설픈 연주를 계속 감상하고 있었다는 얼굴로 방에서 나오는 선민에게 두 사람의 시선이 쏠렸다.

"어머나! 그런 재주가 있는지 몰랐네! 너무 멋있어!"

수희가 물개 박수까지 치며 칭찬을 해 주었다.

선민은 실력 없는 자신의 연주에 칭찬을 아끼지 않는 수희보다는 그 옆에 앉아 있는 동우 얼굴 보기가 더 쑥스럽고 창피했다.

그날 그 미소를 본 게 화근이었다. 그날 이후로 윤동우가 신경 쓰여 살 수가 없다. 그렇다고 대놓고 혹시 비웃는 거 아니냐고 물어볼 수도 없고.

지금도 무표정하게 있는 것 같지만 분명 속으로는 자신의 연주를 초등학생 수준이라 여기며 흉보고 있을 것 같다.

"언제 배웠어, 그건? 너무 듣기 좋다. 그런 가요를 플루트로 연주하니까 느낌이 또 다르네. 요새 말로 심쿵했어, 내가."

듣기 좋으라고 하는 빈말은 아닌 것 같아 선민의 마음이 편해졌다.

"정말 괜찮았어요? 저기……."

배꽃 아가씨 선발대회라는 말은 동우 앞에서 꺼내고 싶지 않았다. 또 그가 야릇하고 알 수 없는 미소로 자신의 신경을 건드릴까 봐서.

"어떤 곡이 제일 듣기 좋았어요, 아줌마?"

"다 좋았어, 다."

"아니, 그중에 하나만."

"정말 다 좋아서 하나를 고를 수 없을 정도로 좋았다니까. 진짜로. 그렇지, 동우야?"

"굳이 하나만 고르라면 마지막 곡이 제일 듣기 좋았습니다."

선민이 원했던 대답을 동우가 해 주기는 했지만 고맙지는 않았다.

빈말이라도 수희처럼 다 좋았다는 말을 해 주고 그중에 마지막 곡이 나왔다고 해 주면 그래도 고마웠을지 모르겠지만 그의 대답은 듣기 좋았던 곡 중에 제일을 골라 주는 것이 아니라 어설폈던 곡 중 그나마 제일 나은 곡으로 골라 준 것 같은 느낌이다.

"중요한 건 아줌마 대답이에요. 뭐가 좋았는지 말해 주세요."

"난 다 좋았는데……. 나도 굳이 하나를 고르라면…… 어렵다. 그런데 왜? 왜 하나를 골라야 해?"

"그건 묻지 마시고."

"하나 골라 주세요. 배꽃 아가씨 선발대회에서 연주를 해야 하는 모양인데."

얄밉게 말한 동우가 자리에서 일어나 밖으로 나갔다.

"정말이야?"

동우로 인해 기분이 상한 걸 모르는 수희가 물었다.

"……네."

"세 곡 다 해. 다 하면 안 돼? 짧게 짧게 해서 다 해. 어느 하나 버리기 아까운데."

"그럴까요?"

"그래. 야! 정말 기대된다. 사람들이 넋을 놓겠네. 예쁜 아가씨가 플루트 연주까지 잘하면. 선민이가 원앙인지, 뭔지 일등 되겠네, 뭐. 호호호."

"아니라니까요. 정말 예쁘고 어린 애들이 많더라고요. 동네 망신이나 안 시키면 다행이에요."

선민이 다시 방으로 들어가려다 수희에게 한 번 더 물었다.

"정말 들을 만한 연주였어요? 냉정해도 괜찮으니까 솔직하게 말해 주세요, 아줌마."

"아이고, 이 아가씨야! 속고만 살았어? 따봉이야! 따봉!"

"따봉이요?"

"아주 좋다는 말이야!"

"어쨌든 외모에서 떨어지는 점수를 연주로라도 만회하기 위해 저는 연습을 더 해야겠어요."

방으로 들어온 선민이 다시 플루트를 집어 들었다. 처음엔 연습에 집중을 했지만 또다시 동우가 신경 쓰였다.

'거기에 나가서 할 거라는 건 또 어떻게 알아 가지고……. 아, 정말! 짜증나게 신경 쓰이는 남자야!'

❄❄❄

드디어 D—day. 배꽃 아가씨 선발대회 아침.

미용실 예약 시간에 맞춰 가기 위해 이른 아침부터 서둘러 대문을 나섰다. 정원의 차를 기다리기 위해 큰길로 나가려 하는데 동우의 차가 대문 앞에 멈춰 섰다.

상사 누군가의 취임식이 있다고 간다더니 왜 아침부터 이곳에 들렸는지 모르겠다. 모르는 척 지나치고 싶었지만 동우의 차를 지나치기 전에 그가 먼저 차에서 내렸다.

'오늘만큼은 안 보고 싶었는데.'

그렇게 보고 싶지 않은 그를 어쩔 수 없이 보는 순간 선민의 눈이 커졌다. 그리고 차에서 내린 사람이 윤동우가 맞는지 다시 한 번 그를 뚫어지게 쳐다보았다.

'이 남자……'

해군의 검정 정복을 입고 있는 모습이 장난 아니게 멋있다. 그전에 그가 그녀에게 어떻게 했는지 그런 과거 따위는 중요하지 않을 정도로 제복이 주는 포스가 그녀의 심장을 아래로 떨어뜨렸다.

"지금 가는 겁니까?"

"……네."

"태워다 줄까요?"

"아, 아니요. 친구가 온다고 했어요."

"잘됐군요. 오늘 좋은 결과 있기를 바랍니다."

"……아, 네…… 뭐……."

동우가 그녀를 스쳐 집으로 들어갔다.

그와 대화를 나누는 순간 숨이 멈췄었는지, 그가 사라지고 나서야 참았던 숨을 토해 내듯 큰 숨을 내쉬었다.

'하, 저 남자 원래 저렇게 멋있었던가? 아니면 혹시 나한테 제복만 보면 성적으로 이상해지는 그런 이상한 증상이 있는 건가?'

늘 검정 정장 차림의 남자가 멋있다고 생각은 했다. 검정 정장의 모든 남성은 아니고 키 크고 몸도 늘씬하고, 그야말로 슈트발이 제대로 사는 남자들의 그런 패션이 가슴을 설레게 하는 요소이기는 했다.

하지만 해군의 검정 정복에 이토록 심장을 뛰게 만들 정도의 무언가가 있었던가 싶을 만큼 방금 스쳐 간 동우의 모습이 지워지지 않는다. 그리고 이상하게 심장이 두근거린다.

그렇게 자신의 싱숭생숭한 마음을 진정시키지 못한 채 선민은 큰길까지 걸어 나왔다.

Trrrrr. 가방에서 울리는 휴대폰 소리가 아니었다면 큰길 언저리에 그냥 멍하니 서서 굳었을지 모른다. 끊기지 않고 울리는 휴대폰 벨소리에 정신을 차린 선민이 전화를 받았다.

"응? 어디까지 왔어?"

— 거의 다 왔어. 너 나와 있는지 해서.

"큰길에 서 있어. 오르막길 넘어 내리막길로 접어드는 순간 내가 보일 거야."

— 어! 저기 보인다. 끊자.

통화가 끝나는 동시에 정원의 차가 경적 소리를 내며 달려오는 게 보였다.

아직 친구의 얼굴은 보이지도 않고 차만 보일 뿐인데 반가움이 밀려들어 눈물이 나려고 했다. 오로지 수희에게만 의존하여 지내다 보니 마음을 나눌 누군가를 알게 모르게 절실히 그리워했나

보다. 차를 세우고 내리는 정원의 얼굴을 보는 순간 눈물이 왈칵 쏟아져 내렸다.

"정원아! 엉엉엉. 보고 싶었어."

"아이고, 아이고. 누가 보면 한 삼십 년 떨어졌다 만나는 줄 알겠다. 울지 마! 그러다 눈 부으면 어떡하려고? 눈 화장 망쳐. 뚝!"

정원이 선민의 등을 두드려 주면서 달래 주는가 싶었는데 느닷없이 마구 웃어 대기 시작했다.

"푸하하하하, 아, 미안. 선민아 정말 네 상황 생각하면 이렇게 웃어서는 안 되는 건데…… 그래도 이건 너무 웃겨. 배꽃 아가씨 선발대회라니? 나이 서른에 이 촌구석에서 배꽃 아가씨 선발대회에 나간다는 게 아무리 생각해도…… 푸하하하."

"송정원!"

방금까지 뽑아 대던 눈물을 거두고 선민이 살벌하게 정원을 불렀다.

"미안, 미안. 그러니까 왜 그런 말도 안 되는, 아니 너하고 전혀 어울리지 않는 그런 대회를 나가는 건데?"

"늦겠다. 일단 타서 이야기하자."

정원의 차에 선민의 짐을 싣고 둘은 읍내보다 번화가라고 할 수 있는 터미널 근처에 위치한 지정 미용실로 향했다.

"솔직하게 말할까? 지혜한테 사기당했다는 말보다 네가 그 아가씨 선발대회에 나간다는 말이 더 충격이었어. 알아?"

"절대로 넌 이해할 수 없을 거야. 똑같은 일을 당하기 전에는 그 누구도 이해 못 할 거야. 지금 내가 왜 이런 선택을 해야 하는지. 그리고 지금 내 심정이 어떤지."

이화리에서 지내는 내내 그녀에게 일어난 모든 사정과 심경을 짧은 시간에, 그것도 차 안에서 풀어내기에는 턱없이 깊고 서럽다. 그런 그녀의 심정을 모르는 정원이 조금은 야속했지만 차마 혼자 갈 수 없었던 행사장에 함께해 주기 위해 내려와 준 것이 고마워 선민은 더 길게 말하지 않았다.

"그래도 생각보다 씩씩하게 잘 살고 있는 것 같아 다행이다. 돈 날린 것 때문에 죽네, 사네 하고 있을 줄 알았는데."

"죽어도 내가 남지혜 그년은 죽여 놓고 죽을라고."

"그렇지. 그건 맞는 말이지. 지혜 행방은 전혀 모르는 거야?"

"응."

"이런 말이 맞을지 모르겠지만 그래도 옆에 그 아줌마라도 있어 다행이다. 안 그랬으면 너 정말 혼자서 어쩔 뻔했어?"

수희가 있어 다행이기는 했다. 그녀의 아들 동우로 인해 요새 많이 신경 쓰여 힘든 것만 뺀다면. 그 생각 끝에 좀 전에 본 동우 모습이 또다시 떠올랐다.

하지만 궁금한 것이 많은 정원의 질문이 끊이지 않은 까닭에 동우의 존재가 오래가지는 않았다.

"엄마 돈은 어떡할 거야?"

"갚아야지. 땅 팔아서. 주위에 땅 사서 귀농할 사람 있는지 알아봐라. 있으면 바로 연결해 주고. 그나저나 넌? 뜬금없이 동거라니? 결혼도 아니고 동거? 네 엄마가 이 사실을 아시냐? 너 남자하고 동거하는 거?"

"당연 모르지. 알면 죽지."

"간도 커. 그렇게 좋아? 엄마 눈 속이고 같이 살고 싶을 만큼?"

"응."

두 사람의 대화 주제는 정원의 동거남으로 옮겨 갔고 미용실에 도착하는 동안 그 얘기는 끊이지 않았다.

미용실에 도착해 메이크업과 헤어를 손질받고 준비된 의상으로 갈아입은 후에 행사장으로 향했다. 미용실에서 바글거리는 다른 참가자들을 보며 선민은 정원을 데리고 온 것이 천만다행이라는 생각을 했다.

참가자들 모두가 매니저처럼 한 사람을 데리고 와서 수발들게 하고 있었다. 그런 모습들 사이에서 사전 모임 때처럼 혼자 민낯으로 앉아 있던 외로움을 지금은 정원으로 인해 느끼지 않을 수 있다는 것이 다행이었다.

"야, 촌에서 하는 대회라고 우습게 봤는데 이렇게까지 꾸미고 단장할 줄은 몰랐다."

선민의 귀에 대고 정원이 조용히 속삭였다.

"나도 이렇게까지 요란한 줄 알았으면 참가 안 했어."

"그래도 걱정 마. 네가 제일 낫다. 일단 키에서 다들 너한테 밀려. 너보다 큰 애는 한 명인가밖에 안 되는데, 걔는 얼굴하고 몸에서 너한테 딸려. 그리고 좀 반반하니 괜찮다 싶은 애는 키도 작고 몸매가 안 돼. 야, 구선민 이제 보니까 제법 미인이었네."

정원의 말에 기죽어 있던 선민의 마음에 자신감이 생겼다.

'그래, 잘하면 이백만 원이 내 게 될 수도 있는 거야. 기죽지 말자, 구선민. 아자!'

다시 한 번 마음을 다잡고 행사장으로 자리를 옮긴 선민은 대기실에 앉아 자기소개를 속으로 외우고 있었다.

대기실 밖에는 초대가수라며 누군가 신나는 트로트를 한 곡 뽑아내는 소리로 들썩였다. 그리고 그 가수의 노래가 끝나면서 행사가 진행되었다.

사회자의 재치 있는 말솜씨로 행사는 지루하지 않게 진행되었다. 그리고 선민의 순서가 다가올수록 긴장되기 시작했다.

"아, 떨려."

"너 우황청심환 안 먹었어?"

"응."

"으이구. 그건 기본으로 먹어 줘야지. 네가 무슨 강심장도 아니고."

"몰랐지."

"어차피 다 모르는 사람들이니까 얼굴에 철판 깔고 쌈박하게 해 버려."

"휴."

격한 한숨을 토해 내고 선민은 자신의 순번이 되자 무대로 나가 자기소개를 했다.

나이를 밝히는 다른 참가자들과 달리 그녀는 이화리에서 온 구 선민이라는 매우 간단한 소개만 한 뒤 무대에서 내려왔다. 그에 반해 그녀를 응원하러 온 마을 사람들의 환호는 그 어느 마을보 다도 컸다. 간단하게 한 자기소개가 성의 없어 보여 미안할 정도 였다.

응원에 힘입어 장기자랑 시간에서 선민은 마음을 가다듬어 집 중한 후 플루트를 연주했다. '어머나', '허공', '마법의 성' 세 곡을 짧게 연결하여 연주를 했고, 그에 대한 반응은 가히 폭발적 이었다.

TV에서 흔히 보는 아이돌의 노래나 댄스가 장기자랑으로 난무 하던 무대에서 트로트와 분위기 있는 발라드를 우아한 플루트의 선율로 연주하니 어찌 눈과 마음과 귀가 향하지 않을 수 있을까.

사회자마저도 이곳에 있기 아까울 정도의 연주 실력이라며 칭 찬을 아끼지 않으니 결과가 어떻든 마을 사람들의 성원에 보답은 한 것 같아 선민의 마음은 편했다.

모든 순서가 끝나고 발표의 순간이 다가왔다.

고요하지만 잔뜩 긴장한 채 마지막 치열한 경쟁을 침묵으로 지 키고 있는 대기실은 마치 폭풍 전야와도 같았다.

먼저 참가상과 장려상이 수상되었고 미스코리아의 '미'라고 할 수 있는 미스 '신고'까지 발표되자 선민은 포기 상태에 이르렀다. 수상한 3명을 빼고 남은 인원 21명. 그중 2명 안에 들기란 하늘의 별 따기만큼은 아니어도 바다에서 빈 깡통 하나를 낚는 것만큼 쉬운 일이 아니었다.

괜히 나왔다는 후회가 밀려들 즈음.

"미스 화산! 참가번호 16번 이화리에서 오신 플루트 연주의 여신! 구선민 양! 축하합니다!"

"예!"

대기실에서는 선민보다 정원이 먼저 소리를 지르며 일어났고 선민은 그 얼떨떨한 상황을 어떻게 넘겼는지도 모르게 나가서 수상을 하고 소감을 말했다.

마을 사람들의 축하를 받고 집으로 돌아오는 차 안에서야 선민은 서서히 정신이 들기 시작했다.

이백만 원은 아니지만 상금 백만 원을 받았고 부상으로 농협 상품권 20만 원어치를 받았다.

실실 웃음이 나왔다. '미스 화산'으로 뽑혀서가 아니라 당분간 먹고살 만큼의 현금이 들어왔다는 게 좋았다. 이백만 원이었으면 더 좋았겠지만 요란하게 치장한 어린애들 사이에서 이 정도면 괜찮은 결과다.

더구나 보이지 않게 과열 경쟁이 있었으니 미용실에 팁을 얹어 주고 메이크업과 헤어를 더 공들여 받은 참가자도 있었고, 의상실에 웃돈을 주고 제일 예쁜 드레스를 찜해서 입은 참가자도 있었다.

나중에 알았으니 망정이지 준비할 때 알았다면 가슴에 불깨나 났을 텐데. 이미 지난 일이고 만족스러운 결과가 나왔으니 선민은 그저 모든 게 평안하기만 했다.

"구선민, 이러다 군수 댁 맏며느리 자리 선 들어오고 이러는 거 아니야?"

운전을 하는 정원이 선민을 놀리기 시작했다.

"군수 댁 맏며느리가 교사 와이프보다 더 좋은 자리인가?"

"글쎄……. 더 좋은 자리를 가리려면 그 외에 더 많은 조건들을 따져야 하지 않을까? 그런데 왜? 설마 교사하고 선 자리 예약 되어 있는 거?"

"어느 아주머니가 그러시더라. 조합장 마누라 딸인지 조카인지 가 배꽃 아가씨가 됐는데, 교사하고 선보는 거 어떠냐고 그랬더니 어디다가 찍어 붙이냐고 그랬다더라."

"푸훼! 남들은 알지도 못하는 배꽃 아가씨 가지고? 인물이 대단해?"

"그건 모르고. 들은 얘기가."

옆에서 한참을 웃던 정원은 갑자기 핸드폰을 꺼내 들었다. 메시지를 확인하는 모양인가 했더니 선민을 돌아보는 얼굴에 미안한 기색이 서려 있었다.

"같이 축하주라도 해야 하는데 창환 씨가 자꾸 빨리 오라고 난리네."

"야! 축하주보다 위로주 한잔 해 주고 가야 하는 거 아니야?

사기당해서 촌구석에 처박혀 나오지도 못하는 친구를 좀 위로해 주고 가야 하는 거 아니냐고! 언제부터 우정보다 사랑이었다고?"

"미안."

"야, 너 남지혜하고 하나 다를 거 없어. 나쁜 지지배."

"아무리 그래도 그렇지! 어떻게 그런 사기꾼하고 비교하냐? 기다려 봐. 다음 주쯤에 출장 가면 그때 내려와서 거하게 한잔해 줄게."

그냥 간다는 정원의 말에 방금까지 들떠서 좋았던 마음이 서운함으로 바뀌었다. 마치 정에 굶주린 사람처럼 정원을 보내기 싫었다. 쌓인 게 많은 자신의 마음을 풀어 주고 가면 좋으련만.

정원은 결국 선민을 오전에 만났던 큰길에 내려 주고 서울로 올라가 버렸다.

"매정한 지지배. 어머니한테 동거한다고 확 일러 버릴까 보다!"

어둑해진 시골길에 혼자 서 있는 자신의 처지가 처량했다.

인생이 다 이러한 것인가 싶다.

아침부터 분주하게 움직여 치열한 대회에서 수상을 했지만 결국 해 진 후엔 이렇게 혼자가 된 것처럼, 인생도 부귀영화를 누려 보겠다고 치열하고 분주하게 살지만 마지막엔 허무하게 혼자 남을 수도 있는 것이 아닌지.

무거운 짐 가방을 들고 터덜터덜 걷는 발걸음이 무겁기만 하다.

'이럴 거면 차라리 수희 아줌마하고 이장님 차 타고 올걸.'

시멘트길이 거의 끝나고 흙길을 걷기 시작할 때 등 뒤로 차 들어오는 소리가 들렸다.

선민은 사랑에서 우정으로 경로를 바꿔 오는 정원의 차라고 생각했다.

"저렇게 다시 올 거면서……."

하지만 그녀의 뒤로 다가온 차량은 승용차가 아닌 검정색 SUV, 동우의 차였다.

차가 그녀 옆을 지나갈 수 있도록 옆으로 비켜섰다. 하지만 동우의 차는 지나가지 않고 선민의 옆에 멈춰 섰다.

"축하합니다."

차창을 내리며 그가 느닷없이 축하 인사를 건넸다. 그는 분명 행사장에 오지 않았는데 어떻게 알고 축하 인사를 하는 것인지 알 수가 없었다.

혹시 수희가 전화로 중계라도 한 건 아닌지 걱정이 되는 순간.

"타요. 짐도 있는데."

그 말에 선민은 잠시 멈칫했다. 집까지 차를 타고 갈 거리는 아니지만 짐 들고 걷기에는 귀찮은 거리다.

선민이 망설이는 사이 동우가 차에서 내려 뒷좌석 문을 열어 주었다. 짐을 실으라는 신호 같았다.

선민은 양손에 들고 있던 드레스 가방과 플루트 가방을 뒷좌석에 실은 후 조수석에 올랐다.

좀 전 축하한다는 말이 자신이 미스 화산이 된 사실을 말하는 것인지 확인하고 싶었지만 선민은 먼저 말을 꺼내지 않았다.

괜히 그걸 자랑삼아 확인시켜 주는 것 같아서 입을 다물고 있었지만, 차 안에 흐르는 침묵이 어색해서 그 말이 아닌 다른 말로 먼저 말을 걸었다.

"정복이 참 잘 어울리네요."

"아, 네⋯⋯."

딱딱하게 '고맙습니다' 라고 할 줄 알았는데 의외로 동우가 쑥스러워하며 대답을 흐렸다.

"친구가 온다고 하지 않았습니까?"

"서울로 다시 갔어요."

"가족분은 안 오셨습니까?"

"⋯⋯네. 엄마는 바쁘고 언니는 미국에 있어서⋯⋯."

"그렇군요."

덜컹거리는 차 때문인지 선민의 심장도 덩달아 덜컹거리는 기분이다. 하지만 다행히 심장이 더 이상의 이상 징후를 보이기 전에 집 앞에 도착했다.

뒷좌석에서 짐을 내리려는데 시동을 끄고 운전석에서 내린 동우가 선민의 짐을 받아 들고는 대문 안으로 들어갔다.

'옷이 사람을 만드는 건가? 트레이닝복 입었을 때는 장가 못간 시골 노총각같이 까칠하게 굴더니 장교 정복을 입더니 매너가 아주 끝내주네. 이제부터 일하러 올 때 정복 입고 오라고 할까?'

혼자 웃기는 상상을 하며 집 안으로 들어오자 먼저 도착한 수희가 그녀를 요란하게 맞이해 주었다.

"어서 오쇼, 우리 배꽃 아가씨. 미스 화산."

"아이! 그러지 마세요, 진짜. 저 너무 창피해요."

"아, 뭐가 창피해? 동네 자랑거리가 됐구만. 부녀회장님이 한턱 쏜다고 선민이 오면 데리고 오래. 수육하고 막걸리 준비해 놓고 기다리시겠다고. 이장님하고 오늘 구경 갔던 마을 사람들 죄다 올 모양인데 주인공이 빠지면 안 되잖아? 얼른 준비하고 가자."

"그렇게까지……."

아주 짧은 기간이지만 선민은 시골에서는 개인 생활을 철저하게 보장받을 수 없다는 사실 하나를 알게 되었다. 집안의 경조사는 집안끼리 치르는 것이 아니라 마을의 경조사가 되어 함께 기뻐하고 함께 슬퍼해야 하는 것이 시골 인심이라는 것을 새삼 깨달았다.

"동우야, 너도 옷 갈아입고 가자."

"숙소에 들렀다가 가겠습니다. 나가면서 태워다 드릴 테니 준비하고 나오십시오."

"……네."

선민은 얼굴에 신부화장 수준으로 해 놓은 두꺼운 메이크업을 지우고 꼬불꼬불 웨이브를 주고 늘어뜨려 스프레이로 고정시킨 머리를 감아 간단하게 하나로 묶었다.

그리고 이제는 편해서 찾아 입고 안 입으면 허전한, 동우가 사다 주었던 일바지에 티셔츠로 갈아입고 나왔다.

"그러고 가게?"

수희가 편한 차림으로 나오는 선민을 보고 의외라는 듯 물었다.

"네. 왜요? 뭐가 이상해요?"

다시 한 번 자신의 차림을 살펴보았지만 이상할 건 없었다.

"그래도 명색이 배꽃 아가씨인데 몸빼는 좀 심하지 않아?"

"이게 어때서요? 동네 어르신들하고 수육에 막걸리 먹는 자리에 드레스 입고 갈 수는 없잖아요? 그리고 이젠 이 옷이 내 옷처럼 편해서 다른 건 입고 싶지 않아요."

"그런 옷은 늙어서 입어도 돼! 젊을 때 예쁘게 꾸미고 입어야지. 벌써부터 그런 옷에 길들여지면 어떡해?"

"어머니, 구선민 씨 말이 맞는 말이니까 그만하고 가시죠?"

"어, 그래."

동우의 말 한마디에 수희는 잔소리를 단번에 멈추고 소파에서 일어섰다.

"그리고 이장님께서 떡 한번 돌리라는데."

밖으로 나와 동우의 차에 오르면서 수희가 선민에게 말했다.

"떡이요? 무슨 떡이요?"

"옛날에는 이사 오면 떡 돌렸잖아. 그러니까 이사 온 인사 겸 선민이 미스 화산 된 거 축하 턱 내는 겸……. 뭐 이래저래 마을에 떡 돌려서 인심도 사고 하면 좋을 것 같다고 하시더라고."

"그래요? 그럼 그렇게 해야죠, 뭐. 떡값은…… 제가 낼게요."

그동안 수희에게 얻어먹은 것도 있고 어쨌든 이장님과 마음 사람들 덕에 상도 받았으니 그런 답례는 해야 도리일 것 같았다.

순식간에 농협 상품권 20만원이 저 멀리 날아가 버린 것 같아 속은 좀 쓰리지만 그래도 남은 백만 원에 스스로를 위로했다.

부녀회장 집에 도착하자 마을 사람들이 박수를 쳐 가며 선민을 맞아 주었다.

"미스 화산님. 어서 오셔요."

"에고, 이쁜 거. 올해는 조합장 마누라 둘째 딸이 나왔더라. 그런데 호호호호호, 안 됐지 뭐야! 호호호호. 아주 내가 꼬스워 죽는 줄 알았다니까. 호호호호! 나타날 때부터 고개를 요래 요래 빳빳하게 들고 거들먹거리더니 아무것도 안 되니까 아주 죽을상을 해서 나가는데. 생각할수록 통쾌해 죽겠네. 그래서 내가 그 여편네 가는 뒤통수에 대고 큰 소리로 그랬잖아. 아이고~ 우리 이화리 아가씨는 서울에서 대학도 나오고 필룻인가 풀릿인가도 엄청 잘 불고, 키도 늘씬허니 커서 따라올 아가씨들이 없네, 하고."

조합장 마누라라는 부인하고 철천지원수 사이인지 부녀회장은 입만 열면 조합장 부인 흉이 거의 다다.

선민의 등을 아플 정도로 두드려 주는 것이 마을 자랑거리가 되어 준 게 기특해서가 아니라 자신의 한을 풀어 준 것이 기특해서 그러는 게 아닌가 싶다.

"자, 한 잔 받아. 고마워서 내가 먼저 한 잔 줘야겠어."

부녀회장이 따라 주는 막걸리를 받았지만 선뜻 입으로 가져가지는 못했다. 이상하게 그 순간 숙소로 가서 옷을 갈아입고 오겠다는 동우가 떠올랐다. 술 좀 마셨다고 얼마나 사람을 무시하며 훈계를 할지, 술은 입에 대지도 않았는데 머리가 지끈거린다.

"왜? 술 못혀?"

"……잘 못해요."

"괜찮아. 오늘 같은 날은 못해도 한 잔 해야 하는 겨. 어른들이 주는 술이니께 받아 마셔도 되어. 엄마 같은 사람이 예뻐서 주는 건데 어뗘?"

옆에서 다른 어른들도 모두가 괜찮다며 그녀의 음주를 부추기고 있었다.

"그래. 마셔. 이런 날 마셨다고 설마 동우가 뭐라고 하겠어? 신경 쓰지 말고 일단 마셔."

선뜻 마시지 못하는 이유가 동우에게 있음을 눈치챈 수희까지 그녀에게 술을 권했다.

"신랑 될 사람 신경 쓰느라 못 마시는구만? 그래도 이런 날은 신랑 될 사람도 봐줄 겨."

신랑 될 사람이라니? 누가? 설마 윤동우 그 사람이 내 신랑 될 사람?

머리가 지끈거리다 못해 이번에는 하늘이 빙빙 돈다.

뭐 이런 경우가 다 있는지. 오해할 수는 있지만 확인도 하지 않고 단정 지어 말하다니. 그게 아니라고 정색을 하고 말하고 싶지만 괜히 분위기 흐려 놓는 것 같아 욱하는 가슴만 타들어 가는 순간 수희가 나섰다.

"선민이 혼삿길 막히겠어요. 우리 동우하고는 그런 사이 아니에요."

"총각도 아니라고는 합디다만, 처녀 총각 앞길을 누가 장담혀요? 둘이 선남선녀로 잘 어울리는데. 아줌니는 선민이 처녀가 며느리로 맘에 안 차시나 봐? 나서서 아니라고 하는 거 보면."

"내가 나서고 말고 할 것도 없이 본인들이 마음이 없어요."

"그럼 내가 중매 서도 되는 거네?"

부녀회장이 나서자 수희가 선민의 칭찬을 해 댔다.

"좋은 자리 소개시켜 주셔야 돼요. 서울 젊은 여자라서 살림 같은 거 못 할 거 같죠? 손끝이 야무져서 요리나 반찬도 잘하고 정리정돈도 깔끔하게 잘해요. 성격도 싹싹하고. 이런 처녀 없어요, 요새."

"저기, 선민이. 지금은 아닌데 전에 군수 지낸 분 막내아들이 농협에서 근무해서 직장도 튼튼하고 인물도 훤해. 눈이 좀 높아서 노총각으로 있다는데 제아무리 눈이 높아 봐야 선민이 보면 당장 좋다고 달라붙을 거여. 어때? 다리 한번 놔 줘?"

정원이 말대로 군수 집에 시집가게 생겼다.

"아니에요. 저는 결혼 생각 없어요."

"그러지 말고 한번 만나 봐."

"정말이에요. 결혼할 생각이었으면 여기 내려오지도 않았어요."

"하긴 그러네. 결혼할 생각이면 이 촌구석으로 안 들어왔겠지? 그래도 좀 아까운 자리인데 진짜로 볼 생각 읎어?"

선민이 어설픈 미소를 보이며 고개를 끄덕였다.

"그려, 그려. 꼭 결혼이 전부는 아닌게. 능력 있으면 혼자 사는 것도 괜찮은 겨. 안 그려?"

"암만."

아녀자들의 수다는 거침이 없었고 남자들의 술판 역시 와자지껄 시끄럽기만 했다.

그들 속에 섞여 있으면서도 선민은 외로움을 느꼈다. 제대로 마음이 통하는 대화 상대가 없는 것도 그렇고 개인의 사생활에 참견하며 끼어들려는 사람들과 어울린다는 것이 버겁게 다가왔다. 사람들 인심이 좋은 건 좋은 거고, 별로인 건 별로인 거다.

부녀회장이 따라 주었던 막걸리 첫 잔을 비우자 식도에서부터 위까지 찌르르 전기가 오는 것처럼 전율이 느껴진다.

수희와 술 취해 널브러져 속을 버린 날 이후 절대 술을 마시지 말자 다짐했지만 입에서, 위에서, 마음에서 두 번째 잔을 달라고 아우성을 치고 있었다.

수희도 술보다는 분위기에 취해 동우가 곧 이곳으로 옴에도 불구하고 막걸리 한 사발을 시원하게 원샷해 버리는 것이 아닌가.

'아줌마 저러다 취하면 큰일인데. 이번에 아들한테 걸리면 국물도 없을 텐데.'

수희가 걱정된 선민이 말리기 위해 다가갔다.

"아줌마, 그만 마셔요. 윤동우 씨가 알았다가는 우리 정말 뼈도 못 추릴 만큼 고된 노동의 시간을 보내야 될 거예요."

"설마 이 많은 사람들 앞에서 성질부리겠어?"

"성질을 부리지 못해서 내일 더 힘들게 굴릴 거란 말이에요."

다른 사람들이 들을까 조용히 속삭이는 두 사람 사이로 부녀회장이 끼어들었다.

"그럼 군수댁 막내아들 말고 저기 이장님 둘째 아들을 어뗘? 이장님! 둘째 아들 아직 장가 안 갔다면서요? 선민이 며느릿감으로 어뗘셔요?"

"과분하죠."

남자들 사이에 앉아 있던 이장의 대답에 모두가 박수를 치기 시작했다. 얼굴도 알지 못하는 이장의 둘째 아들과 예정에도 없는 만남을 축하하는 분위기가 되어 버렸다.

선민에게는 익숙하지 않는 시골 사람들만의 정겨운 분위기가 슬슬 부담으로 다가왔다.

"이장님, 그럼 와서 예비 며느리한테 술 한 잔 따라 줘 봐요."

부녀회장의 오지랖이 점점 넓어지고 있었다.

"이 술은 예비 며느리가 아니라 우리 마을의 명예를 살려 준 선민 양에게 이장으로서 따라 주는 거니까 부담 가지지 말고 받아요."

이장이 선민에게 다가와 막걸리 한 잔을 따라 주었다.

선민이 잠시 머뭇거리다가 이장이 따라 준 술을 마셨고, 이장은 이어 수희에게도 한 잔 권했다.

"장 여사님도 한 잔 하시죠?"

"좋죠."

생글거리며 수희가 자신의 빈 잔을 내밀었고 이장이 그 잔을 막걸리로 가득 채워 주었다. 그걸 또 벌컥벌컥 마시는 수희를 보자니 불안이 엄습해 왔다. 바로 그때.

"어머니, 그만 마시는 게 좋을 것 같습니다."

흥겹게 마시고 즐기기 위해 후끈 달아오르려는 분위기를 순식간에 차갑게 만드는 목소리가 들려왔다.

"어머니는 술을 드시면 안 되는 체질입니다. 이장님, 어머니께는 술을 권하지 않으셨으면 합니다."

"그럼, 그럼. 그런 체질이라면 마시면 안 되시지. 장 여사님, 말씀을 하시지."

이장이 수희 앞에 놓인 빈 잔을 아예 치워 버렸다.

"선민 씨도 한잔한 것 같은데 그만하는 게 낫지 않겠습니까?"

"그렇게 말하지 않아도 그만하려고 했습니다."

선민의 말투가 곱지 않게 나갔다.

"아이고, 해군 총각 왔네? 그런데 왜 그려? 모르는 사람들고 마시는 것도 아니고 나쁜 사람들하고 마시는 것도 아닌데, 빡빡하게 그러지 마. 생긴 건 영화배우 같이 생겨서 왜 그렇게 고약하게 굴어? 어머니하고 선민이 걱정은 말고 이리 와서 해군 총각도 한 잔 받아."

부녀회장이 또다시 나섰다.

동우가 부녀회장에게도 뭐라고 한마디 하는 건 아닌지 선민이 걱정했지만 의외로 동우는 그냥 조용히 부녀회장이 따라 주는 술을 받아 마셨다.

"우리 해군 장교도 어디 선 자리 알아봐 줘? 어머니는 선민이를 며느리로 들일 생각이 없으신 것 같은데. 자네도 그런 겨? 그런 거라면 내가 괜찮은 처녀 하나 소개시켜 줄게."

이번에는 부녀회장 남편이 동우를 향해 오지랖을 펴기 시작했다.

"당신이 아는 괜찮은 처녀가 어디 있어? 나 모르게 어디 숨겨 놓은 처녀라도 있는 겨?"

그런 남편이 못 미더웠는지 부녀회장이 끼어들었다.

"아, 왜 없어? 종숙이 있잖여."

"종숙이? 에고 올케가 홀시어머니라고 꺼려할 텐데……."

"시끄러워! 본인들은 생각도 없는 것 같은데 왜 부부가 나서서 북 치고 장구 치고 난리들이여? 자, 자. 어쨌든 우리 이화리에 경사도 생겼으니 올해 배 농사는 아주 잘 되겠거니 생각하고 우리 거국적으로다 다 같이 건배나 하자고."

맞은편에 앉아 있던 나이 지긋한 어르신 말에 부녀회장 부부가 조용해졌고 마을 사람들 모두가 건배하자는 제안에 좋다며 잔을 들었다.

"이장님이 한마디 하셔."

"음…… 조용하던 우리 이화리에 새로운 이웃 분들이 생기면서 활기가 넘치는 것 같아 좋습니다. 강 씨 아저씨 말씀처럼 우리 마을 경사가 배 농사 풍년으로 이어지길 바라면서, 올해도 아무 탈 없이 마을 분들 모두 건강하시고 배들도 건강한 그런 마을이 되길 진심으로 비는 마음으로, 모두들 건배!"

"건배!"

그렇게 다 함께 풍년을 기원하며 남은 술을 마시고 농사와 자식에 관한 이야기꽃을 피워 가니 조용하고 한가했던 마을의 밤이 떠들썩해졌다.

늦은 시간까지 웃고 떠들 것 같던 마을 사람들은 의외로 일찍 각자의 집으로 돌아갔다. 새벽에 일어나 일을 하기 위해 일찍 잠자리에 드는 게 습관이 되어 버린 사람들이라 늦게까지 깨어 있는 것 자체가 힘든 일이었다.

하나둘 사람들이 일어나 집으로 돌아갈 때 동우도 수희와 선민을 챙겨 부녀회장의 집을 나섰다.

"너도 먼 길 다녀오느라 피곤할 텐데 얼른 가서 쉬어."

집 앞에 도착하자 대문 안으로 들어올 것 없다는 듯 수희가 동우를 그냥 보내려 했다.

"혹시 모르니까 안까지 들어갔다 갈게요."

아무리 가져갈 것 없어 보이는 농가라고 하지만 그래도 세상이 평안하지만은 않기에 동우가 먼저 안으로 들어갔다. 마당을 가로

질러 안채로 들어가 거실 등을 켜고 수희와 선민이 안으로 들어
올 때까지 그는 집 안에 이상이 없는지를 살폈다.

"선민이도 많이 피곤하지? 차로 가서 구경만 하고 온 나도 힘
든데 그 높은 하이힐을 신고 이리 갔다, 저리 갔다 하면서 무대에
서 있느라 얼마나 힘들었겠어? 얼른 씻고 자."

"네."

"오늘 선민이가 제일 예뻤어."

방으로 들어가던 선민이 수희의 말에 쑥스러운 미소를 보이더
니 동우에게 잘 가라는 듯 가벼운 목례를 했다.

동우도 그런 선민에게 똑같이 목례를 해 주었다.

"어서 가서 너도 쉬어."

"쉬십시오, 어머니."

"그래."

✽✽✽

두 여인을 집으로 들여보내고 숙소인 여관으로 향하는 발걸음
이 오늘따라 지루하다. 이상하게 오늘 하루 종일 어느 한 곳에 집
중할 수 없을 정도로 산만했는데 지금은 그런 산만함은 사라지고
뭔가 허전함이 느껴졌다.

사실 낮에 자신을 힘들게 했던 산만함은 선민에 대한 궁금함이
었다. 배꽃 아가씨 선발대회에 출전을 하고 있을 그녀 모습이 궁

금했고 결과가 궁금해 부대의 함장 이·취임식임에도 불구하고 행사에 집중할 수가 없었다.

처음엔 정신이 다른 데 가 있는 이유를 알 수가 없었다. 거의 그런 경우가 없었던 터라 정신줄을 잡는 게 쉽지 않았다.

그러다 정신을 다스릴 수 없을 정도로 산만했던 이유가 선민임을 알게 된 것은 수희에게 걸려 온 전화를 받고 난 후였다.

— 동우야, 선민이 2등 했다! 그런데 예쁘기로 비교하면 선민이가 1등이야. 제일 예뻐, 제일. 플루트도 얼마나 연주를 잘했는지 여기 온 사람들 다 입을 쩍 벌리고 봤다니까. 호호호. 이따가 오면 선민이한테 축하 인사 좀 해 줘.

그렇게 선민의 배꽃 아가씨 선발대회의 결과를 알고 나서야 사람들과의 대화에 집중할 수 있었다.

'그게 그렇게 궁금했던 건가?'

규모도 조촐하고 의미도 별로 없는 것 같은 그 대회에 구선민이 나간 것이 무슨 큰 의미라고 이토록 자신이 안절부절못했는지 이해가 되지 않았다.

구선민을 좋아하는 것도 아니고 관심이 있는 것도 아닌데 이상하게 그녀의 플루트 연주 소리를 들은 후부터 그녀에게 시선이 갔다.

지친 몸으로 소파에 앉아 있던 그날, 느닷없이 선민의 방에서 푸푸뿌거리는 소리가 들려왔다. 얼핏 들었을 땐 리코더를 부는 줄 알고 웃음이 나오려 했다. 뜬금없이 리코더라니.

하지만 그 소리가 리코더가 아닌 플루트 소리라는 걸 알아차린 다음에는 그쪽으로 신경이 쏠렸다. 그리고 단순하게 푸푸거리는 소리가 끝나고 멜로디가 있는 음악 소리가 들려왔을 때는 아예 그녀의 방문에 시선이 꽂혀 떨어지지 않았다.

'이거 선민이가 연주하는 건가 보네? 세상에 저런 재주가 다 있었네.'

옆에 있던 수희도 들려오는 플루트 소리를 감상했다.

처음에는 감상을 하는 것처럼 두 눈을 지그시 감고 있던 수희가 매끄럽지 못한 연주에 피식거리며 웃더니 아는 가요가 나오자 노래를 따라 부르기 시작했다.

그런데 이내 어설퍼서 끊기기를 반복하던 연주가 어느새 듣기 좋은 훌륭한 연주가 되어 들려오는 것이 아닌가.

대단한 클래식을 연주하는 것도 아니고 이미 지나간 옛 가요를 연주할 뿐인데 왜 그리 시선을 움직일 수가 없던지.

어쩌면 그날 보지 못했던 실제 연주하는 모습이 궁금해서 그런 것일 수도 있다는 생각이 들었다.

구선민 그 여자 자체가 아니라 그 여자의 플루트 연주가 궁금할 뿐이었다고. 그게 아쉬워서 정신이 잠깐의 방황을 했을 뿐이라고.

하지만 집으로 돌아오는 길에 본 선민의 모습에 동우는 자신의 정신이 잠깐 방황했던 것이 아니라는 것을 알았다. 화장을 한 선민의 모습을 보고 '예쁘다' 라고 생각을 했고, 화장한 여자를 보고 예쁘다는 생각이 들기는 처음이었다.

부녀회장의 집에서도 계속 선민이 신경 쓰였고, 평소처럼 두 여자를 집에 두고 숙소로 가는 길인데 오늘은 평소와 다르게 그의 마음이 아직 집에서 나오지 않고 있었다.

'도대체 이 감정은 뭐지?'

숙소로 오는 내내 들었던 혼란을 오랜 기간 연애를 하지 않아 생기는 이상증후라 단정 지었다. 구선민은 아무리 생각해 봐도 자신이 좋아할 여자 스타일이 아니기에.

＊＊＊

마을이 텅 비었다.

가장 바쁜 철을 앞두고 잠깐의 한가함을 이용해 마을 사람들이 모두 관광에 나선 상태다. 부녀회에서는 관광버스를 대절하여 부산으로 떠났고 평균 나이 57세인 청년회에서는 강원도로 향했다. 70이 넘은 노인들은 읍에서 주최하는 경로잔치에 모셔져 갔다.

수희는 부녀회 틈에 껴 부산으로 간 상태고 선민 혼자 집에 남아 한숨과 씨름 중이다.

시간이 흐를수록 현실에 적응하는 수희와 다르게 선민은 불안함이 더 커져 갔다. 돈도 돈이지만 이러다 이 촌구석에서 영영 나가지 못할 것 같다.

수희 몰래 읍내 부동산에 가서 알아봤지만 땅을 보러 오는 사람이 없다고 했다. 그저 기다리는 수밖에 달리 방법이 없다고 하니 하루하루가 암흑이다.

살길이 막막해 한숨만 내쉬고 있을 때 휴대폰으로 문자가 들어왔다.

[너, 문자는 볼 거라고 생각해서 보내는 거야. 너 때문에 나 한국 들어가. 들어가서 사람들 풀어 너 찾아내기 전에 전화해. 엄마한테는 비밀로 해 줄 테니까 나한테는 연락해서 도대체 어떤 사고를 쳤는지 자진 신고하라고! 엄마 때문에 내가 죽겠으니까!]

선아가 보낸 문자다. 문자를 보는 순간부터 선민은 갈등하기 시작했다.

'전화해? 말아?'

선아가 사람을 풀어 찾아내겠다고 마음먹으면 이곳에 숨어 있어도 들키는 건 시간문제다. 한때 껌 좀 씹었던 선아의 친구들 중에 떼인 돈을 받아 주거나, 사람 찾아주는 심부름센터로 명성을 날리는 이가 있다는 것을 알고 있다.

그녀의 말대로 자진 신고해서 광명 찾는 게 상책일지 모른다는 생각이 들었다.

'차라리 언니한테 솔직하게 털어놓고 대책을 상의해 봐?'

자존심 상해 차마 그렇게는 하지 못할 것 같았지만, 이미 휴대폰으로 선아에게 전화를 걸고 있었다.

— 야! 구선민!

커다랗게 이름을 부르는 선아의 목소리에는 반가움보다는 화가 더 많이 들어가 있었다.

— 너 지금 어디야? 도대체 무슨 사고를 치고 어디에 숨어 있는 거야? 설마, 너 사채 같은 거 써서 어디 팔려 간 거야?

"그런 거 아니야."

— 이 화상아! 너 때문에 엄마 지금 다 죽어 가. 오죽했으면 내가 들어가겠니? 뭐야? 뭔데 엄마 돈 가지고 튀었어?

"언제 도착해?"

— 화요일에 도착이야. 도착해서 전화하면 바로 받아. 엄마보다 너부터 만날 거니까. 알았어?

"······응."

— 어이구, 이 웬수! 너 정말 사채 써서 잘못된 거 아니지?

"그렇다니까."

— 그날 보자. 전화 꼭 받아!

"응."

선아의 전화를 받은 후 선민은 무너진 하늘에서 작은 구멍 하나를 발견한 기분이었다.

'죽기야 하겠어?'

답답해서 내쉬던 한숨이 잦아드는 그 순간 휴대폰 벨이 울렸다. 조건반사처럼 가슴이 철렁 내려앉는다. 다행히 순영이 아닌 수희였다.

— 선민이, 점심 먹었어?

"아니요. 별로 생각이 없어요."

— 동우가 집으로 갈 거야. 같이 나가서 점심 사 먹어.

"네? 왜, 왜요?"

— 왜긴? 동우도 점심 먹어야 하는데 어차피 나가서 사 먹을 거 선민이도 챙겨서 맛있는 거 사 주라고 했어.

"괜찮아요, 아줌마."

— 아유, 먹는 거 매일 부실하면서 뭐가 괜찮아? 부녀회장님이 알려 준 맛있는 오리집이 있는데, 그 집 동우한테 알려 줬으니까 가서 맛있게 먹어.

"아줌마! 아줌마!"

아무리 불러 봐도 전화는 이미 끊겨 버렸다. 오지 않아도 된다는 전화를 동우에게 하려고 했지만 그의 전화번호를 몰라서 선민이 다시 수희에게 전화를 하려고 하는데 밖에서 동우의 목소리가 들려왔다.

"구선민 씨!"

선민은 어기적거리며 일어나 밖으로 나가 대문을 열어 주었다.

얼굴을 보자마자 점심을 함께 하는 걸 거절해야겠다고 생각을 했지만 대문 밖에 서 있는 동우를 보는 순간, 선민은 잠깐 정신을 빼고 그의 모습을 보고만 있었다.

검정 정복을 입은 그때와 비슷하게 검정 슈트를 차려입은 그에게서 시선을 뗄 수 없을 정도로 세련된 카리스마가 느껴졌다.

평범한 해군 장교가 아닌 TV 드라마에서 나오는 재벌 3세 정도쯤 되는 멋과 품위가 잘생긴 외모와 어우러져 빛을 내고 있는 게 아닌가.

"어머니 전화 받았습니까?"

그러나 말투는 여전히 윤동우다.

"네."

"차에서 기다릴 테니 준비하고 나오십시오."

"······네."

여자 혼자 있는 집에 들어오지 않겠다는 건, 매너인가? 준비를 위해 집 안으로 들어가려던 선민이 다시 대문을 열고 나와 차에 오르려는 동우를 불렀다.

"저기, 윤동우 씨!"

"네?"

"오리······ 먹으러 가는 거 맞아요?"

"네."

그런데 왜 그렇게 정장을 빼입었어요? 라고 묻고 싶은 말을 삼키는데 그가 말을 이었다.

"저녁에 저는 서울에 약속이 있어서 갈 건데 구선민 씨도 웬만하면 여기 집에 있지 말고 가족들 집에 가는 게 어떻겠습니까? 마을이 거의 빈 상태여서 위험해서 말입니다."

그렇긴 하다. 수희와 둘이 있을 때도 밤이면 밤마다 불안함이 없지 않았는데. 수희도 없고 마을 사람들도 없는 텅 빈 이곳에 혼자 있는 건 무리다.

"그래야겠네요."

선민은 들어가 간단하게 준비를 해서 문단속까지 마친 후 동우의 차에 올랐다.

"오리고기 좋아합니까?"

운전을 하며 동우가 물었다.

"좋아서 챙겨 먹는 만큼은 아니고요. 그냥 있으면 먹는 정도?"

"그럼 여기서 먹지 말고 서울 가서 점심 먹는 거 어떻습니까? 많이 배고픈 게 아니라면 말입니다."

"배고프지는 않아요. 서울까지 데려다만 주세요. 꼭 점심을 같이 하지 않아도 되니까."

"꼭 해야 하는 거니까 서울 갑시다."

"왜 꼭 해야 하는데요?"

"어머니 명령이니까."

"언제부터 아줌마 말을 잘 들었다고."

들으라고 한 소리는 아니었는데 동우가 그 말을 듣고 한 소리 했다.

"원래 잘 들었습니다."

"저기요, 말이 나와서 하는 말인데…… 아줌마한테 잘해 드리세요. 남편 없이 자식 키우는 거 쉬운 게 아니거든요. 세상에 찌들지 않고 저렇게 곱게 나이 드신 거에 감사하세요. 매일 그렇게 아줌마를 계모 대하듯 그렇게 딱딱하게만 대하지 말고."

선민을 힐끗 보는 동우의 눈빛이 무척이나 서늘했다. 그걸 느낀 선민 역시 그가 운전 중이라는 게 다행이라는 생각이 들었다.

그렇지 않았으면 계속 자신을 바라봤을 그 눈빛에 주눅이 들어 괜한 말을 했다 후회했을 테니까.

"남편 없이 자식 키워 본 사람처럼 말하는군요."

"뭐…… 그런 엄마 옆에서 이십 년을 살았으니까……. 잘 알죠."

다시 한 번 동우가 선민에게 시선을 돌렸다. 하지만 먼저처럼 서늘하거나 차갑지는 않았다.

"많이 힘들었겠습니다."

"많이 힘드셨겠죠."

"아니, 어머님 말고 구선민 씨 말입니다."

"저요?"

"네."

아버지 없이 자란 환경이 같아서 하는 말일까? 그런 부분에서 동병상련의 감정이 느껴져 하는 말일까?

그가 그런 말을 하는 의도를 정확히 알 수 없지만, 굳이 무슨 뜻으로 그런 말을 하는지 묻지 않았다. 더불어 동우 역시 왜 그런 말을 했는지 덧붙이는 말을 하지 않았다.

두 사람은 그 이후 침묵을 지키며 조금은 어색한 분위기로 서울까지 올라와야 했다. 그리고 그 침묵이 깨지길 선민이 간절히 바라는 순간 동우가 어느 레스토랑 주차장에 차를 세웠다.

'설마 이런 곳에서 둘이 점심을……?'

선민은 순간 동우가 자신의 존재를 잊고 그의 약속 장소로 바로 온 건 아닌가 했다. 그를 한 번 보고 눈앞에 레스토랑을 다시 한 번 바라보았다.

모던한 화이트 건물에 파란 지붕이 마치 산토리니에 와 있는 것 같은 착각을 불러일으킬 정도의 고급 레스토랑이다.

"내리시죠?"

다행이 동우는 그녀의 존재를 잊은 게 아니었나 보다. 시동을 끄고 차에서 내리면서 그녀를 챙겼다.

'이런 데 올 거였으면 언질이라도 좀 해 주든가. 시골 오리집 갈 룩으로 입었는데……'

새삼 자신의 차림이 신경 쓰인 선민이 쭈뼛거리며 차에서 내렸다.

"점심으로 너무 과한 거 아니에요?"

동우는 별말 없이 앞장서서 걸었다.

해군 장교의 월급이 얼마이기에 이런 곳에 왔는지, 이곳의 밥값은 어느 정도인지, 과연 이 점심을 얻어먹어도 되는지, 동우를 따라가는 선민의 마음은 복잡했다. 그리고 동우를 따라 송아지 안심 스테이크를 주문하면서 그 가격을 보고부터는 더욱 심란해졌다.

그냥 배고프다고 하고 읍내에서 오리고기나 먹을걸, 하는 후회가 밀려들 때였다.

"부담스럽습니까?"

그녀의 불편함이 표정에서 보였는지 동우가 물었다.

"네. 아주 많아요."

"고맙다는 의미로 사는 겁니다."

"뭐가 고마운데요?"

잔소리와 고된 노동으로 그녀를 괴롭혀 온 그가 고마울 게 뭐가 있을까? 미안해서 사는 거면 모를까, 고마울 건 없는데 고맙다고 하니 이상했다.

"아직 더 두고 봐야겠지만……. 선민 씨 덕분에 어머니께서 이제 어떻게 살아야 할지 알아 가시는 것 같습니다."

"그게…… 무슨 말인지……?"

"동화책에 나오는 여왕님같이 살아야 진짜 의미 있는 삶이라고 생각하셨던 분입니다. 밭에서 풀 뽑고, 낙엽 줍고…… 동네 분들과 관광 가고, 그런 거 안 하셨고 안 하실 분입니다, 어머니는. 그런데 요새 그걸 하시지 않습니까? 어머니 말씀 들어 보니까 선민 씨는 열심히 산 것 같더군요. 어머니가 이제는 헛된 꿈을 꾸기보다는 현실에 적응하며 사시려는 게, 선민 씨 영향을 받아서가 아닌가 싶습니다. 그래서 고맙다는 겁니다."

그의 말에 괜히 양심이 찔렸다. 사실 그녀도 헛된 꿈으로 사기당해서 현실에 억지로 적응해서 살고 있으니, 수희에게 영향을 주었다는 건 말이 안 되기 때문이다.

"그렇게까지 말할 건 아니고요……. 아줌마도 나름 열심히 사신 것 같은데 너무 그렇게 모질게만 보지 마세요. 아마도 아줌마 입장에서는 아드님 생각해서 좋은 쪽으로 간다는 게 뜻대로 되지 않은 경우가 더 많았을 거예요."

"어쨌든 이유가 있으니 부담 가지지 말고 식사하세요."

고마울 것도 없었다.

사기당한 것을 숨기기 위해 시작한 수희와의 연극이 점점 커져 이 지경까지 왔는데 이렇게 고급스러운 음식으로 인사를 받는다는 건 좀 아니다 싶었다.

그런데 이상하다. 수희와 한통속으로 그를 속이는 게 미안해서라도 시선을 피해야 정상인데 자꾸 눈길이 간다. 한때는 얄미워서 얼굴도 보기 싫었던 남자와 밥을 먹고 있는 지금이 부담스럽고 불편해야 하는데 그런 마음도 없다. 어디 그것뿐이랴.

'진짜 인물 반반하니 괜찮네.'

윤동우라는 남자를 감상까지 하고 있으니, 남자든 여자든 일단 인물이 잘나고 봐야 하는 것 같았다.

게다가 나온 음식은 왜 이렇게 맛이 있는지. 고기를 씹는 게 아니라 그냥 녹여 넘기는 느낌이다.

선민은 처음으로 자신이 뻔뻔한 인간임을 느꼈다. 그럼에도 고기는 잘 넘어가는 그런 자신이 한심했지만 동우와의 고급스러운 식사는 나쁘지 않게 끝났다.

"어디로 갈 겁니까? 삼청동에서 멀지 않은 거리면 태워다 줄 수 있는데."

동우가 시간을 확인하고 물었다.

"가까운 전철역에 내려 주세요."

"그럽시다, 그럼."

동우는 그녀의 말대로 가까운 전철역에 차를 세웠다.

"내일 내려올 겁니까?"

차문을 열기 위해 손잡이를 잡는 그녀에게 물었다.

"……봐서요."

"조심해서 가요."

"네. 점심 잘 먹었어요."

인사를 하고 내린 선민은 그의 차가 멀어지는 것을 확인하고 휴대폰을 꺼내 들었다.

"정원아, 오늘 하룻밤만 네 동거남 쫓아내자."

갈 곳 없는 선민은 정원에게 SOS를 보냈고, 정원이 겨우 상황을 만들어 내고 나서야 그녀의 집으로 향할 수 있었다.

❀ ❀ ❀

선민을 내려 준 뒤 동우가 찾아온 곳은 친한 후배인 이세원 중위의 결혼식 장소인 강남의 한 예식장이었다.

접수대 옆에서 부모님들과 하객들에게 인사를 하는 이 중위가 동우를 먼저 알아봤다.

"필승!"

신랑이 하객에게 필승이라 하며 경례를 하는 모습이 색달라 보였는지 하객들의 시선이 두 사람에게 향했다.

"축하한다, 이 중위."

노총각 동우에게 술을 얻어 마시며 여자 문제로 괴로워하던 중위다.

"제가 괘씸하겠지만 그래도 축하해 주실 거라 믿었습니다. 감사합니다."

전국 방방곡곡을 옮겨 다니며 살아야 하는 직업군인. 그것도 하필 배까지 타면 함께 있는 시간보다 떨어져 있는 시간이 더 많은 해군이라는 것이 싫다는 여인에게 실연을 당했던 이 중위였다.

마음에 꼭 드는 여자를 만나 결혼의 꿈에 부풀었는데 그 여자의 말이 비수가 되어 해군이 된 걸 후회한다고까지 했던 녀석이 결혼이라니.

"신부가 그때 그분 맞는 거지?"

"네, 맞습니다."

"해군은 싫다고 했다면서? 사고 쳤나?"

"아닙니다."

"능력 좋군."

"능력보다는 옷발입니다."

"옷발?"

"사단장님 주최 회의가 있던 날 옷을 갈아입을 시간이 없어 정복을 입고 마지막으로 만나러 나갔었습니다. 그런데 그날 다시 한번 생각해 보겠다는 겁니다. 그러고는 헤어지지 말자고 해서 청혼했고 날까지 잡았는데 나중에 고백하더군요. 흰색 정복을 입은 모습에 가슴이 뛰어서 차마 헤어질 수가 없었다고 말입니다. 육해공 중에 해군복이 제일 멋있다면서 해군 정복이 흰색인 거에 감사하라고까지 하더군요."

"그러다 퇴근하고 집에서 정복 입고 있어야 하는 거 아닌가?"

"그게 좋다면 그렇게라도 해 주고 싶습니다."

팔불출. 해군 장교도 사랑 앞에서는 어쩔 수 없는 팔불출이었다.

하객들과 인사를 해야 하는 신랑을 오래 잡고 있는 것 같아 동우는 이 중위의 등을 두드려 주고 식장 안으로 들어갔다.

늘 봐 오던 결혼식과 다를 것 없는 식순에 의해 신랑과 신부가 부부로 맺어졌고 동우는 친분이 있는 동기들과 피로연장으로 향했다.

"윤 대위, 너는 결혼 안 해?"

"안 하는 게 아니라 못 하고 있는 거지."

"저 인물에, 잘나가는 장꼰데 뭐가 부족해서 못 하는 거겠냐? 안 하는 거지. 눈만 높아서."

"윤동우, 도대체 어떤 여자를 원하는 거냐? 예쁜 여자? 어린 여자? 섹시한 여자? 귀여운 여자?"

"동우는 애교 있는 여자를 만나야 해. 워낙 무뚝뚝하니까 귀엽고 애교 있는 여자가 옆에 있어 줘야 돼. 어때? 그런 여자 하나 소개시켜 줘?"

"뭘 물어? 당장 날 잡고 소개시켜 줘."

당사자인 동우는 아무 말도 없는데 동기들끼리 북 치고 장구 치면서 소개팅 날짜를 잡고 있었다.

"다음 주 어때? 아덴만 다녀와서 휴가 중이라 시간도 많은데, 괜찮지? 우리 와이프 음대 후배인데 진짜 예쁘고 귀여워. 플루트 전공해서 지금은 학생들 레슨한대. 어때? 한번 만나 보고 싶지 않나?"

"내 여자는 내가 찾아. 그리고 내가 아는 여자도 플루트 연주 잘해."

동우의 한마디에 모두가 입을 다물었다. 하지만 곧바로 질문들이 쏟아지기 시작했다.

"네가 아는 여자가 있다고?"

"플루트 연주를 하는 여자를?"

"그냥 아는 여자냐? 아니면 알아 가는 여자냐? 아니면 알 거다 아는 여자냐?"

"그만하고 밥들 먹지!"

호기심 어린 동기들과는 전혀 다른 얼굴과 말투로 동우가 화기애애한 분위기에 찬물을 끼얹었다.

"우리한테까지 군기를 잡으려고 하냐? 드럽게 차갑고 무거운 놈."

구시렁거리기는 했지만 모두가 동우의 말대로 식사에 열중하기 시작했고 대화의 주제도 동우가 아닌 부대 이야기로 옮겨 갔다. 모두가 부대 이야기에 빠져 있을 때, 동우는 그들과의 대화에 끼어들지 않고 있었다.

동기가 던진 질문을 스스로에게 던진 채 답을 찾지 못하고 있었기 때문이다.

플루트를 좀 불 줄 아는 여자, 구선민은 알 거 다 아는 여자는 아니다. 하지만 과연 단순하게 아는 여자인지, 아니면 알아 가는 여자인지, 그것도 아니면…… 알고 싶은 여자인지.

딱 부러지게 답이 나오지 않는다. 그러나 몰라도 되는 여자가 아니라는 것은 확실하다. 윤동우 인생에 여자가 예쁘다는 생각을 한 것도 처음이었지만 머리에서 쉽게 떠나지 않고 맴도는 여자도 처음이다.

결혼식에 와야 해서 식사를 굳이 함께 하지 않아도 됐다. 다른 날로 미뤄도 문제 될 게 없었을 텐데 그러지 않았다. 그런데 왜 수희를 핑계로 분위기 좋은 곳에서 그녀와 단둘이 식사를 했는지 딱 부러지게 답을 구할 수 없었다.

자신의 감정과 행동에 답을 찾지 못해 혼란스러웠지만 그는 그런 자신의 감정이 구선민을 좋아하는 건 아니라고 단정 지었다. 더 혼란스러운 감정을 겪을 가까운 앞날을 알지 못한 채.

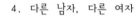

4. 다른 남자, 다른 여자

정원의 집에서 보낸 1박은 최악이었다. 마치 가시방석에 앉아 눈칫밥만 얻어먹고 온 것 같아 기분이 좋지 않다. 친구와의 하룻밤도 쿨하게 인정해 주지 못하고 시간마다 전화를 걸어 오는 정원의 동거남으로 인해 짜증이 날 대로 났었다.

자신의 그런 감정을 눈치채지 못하는 정원에게 서운했다. 그 서운함을 다 털어놓을까도 생각했지만 그래 봐야 자신의 감정과 에너지만 소모할 것 같아 그냥 묻어 두기로 했다. 그래도 왠지 모르게 정원이 자신이 아닌 동거남과 더 가까운 사이가 된 것 같은 생각에 가슴 한쪽이 몹시 허전하고 쓸쓸하다.

그 허전함을 끼니로 채우라는 뜻인지 수희의 목소리가 방 밖에서 들려왔다.

"아침 먹어, 선민이."

반가운 소리에 문을 열고 주방으로 가려는 순간.

"장 여사님, 계십니까?"

밖에서 이장의 목소리가 들려오자 수희가 반가운 얼굴로 쏜살같이 밖으로 뛰어나갔다. 그리고 얼마 안 되어 밖에서 선민을 부르는 수희의 목소리가 들려왔다.

"선민이, 잠깐 나와 봐."

무슨 일인가 싶어 천천히 밖으로 나오자 마당에 이장과 낯선 남자 한 명이 서 있었다. 그런데 마당에 서 있는 세 사람의 표정이 무척이나 안 좋다. 게다가 수희와 이장은 선민의 눈치를 살피는 것 같았다.

"무슨 일이신데요?"

"저기, 그게 말이야…… 선민이 전입신고 안 했어?"

"……네."

바로 팔고 나갈 거라 할 생각도 없었고 전입신고 자체를 생각해 본 적도 없었다.

"왜 안 했어?"

이장이 무척이나 안타까운 얼굴로 물었다.

그런 걸 생각해 보지도 않았다고 대답을 하려 했지만, 이장 옆에 있는 남자가 거슬려 선민은 대답하지 않고 이장과 남자를 번갈아 보기만 했다.

"전입을 안 해서…… 여기 읍에서 나오신 분인데, 선민 양이 지역 사람이 아니라고 배꽃 아가씨 자격이 안 된대."

"전입이 뭐가 중요해요? 여기 이렇게 살고 있는 거 확인했으면 되는 거 아니에요?"

이장의 말을 선민이 다 이해하기도 전에 수희가 낯선 남자를 향해 따지듯 물었다.

"지역 행사인데 지역 주민이 아닌 타지 사람이 참가하는 것은 말이 안 되죠. 그래서 구선민 씨, 유감입니다만 배꽃 아가씨 미스 화산 자격을 내놓으셔야겠습니다."

"줬다 뺏는 것도 아니고, 그러는 게 어디 있어요? 이미 다 결정되고 끝난 일인데."

수희가 또 한 번 따지고 들었지만 읍에서 나왔다는 남자는 제 할 말을 계속 이어 갔다.

"그날 받으신 상금하고 부상으로 받은 상품권을 다시 회수도 해야 하고, 또 여기 자격 미달로 인한 무효 인정에 사인을 하셔야 해서 찾아왔습니다."

받은 상금하고 농협 상품권을 토해 내라고?!

미스 화산이라는 타이틀이야 가져가도 상관은 없다. 대단한 간판도 아니고 중요한 경력 사항도 아니다. 있어도 그만, 없어도 그만인 미스 화산이 뭐 그리 대수인가. 까짓것 내놓으라면 미련 없이 내놓을 수 있다.

하지만 상금과 상품권은 토해 낼 수가 없다. 농협 상품권은 이미 마을 사람들에게 떡을 돌리느라 방앗간에서 결제수단으로 사용했고, 그동안 수희에게 얻어먹은 밥값을 갚는 마음으로 쌀 한

포대를 사다 놓았으니 남은 상품권이 하나도 없다.

상금은 또 어떤가. 이미 통장에 넣었다. 대출 이자와 카드 값, 생활비로 빠져나갈 그 돈을 다시 빼서 돌려주고 싶지는 않다.

그 돈과 상금이 어떤 건데! 창피함을 무릅쓰고 나이 서른에 어린 여자들과 우스운 경쟁을 하기 위해 나간 자리다. 어울리지도 않게 억지 미소를 보이며 돈 좀 벌어 보겠다고 나간 자리인데. 절대 아무것도 내놓을 수는 없다.

"제가 이거 인정 못 하면 어떻게 되는 건데요?"

선민의 까칠한 목소리에 읍에서 나왔다는 직원이 다소 긴장을 하는 것 같았다.

"그렇게 되면 아무도 인정하지 않는 걸 혼자 인정하고 다니는 꼴이겠죠?"

"꼴이요?"

아침부터 들이닥쳐 받은 상금 토해 내라는 것도 맘에 안 드는데, 공무원이라는 작자의 말본새는 더욱 맘에 들지 않았다. 선민이 불쾌한 티를 내며 톡 하고 쏘아붙였다.

"그러니까 서로 복잡하게 왈가왈부하지 말고 사인하면 돼요."

"사인이 문제가 아니라…… 이미 상품권하고 상금을 다 썼는데……. 이제 와서 이러는 게 말이 되냐고요!"

"그거는 아가씨 사정이고요."

"실수한 건 애초에 주최 측이잖아요! 왜 피해를 내가 봐야 하는 건데요?"

"그럼 왜 거주지에 서울을 안 쓰고 여기 주소를 썼어요? 처음부터 아가씨가 거주지 주소에 주민등록상의 주소를 썼으면 이런 불상사는 발생하지 않았을 거 아니에요!"

서서히 두 사람의 목소리가 커지기 시작했다. 작정하고 시비를 거는 사람들처럼 서로를 보는 눈빛도 사나워졌다.

"그만들 해요. 이게 서로 입장만 내세운다고 해결되는 것도 아닌데."

이장이 중간에 끼어들어 나섰지만 이미 감정이 상해 버린 두 사람에게 그런 이장의 말이 들려올 리 없었다.

"거주지가 여기니까 여기 주소를 썼죠!"

"보통 서류에 거주지를 쓸 때는 주민등록상에 있는 주소를 쓰는데 그것도 몰랐어요? 상식이잖아요, 상식!"

"거주지는 거주하는 곳이거든요! 거주하는 곳의 주소를 쓴 게 뭐가 잘못된 거라고 지금 상식을 들먹이는 거예요?"

"아참, 아가씨 말 되게 안 통하네."

"지금 소통의 문제가 아니잖아요!"

불쾌하다 못해 화가 나기 시작했다. 일부러 주소를 허위로 작성해 내는 부정적인 방법으로 배꽃 아가씨에 선발된 것도 모자라 상식 이하의 여자로 자신을 몰아가는 남자의 말을 참을 수가 없었다. 그 흥분이 더 험해지려는 순간이었다.

"무슨 일입니까?"

대문 안으로 들어오며 말을 건넨 사람은 동우였다.

"그게 말이지……."

이장은 상황을 차근차근 설명해 주었다.

"읍사무소에서 나오셨습니까? 소속이 어떻게 되십니까?"

동우가 선민 옆으로 붙어 서며 남자에게 물었다.

"아, 예. 지역문화를 담당하고 있는 김근홍이라고 합니다."

"제가 듣기로는 주소가 문제라고 하는데, 맞습니까?"

"네. 원래 지역 거주자에 한해서만 참가 가능한데, 여기 이 아가씨는 주소 이전을 하지 않아서 지역 거주민이 아니더라구요. 그래서 자격 조건에 맞지 않는 이유로……."

"그럼 지원 자격 조건에 서류상 지역 내 거주민에 한한다는 내용을 홍보물이나 지원서에 정확하게 고지를 하셨습니까?"

선민 앞에서와 다르게 동우가 나서면서부터는 서비스 정신이 투철한 공무원 같은 태도를 보이던 근홍이 갑자기 당황하기 시작했다.

"아, 그게…… 늘 같은 조건으로 행사를 해 왔더래서 그런 기본적인 건……."

"그런 기본적인 건 아는 사람만 아는 내용 아닙니까? 그 행사가 매년 한정된 인원만 모여 하는 행사도 아닌데, 그건 너무 안일한 일 처리 아닙니까? 이런 식으로 원칙에서 벗어났다고 자격 정지를 말하는 데는, 처음부터 원칙에서 벗어난 일 처리 방식이 문제였다고 보입니다만. 김근홍 씨 생각은 어떻습니까? 제 말이 틀립니까?"

"아, 그게…… 아주 틀린 말은 아닙니다만……."

"틀린 게 아니라는 말은 주최 측에서 일 처리를 잘못해서 벌어진 문제라는 걸 인정하시는 걸로 듣겠습니다. 그러니 문제의 원인과 해결을 구선민 씨에게 떠넘기지 마시고 주최 측에서 알아서 해결하십시오."

"……아, 네……. 그럼 저희 쪽에서 회의를 거쳐 해결하도록 해 봐야겠네요."

"해 봐야 하는 게 아니라 해결해야 하는 겁니다."

"네. 그, 그렇게 하죠…… 네."

선민을 함부로 대할 때와는 다르게 얌전하다 못해 비굴해진 모습으로 근홍이 뒤돌아 나갈 때였다.

"아, 김근홍 씨."

동우가 남자를 부르자 그가 뒤돌아보았다.

"그냥 가시면 안 되는 거 아닙니까? 사과는 하고 가셔야 하지 않겠습니까?"

동우가 날카로운 눈빛으로 근홍을 쳐다보았다.

"잘못된 공무로 아침부터 지역 주민의 집에 와서 소동을 벌인 것에 대해서도 그렇고, 여기 있는 구선민 씨에게도 상식을 운운해 가며 문제의 원인을 다 덮어씌우려 했던 것까지 다 사과하고 가십시오. 지역 주민을 위해 일하시는 분이 그렇게 주민을 몰아붙이는 건 아니지 않습니까?"

동우의 말에 쭈뼛거리던 근홍에게서 들릴 듯 말 듯 한 목소리가 흘러나왔다.

"……죄송했습니다."

그러고는 쌩하니 밖으로 나가 버렸다.

"아침 댓바람부터 이게 무슨 황당한 경우야? 동우 너 없었으면 저 남자 아주 끝까지 선민이를 들들 볶아서 미스 화산 자리뿐 아니라 받은 상금하고 상품까지 아주 죄다 빼앗아 갔을 거야."

수희도 근홍으로 인해 불쾌했는지, 그가 대문 밖에 있기라도 한 것처럼 그가 나간 문을 노려보며 말했다.

"그건 경우가 아니라고 내가 그렇게 말했는데도 사람이 내 말을 귓등으로 안 듣더라고요. 왜 서울 사람을 추천했냐고 난리 치길래 우리 마을 사는 주민이 맞다고, 확인시켜 주겠다고 데리고 온 건데……. 대놓고 저렇게 말할 줄을 또 몰랐네요. 제가 다 미안해집니다."

"아니에요. 오히려 데리고 오셨으니 이렇게 해결됐지, 안 그랬으면 자기네 잘못은 하나도 없고 모든 게 선민이 잘못으로 될 뻔했잖아요."

"이장님, 이 문제로 인해 다시 한 번 누군가 찾아온다면 저하고 연결시켜 주십시오."

"그러지."

동우로 인해 일이 깔끔하게 해결되었다.

"들어가자, 동우야. 이장님, 아침 식사 안 하셨으면 함께 드시죠?"

수희가 돌아가려는 이장에게 아침 식사를 권했다.

"아닙니다. 저는 벌써 했어요. 좀 시끄럽기는 했지만 그래도 맛있게 드십시오."

"네. 그럼 살펴 가세요."

살갑게 인사하는 수희와 다르게 동우와 선민은 가벼운 묵례로 이장을 배웅하고 집으로 들어와 식탁에 마주 앉았다.

수희가 밥을 푸는 동안 선민은 국을 떠서 동우 앞에 놓아 주고 자신의 국을 떴다.

그러는 동안 그녀는 동우에게 고맙다는 말을 해야 하는지 고민에 빠졌다.

자신을 우습게 보는 것 같은 남자의 태도에 흥분하여 배꽃 아가씨 자격을 내놓는 것과 관계없이 남자와 대판 싸울 뻔한 상황이었다.

싸워 봐야 자신이 불리했을 그 상황에서 동우는 말 몇 마디로 남자를 꼼짝 못하게 만들었다. 그에게 솔직하게 털어놓을 수는 없지만, 이미 써 버리고 없는 상품권과 곧 생활비와 카드 값으로 없어질 상금을 지켜준 것도 무척이나 고맙다.

하지만 가장 고마운 것은 철저하게 그녀의 편에 서 주었다는 것이다.

동우의 입장에서 보면 누구의 편을 들어 준 것이 아니라 객관적인 문제점을 짚고 넘어간 것일 수도 있다. 어쩌면 그게 맞을 수도 있다.

그래도 선민은 고마웠다. 그동안 살면서 온전하게 자신의 편에서서 보호해 준 사람도, 보호받았던 기억도 없다. 순영도 선아도 모두 선민의 마음을 들어주기 보다는 자신의 입장에서 이해하고 받아들이고 나무라는 편이었다.

누군가와 트러블이 생겼을 때도 그렇고, 뭔가 해결되지 않는 고민거리에 있어서도 그녀의 마음이나 입장을 먼저 읽어 주거나 이해해 준 적이 없었다.

지금 같은 경우도 선아였더라면 아마도 아무런 명예도 없는 동네 아가씨 선발대회 타이틀 따위는 내다 버리라고 했을 것이고, 순영이었으면 선민을 위해서가 아닌 상금과 상품권을 빼앗길 수 없어 남자를 상대로 큰 싸움을 벌였을지도 모른다.

그녀가 정당하게 미스 화산이 되었다는 사실을 밝힐 생각도 없이. 그녀가 상식 이하의 여자 취급을 받았다는 것에는 관심조차 없이 그저 자신의 말만 했을 텐데, 동우는 그러지 않았다.

자신의 마음이 어떤지 아는 사람처럼 그렇게 해결해 주었다. 너무나 고맙게도.

하지만 선민은 아침 식사가 다 끝날 때까지 고맙다는 말을 하지 못했다. 그리고 건네지 못한 말이 있어서일까. 이상하게 그날 아침 이후부터 동우가 마음속에 계속 머물러 있었다.

❈❈❈

한동안 조용했던 동우가 또다시 두 여자를 들쑤시기 시작했다.

과수원에서 할 일이 없으니 이제는 마당 바깥에 있는 텃밭을 가꿔 채소를 자급하자며 씨감자를 얻어 와 밭을 다 갈아 놓았다.

선민과 수희는 입을 삐죽거리며 고이 모셔 두었던 화려한 일바지를 입고 나와 동우의 지시를 기다렸다.

"이걸로 구멍을 팔 테니 구멍에 씨감자를 넣고 흙으로 덮으시면 됩니다."

"감자는 별로 맛도 없는데……."

구시렁거리는 선민의 말을 들었는지 동우의 따가운 눈초리가 그녀에게 향했다.

선민은 그의 시선을 피해 그가 미리 파 놓은 몇 개의 구멍을 따라 감자를 심기 시작했다.

"저기요, 윤동우 씨. 여기 이 밭에 다 감자만 심을 거예요? 텃밭이라 하면 고추나 상추 이런 걸 심어야 제맛인데 감자만 심는 건 좀 그렇지 않아요?"

"고추는 조만간 파종할 겁니다. 하지만 상추는 아직 시기적으로 이릅니다. 언제 무엇을 파종해야 하는지 공부 좀 하십시오. 농사는 거저 짓는 게 아닙니다."

괜히 한마디 했다가 듣기 싫은 소리를 듣고 말았다.

한동안 검은 정복과 슈트 차림의 그가 가슴에 머물러 묘하게 사람을 흔들더니, 그 묘한 감정이 동우의 말에 홀딱 깨졌다.

'그래, 사람 본성이 어디 가니? 속이 차갑고 까칠한 남자인데

그게 어디 가겠냐고. 쳇.'

"올해는요, 그냥 슬슬 쉴 거거든요! 서울에서 너무 빡세게 일만 해서 올해는 머리하고 마음의 힐링부터 해야 하거든요! 그러니 좀 몰아붙이지 말았으면 좋겠습니다. 서울에서 직장생활 할 때보다 더 상사한테 눌려서 스트레스 받는 기분이거든요!"

동우에게 떽떽거리며 대꾸하면서도 선민의 손은 기계처럼 감자를 심고 있었다.

"그래, 우리 슬슬 즐기면서 하자."

수희가 선민에게 미안한 마음에 나섰다.

"슬슬 즐기면서 하는 게 물론 좋습니다. 저도 두 분 죽을상을 하고 일하는 거 보면 마음이 안 좋습니다."

'설마. 죽을상을 하고 있는 우리를 보고 즐기는 건 아니고?'

하지만 정말 마음이 안 좋은 건지 동우는 그 후로 별말 없이 땅에 구멍만 파다가 먼저 일을 끝내고 집 안으로 들어갔다.

"아줌마, 윤동우 씨는 부대에서 왕따일 것 같아요."

"응? 우리 동우가?"

"저렇게 까칠하고 까다롭고 무뚝뚝한 사람을 누가 좋아하겠어요? 분명 병사들이 제일 싫어하는 장교님일 것 같아요."

"아니야! 우리 동우가 얼마나 인기 많은데. 제대해서도 찾아오는 애들 많아."

"에이, 아들이라고 또 편드신다."

"정말이라니까."

"뭐 고슴도치도 자기 자식은 예쁜 법이니까요."

"아니라니까 그러네."

그렇게 동우에 대한 뒷담화가 오갈 때 그가 밭으로 돌아왔다. 그전처럼 커피 전문점에서 사온 커피는 아니었지만 직접 탄 믹스 커피를 들고서.

"드시고 하십시오."

동우에 대해 좋지 않게 이야기한 게 무색할 만큼 커피 맛이 좋았다. 단지 믹스커피일 뿐인데도 마치 정성을 다해 탄 것처럼 그 맛이 달콤하고 향기로웠다.

"하, 맛있다."

선민의 입에서 맛에 대한 감탄이 절로 나왔다.

"힐링이 좀 됩니까?"

"겨우 한 잔에 힐링이 되겠어요?"

동우가 선민의 말에 알 수 없는 표정을 지어 보였지만 선민은 그의 표정을 보지 못했다. 그저 노동 후에 야외에서 마시는 커피 맛에 흠뻑 빠져 있을 뿐이었다.

"이따 점심은 뭐 해 먹을까?"

수희가 점심 걱정을 하는 그때 선민의 휴대폰이 울렸다. 선아였다. 도착하면 제일 먼저 전화한다더니 공항인 모양이다.

"여보세요?"

하지만 받으면서 선민은 불안했다. 선아 옆에 순영이 있는 건 아닌지. 선아 대신 순영이 전화를 한 건 아닌지. 그래서 전화를 받는 그녀의 목소리가 무척이나 조심스러웠다.

— 나야.

"응, 언니."

— 인천공항이야. 어디로 가야 해?

"지금 오려고?"

— 내가 서울에 오면 너부터 만난다고 말했잖아!

"그랬지. 하지만…… 도착하자마자……."

— 시끄럽고! 어디로 가야 하는지만 말해. 택시 타고 갈 거니까 자세하게 알려 줘.

집을 알려 줘야 하는 건지, 아니면 집이 아닌 읍내에서 만나야 하는 건지 고민하는 사이 선아가 재촉했다.

— 빨리!

재촉하는 선아에게 선민은 시외버스 터미널을 알려 주며 그곳에서 만나자고 했다.

"언니? 언니가 온대?"

수희가 걱정스럽게 물었다. 순영 때문에 집에 돌아가지 못하고 시골구석에 사는 선민의 사정을 잘 알고 있기에 언니가 그녀를 찾아왔다는 것이 수희까지 불안하게 만들었기 때문이다.

그리고 지금 선민의 마음이 어떤 것인지 너무 잘 알고 있는 수희로서는 걱정이 안 될 수 없었다.

"언니는 미국에서 산다고 했잖아? 의사하고 결혼해서 잘 산다고."

"네. 그런데…… 저 만나러 왔대요."

옆에 동우가 있어 사정을 자세하게 말할 수는 없었다.

"지금 온다는 거야?"

"네. 공항인데 바로 온대요."

"준비하고 나가야겠네."

"네."

선민은 수희가 차려 준 점심도 거른 채 선아가 도착할 시간에 맞춰 터미널로 나갔다. 혹시나 순영과 함께 내려오는 건 아닌지 불안해 숨어서 택시 정류장을 지켜봐야 했다.

그렇게 택시 정류장을 바라보고 있을 때 얼굴을 알지 못하는 시골 아낙 두 명이 선민을 보며 수군거렸다.

"화산 아가씨 아니야? 이화리에서 나왔던. 그 프룻인가 뭔가 불었던."

"그래? 화장을 안 해서 그런가, 잘 모르겠는데? 그때는 되게 예뻤던 것 같은데."

"아냐, 맞아. 키가 뻐쩍하니 큰 게 맞네."

"서울에서 왔다고 식사리 부녀회장이 화산으로 뽑힌 거 무효로 만들 거라고 하던데 어떻게 됐나 모르겠네?"

"식사리 부녀회장도 보면 은근 극성이야. 제 딸 안 되니까 아주 별걸 다 캐내서 그렇게 유난을 떨고. 조합장 마누라하고 똑같아, 보면."

"그러게. 누가 봐도 그 딸보다 저 아가씨가 더 예쁘고만."

"읍사무소에 가서 난리쳤대. 그 자리 무르게 만들지 않으면 도청에다 민원 넣겠다고."

"무신 대통령 뽑은 것도 아니고, 뭐 그리 유난이래? 근데 맞는 겨? 아무리 봐도 그때 그 화산 아가씨는 아닌 것 같은데."

"화장을 안 해서 그렇지 맞다니께."

그렇게 자신을 옆에 두고 수군덕거리며 지나갔다.

그 짧은 대화에서 알게 된 기가 막힌 사실은 한두 가지가 아니었다.

거주지 운운하며 읍에서 나와 난리를 쳤던 이유가 이곳 토박이 부녀회장의 텃새 때문이었다는 것. 그리고 자신의 얼굴이 화장 전과 후가 많이 다르다는 것. 또 이곳 사람들 인심이 그리 넉넉하지는 않다는 것.

괜한 한숨이 새어 나올 때 택시에서 내리는 선아의 모습이 보였다. 다행히 선아는 자신의 몸만 한 트렁크를 끌어 내며 혼자 택시에서 내렸다.

"언니."

"미치겠다, 미치겠어."

한심하게 바라보는 선아의 눈빛에 괜히 주눅이 들었다.

"이 촌구석에는 대체 왜 와 있는 거야? 도대체 뭔 사고를 어떻게 쳤길래?"

"사람들이 쳐다봐. 조용히 해."

배꽃 아가씨로 얼굴이 알려졌다는 걸 알았으니 사람들의 이목을 신경 써야 했다.

"어디 들어가자. 커피 마시고 싶어."

선민은 선아의 트렁크를 끌고 근처 커피 전문점으로 들어갔다.

아이스 아메리카노를 주문해 마시던 선아가 인상을 썼다.

"커피 맛이 왜 이래?"

"왜?"

"이게 커피냐? 그냥 쓴 물이지? 하긴 내가 이 촌에서 뭘 바라니?"

선민은 그 순간 동우가 탄 커피를 선아에게 맛보이면 어떨까 하는 생각이 들었다. 믹스커피라도 그 맛에는 선아도 감탄을 자아내지 않을까.

"자, 이제 다 불어. 마음의 준비는 다 하고 왔으니까 걱정하지 말고 무슨 사고를 친 건지 말하라고."

꼼짝없이 모든 사연을 털어 내야 하는 상황에 더는 망설일 것도 없어 선민은 그간의 모든 일들을 다 털어놓았다.

듣고만 있던 선아는 선민의 이야기가 다 끝나자 어이가 없는지 입만 벌린 채 아무 말도 못 하고 있었다.

"어유, 이 등신! 야! 부동산 투자는 아무나 하는 줄 알아? 아유, 속 터져! 그래서? 그래서 지금 그년, 그, 지혜란 년은 행방도 모르고 있는 거야?"

"응."

"어이가 없다, 어이가 없어."

선아 앞에서 선민은 죄지은 사람처럼 고개를 떨어뜨리고 있었다.

'언니가 엄마 돈 좀 해결하게 돈 좀 빌려 주면 안 될까?'

라는 말이 목구멍에서 맴돌고 있을 때, 아무 말 없이 침묵을 지키던 선아가 먼저 입을 열었다.

"너 선봐."

"응?"

느닷없이 선이라니? 잘못 들었나?

"선보라고. 선봐서 당장 결혼해. 그래야 엄마한테 용서받을 수 있어."

"그게 무슨 말이야?"

"야, 엄마 나한테 어땠는지 생각해 봐. 나 카드 값 때문에 엄마한테 죽기 일보 직전이었을 때 네 형부하고 결혼하겠다고 데리고 가서 다 용서받았던 거 생각 안 나? 성형수술 하려고 알바해서 번 돈으로 수술은커녕 카드 값 메꾸기도 빠듯했던 그때, 네 형부 때문에 모든 게 다 해결됐던 거."

생각나다마다. 매일같이 카드 회사에서 전화가 빗발칠 때 돈 많은 미국인 의사와 결혼하겠다고 알버트를 데리고 왔었다.

그때야말로 선아가 사기를 당하는 건 아닌지 순영이 길길이 뛰고 난리를 쳤지만 얼굴이 잘 알려진 대학병원 원장이 직접 나서서 알버트가 어떤 사람인지, 그가 선아를 어떻게 생각하는지를 알려 주었다.

그로 인해 알버트가 대단한 실력의 의사이고 집안도 어마어마한 부자임을 알게 되면서 선아의 모든 과거와 현실은 한 방에 다 해결되었었다.

"내가 예전에 클럽 다니면서 쌓아 온 사교의 노하우를 미국에서 제대로 발휘하면서 살잖니? 한국에서 네 형부 병원으로 연수 오는 의사들이 꽤 있어. 그때 알아 놓은 인맥으로 너 하나 선 보게 하고 시집보내는 건 일도 아니야. 더구나 모두 나하고 네 형부 덕을 본 사람들이고 앞으로 네 형부 덕을 봐야 하는 사람들이라 오히려 그쪽에서 동생 소개시켜 달라고 야단들이야. 그러니까 얼른 선봐. 나야 미국에서 먹히는 동양적인 얼굴이지만 넌 서울에서 먹히는 이목구비 또렷한 서구형 마스크에 키, 몸매 다 꿀릴 것도 없어서 선보고 결혼까지 하는 데 어려울 것도 없어."

선아의 말대로 하면 되는 것일까? 몰래 가지고 튄 엄마의 돈 천만 원에 남은 인생을 결혼으로 저당 잡히는 게 과연 옳은 선택일까?

선민이 고민하는 사이 선아의 휴대폰이 울렸다.

「허니? 잘 도착했고, 지금은 선민이 만나는 중이야.」

아직은 한국식 발음이 섞여 있지만 선아의 입에서 영어가 막힘 없이 흘러나왔다. 영어라고는 중학교 수준의 회화 정도밖에 못했던 선아였는데.

언니의 영어 실력에 놀라 멍하니 바라보는데 선아는 알아들을 수도 없이 빠르게 쌀라쌀라거리더니 'I love you'로 끝인사를 하며 통화를 끝냈다.

그리고 또다시 울리는 선아의 휴대폰.

"네, 안녕하세요? ……도착했어요. 아니에요, 무슨 마중까지. 네, 네."

선아는 남편인 알버트보다 좀 더 긴 통화를 한 후 전화를 끊었다.

"여 봐, 벌써부터 전화 오잖아. 내가 서울 나온다는 소식 듣고 식사 한번 하자고 하는 게 너 만나 보고 싶어서 그러는 거거든. 이번 주말에 식사 약속 잡았으니까, 다음 주 중에 한번 만나 보는 걸로 생각하고 있어."

"의사야?"

"당연하지. 펠로우 과정 밟고 있어. 나이가 좀 있기는 하지만 극복할 수 없는 나이도 아니고."

선민은 '샤' 자 들어가는 남자를 별로 좋아하지 않는다. '샤' 자가 들어가는 남자 중에 배려심이 있거나 가슴 따뜻한 남자는 멸종동물이라 생각했다.

어렸을 적 자신의 충치를 무지막지하게 치료하던 치과 의사가 그랬고, 아내를 두고 내연의 여자와 해외여행을 다니던 선배의 남편, 공학 박사가 그랬다. 그리고 변호사의 아내가 되기에는 경제적 능력과 학벌의 급이 낮아 안 되겠다던 과거의 남자, 규민이 그랬다.

형부인 알버트는 미국인이라 그런지 주위의 '샤' 자 들어간 남자들과 다르기는 하지만, 어쨌든 의사와의 선 자리는 별로 내키지 않는 자리다. 그것도 자신이 원해서 보는 선 자리도 아닌데 상대가 의사라고 하니 만나기 전부터 거부감이 생긴다.

"지금 전화 온 남자 빼고 의사로 두 명 더 있고 그것도 안 되면 그다음은 인테리어 디자이너야. 말이 인테리어 디자이너지 내로라하는 집들 인테리어는 도맡아 할 정도로 실력가야."

실력가라고 하는 인테리어 디자이너도 썩 끌리는 건 아니지만 의사보다는 낫다는 생각이 들었다.

"그리고 그것도 안 되면……."

"또 있어?"

"기본 열 명은 확보해 놨어. 그중에 안 되겠니?"

선아의 결혼이 그녀의 인생을 어떻게 바꾸어 놓았는지 달리 생각하기 시작했다. 그저 금전적으로 좋아져 일상을 럭셔리하게 누리고 사는 것이 다가 아니었다.

알고 지내는 사람의 레벨도 달라졌다. 결혼 전이었다면 선아는 의사며, 실력 있는 인테리어 디자이너를 동생에게 내밀 만한 주제가 못 되었었다. 기껏해야 사장이라는 타이틀을 단 자영업자 수준의 남자를 동생에게 찍어다 붙였을 선아의 인맥이 결혼과 동시에 상당한 업그레이드가 되어 있었다.

그야말로 노는 물이 달라졌다는 걸 실감하는 순간이었다.

"언니, 엄마 때문에 들어온 거 아니었어? 언제 그런 선 자리를 준비한 거야?"

"네가 사고를 쳤으니까 그렇지! 평생 모범생으로만 있던 너 같은 애가 한 번 사고를 치면 크게 치는 법이거든. 혹시 사채 써서 잘못 됐을 경우도 고려해서 미국에서 살고 있는 교포도 몇 명 물색해 놨는데 그건 아니라 다행이야."

"저기 언니……. 그냥…… 언니가 돈을 좀 빌려주면 안 될까? 내가 갚을게."

"구선민, 난 돈 없다. 다 네 형부 돈이지 내 돈은 없어. 거기가 우리나라처럼 생활비 쓰라고 월급 가져다 바치는 줄 아니? 쓸데 없는 소리 하지 말고 그동안 피부 관리나 하고 있어. 얼굴이 그게 뭐니? 칙칙해 가지고……. 꼭 이 촌구석에서 농사짓고 사는 아줌 마같이."

선아는 그렇게 선민의 정신을 빼며 자신이 할 말만 하고 자리 에서 일어섰다.

"가 봐야겠다."

선아가 다시 택시를 잡기 위해 택시 정류장에 서 있을 때였다.

"아이고 우리 화산 아가씨 어디 다녀오는 겨?"

이화리 부녀회장이 마침 그곳을 지나다가 선민을 보고 알은체 했다.

"네, 안녕하세요? 회장님도 어디 다녀오시나 봐요?"

"장에. 영감탱이가 김장김치 물린다고 겉절이 해 먹자고 해서. 에고, 웬수. 주는 대로 먹을 것이지. 그런데 이쪽은 누구신가?"

"저희 언니예요."

"그려? 언니는 화산 아가씨하고 하나도 안 닮았네? 호호호. 한 배에서 나와도 인물이 다 좋지는 않은 가벼? 호호호. 그럼 난 가 볼게."

부녀회장이 멀어져 가는 것을 보고 눈을 돌리자 선아가 부녀회 장의 뒷모습을 무섭게 노려보고 있었다.

"저 아줌마 뭐야? 같은 배에서 나온 인물이 다른 게 뭐 어때 서? 아이고, 자기는 뭐 만들다 만 두부같이 생겨서는. 별꼴이야, 진짜. 그리고 화산 아가씨는 또 뭐야? 네가 왜 화산 아가씨야?"

큰일이다. 배꽃 아가씨 선발대회에 나가서 미스 화산이 되었다 는 설명을 어찌 한단 말인가. 분명 사는 내내 놀림감이 될 게 빤 한데.

"그, 그냥. 그렇게 됐어."

"뭐가 그렇게 돼? 화산 아가씨가 도대체 무슨 뜻이야? 빨리 말 안 해?"

"몰라도 된다고!"

괜히 소리를 지르는 선아에게 선민도 버럭, 하고 소리를 질렀 다.

"상대가 별로 말하고 싶지 않아 하는 것 같으면 넘어가 주는 센스도 좀 있어야지."

"어쭈? 너 엄마를 이리로 불러야 말할래?"

아무래도 선아는 자신을 도와주려고 온 건 아닌 것 같았다. 차 라리 사람 풀어 찾도록 내버려 둘 걸 그랬나 하는 후회가 밀려들 었다.

"엄마한테 전화해?"

선아는 아예 휴대폰까지 흔들며 강력한 협박에 들어갔다.

선민은 한숨을 내쉬며 어쩔 수 없이 자신이 화산 아가씨로 불리는 이유를 알려 주었다.

"뭐? 배꽃 아가씨? 푸하하하하! 아, 웃겨! 미스 화산?"

아예 배를 잡고 끅끅거리며 웃는 선아의 모습에 선민은 부아가 치밀어 올랐다.

'언니가 아니라 웬수야, 웬수. 와서 해결해 줄 것 같더니만. 그래, 윤동우처럼 사람 본성이 어디 가니? 시집갔어도 철도 안 들고.'

"빨리 가!"

선아는 택시에 올라서도 웃음을 그치지 않았다. 멀어져 가는 택시를 바라보는 사나운 그녀의 눈빛처럼 마음도 괜히 사나워져만 갔다.

적어도 언니라면, 동생이 사기를 당해서 엄마한테 가지도 못하고 시골구석, 남의 집에 얹혀사는 신세라는 걸 아는 순간.

"얼마나 마음고생이 심했니? 네가 잘못한 것도 아닌데 집으로 갔어야지 왜 이렇게 살고 있는 거야? 불쌍한 것."

하고 위로해 주며 마음고생 한 동생의 모습에 마음 아파해야 정상이 아닌가.

그런데 선아는 그러지 않았다. 오히려 제 볼일을 보러 온 것처럼 그녀에게 선보라고 강요를 하고는 깔깔거리며 사라졌다.

그런 선아에게 서운하기도 하고 화가 나기도 하고, 그런 언니 앞에서 아무것도 할 수 없었던 자신 때문에 우울했다.

그런 우울함과 서글픔을 주체할 수 없어 선민은 과수원에 나와 한쪽 구석에 신문지를 깔고 앉았다. 한참을 그렇게 앉아 과수원을 바라보는데, 엉망이었던 처음과 달리 이제는 보기 좋게 정리되어 있는 땅과 잘 뻗어 있는 가지들이 눈에 들어오자 심란하기보다는 뿌듯해져 왔다.

'가지에 배가 아닌 돈이 열리면 짱일 텐데.'

말도 안 되는 생각에 혼자 헛웃음을 토해 내고 있을 때 옆에서 인기척이 들렸다.

동우였다.

"날이 쌀쌀한데 여기서 뭐 합니까?"

"그냥요……."

"여기에 앉아요. 바닥이 찹니다."

그가 목욕탕 의자와 함께 방석을 내밀었다. 마치 그녀가 이렇게 앉아 있다는 걸 알고 준비해 온 것 같아 의외였다. 하지만 더 선민을 놀라게 한 것은 예상치 못한 그의 배려와 친절이었다.

바닥에 깔고 앉을 것을 가져다주는 것도 놀라울 일인데, 목욕탕 의자로도 모자라 방석까지. 수희가 시켰을지 모르지만 그래도 모른 척 지나칠 법한데, 일부러 가져다준 그의 마음 씀씀이가 선아로 인해 우울했던 그녀에게 위로로 다가왔다.

"고마워요."

선민은 묻어 놓았던 말이었지만 지금 이 순간 가장 하고 싶은 말을 꺼냈다.

"다음 주에 부대에 복귀합니다."

동우가 선민 옆에 앉으며 말했다.

빨리 사라지길 바랐던 그가 다음 주에 떠난다고 하면 후련해야 정상인데 이상하게 허전해진다.

하지만 선민은 그런 서운함을 나타내지 않고 고개만 끄덕거렸다.

"어머니하고 구선민 씨 두 사람만 두고 가는 게 사실 많이 불안합니다. 아무리 시골이라고 해도 여자 둘만 산다는 게 너무 위험한 것 같아서 말입니다. 그래서 경비 시스템 업체에 신청해서 보안 서비스를 받으려고 하는데 어떻습니까?"

가족이라면 저렇게 위험을 걱정하고 염려해 주는 게 정상인데 선아는 그녀의 사는 모습조차 궁금해하지도 않고 가 버렸다.

"아줌마하고 저하고 안심하고 지낼 수 있을 것 같아 좋네요."

두 사람은 그 후로 말없이 앉아만 있었다. 침묵이 흐르니 서로가 어색할 수 있는데도 그런 분위기는 아니었다.

"그럼 가 보겠습니다. 해가 져서 기온이 떨어지니 들어가요. 감기 들지 않게."

동우가 자리에서 일어났다.

"조심해서 가세요."

동우가 멀어져 갔고 곧이어 시동 거는 소리가 들려왔다.

그가 있다가 사라지니 갑자기 몸으로 찬 기운이 파고들었다. 살을 맞대고 있었던 것도 아닌데 그의 체온이 그녀에게서 사라진 것 같은 느낌에 기분이 이상해졌다.

'미운 정이 든 건가?'

알 수 없는 기분을 미운 정이라 단정 지은 선민은 어둑해진 초봄의 밤공기를 이기지 못하고 집 안으로 들어왔다.

노을 지는 붉은 하늘을 바라보며 우두커니 앉아 있던 선민의 뒷모습은 쓸쓸해 보인다기 보다는 왠지 아파 보였다.

차디찬 흙바닥에 신문지만 깔고 앉아 있는 모습을 그냥 지나칠 수가 없었다. 연인이었다면 입고 있는 옷을 벗어 깔아 주는 신사도를 발휘했겠지만 그런 사이가 아니기에 욕실에 있는 목욕탕 의자와 소파에 있던 쿠션을 가져다주었다.

그런데 의자와 쿠션을 건네면서 바라본 선민의 까만 눈동자가 무척이나 짙고 깊어 보여 한동안 그녀에게서 시선을 뗄 수 없었다.

언니를 만난다고 나갔다가 돌아와서부터 낯빛이 안 좋더니 그의 예상대로 정말 어딘가 아파 보였다. 몸이 아닌 마음이 아픈 것처럼 보였지만 대놓고 물을 수는 없었다.

의자와 쿠션만 건네주고 갈 생각이었지만 왠지 그녀를 두고 갈 수가 없었다. 그렇다고 무작정 그녀 옆에 있는 것도 이상할 것 같아 자연스럽게 꺼낸다는 말이 부대 복귀와 함께 경비업체 서비스에 관한 이야기였다.

"아줌마하고 안심하고 지낼 수 있을 것 같아 좋네요."

라고 말했지만 그녀는 무척이나 무심해 보였다. 부대 복귀로 자신이 이곳을 떠난다는 사실에 무심함을 보이는 그녀에게 이상하게 서운했다. 아무리 밭에서 고된 일을 몇 번 시켰다고 해도 함께 지낸 시간과 함께 먹은 밥이 몇 끼인데 그렇게 무심할 수 있을까.

가는 게 서운하지 않느냐 묻고 싶었지만 그런 질문에 대답할 상황이 아닌 것 같아 좀 더 앉아 있다 일어섰다.

조심해서 가라는 그녀의 인사를 등 뒤로 듣고 숙소로 돌아왔지만, 그녀에 대한 걱정으로 마음이 안 놓인다. 아직도 과수원에서 찬바람을 맞고 있는 건 아닌지.

결국 동우는 휴대폰을 들어 수희에게 전화를 걸었다.

"어머니, 접니다. 문단속 잘 하셨습니까?"

— 응. 걱정 마. 대문하고 현관문에 창문까지 모두 꽁꽁 잠갔어.

"네. 쉬세요, 그럼."

— 너도.

통화를 끝내고 나서야 그녀가 집으로 들어왔음을 알고 마음이 놓였다.

'기분은 좀 풀렸나?'

그러나 여전히 걱정은 마음에 남아 있었다.

❀❀❀

한 이틀 조용하던 동우가 감자를 심고 남은 텃밭에 시금치와 고추를 심겠다고 아침부터 선민과 수희를 집합시켰다.

선민은 동우가 시키는 대로 씨를 뿌리고 흙을 덮었다.

'우쒸, 나 이래 봬도 이화리의 자랑, 배꽃 아가씨인데……. 이렇게 막 굴려도 되는 거야?'

속으로 구시렁거리지만 이제는 불만이 입 밖으로 나오지 않는다. 입 밖으로 내 봐야 한 소리 더 듣기만 하니 입 다물고 조용히 일만 하는 게 상책이다.

파종이 거의 끝나 갈 즈음.

"미스 화산!"

느닷없이 들려오는 걸걸한 여장부 같은 목소리에 놀라기도 했지만 미스 화산이라는 호칭에 선민의 몸이 움찔거렸다.

'아, 동네 창피해서라도 빨리 이 마을을 떠야지.'

그러고 보니 옆에 있는 동우에게서 피식 웃는 소리가 들려온 것 같다. 하지만 그의 웃음을 확인할 수 없게 그는 이미 대문을 향해 걸어가서 문을 열고 있었다.

"안녕하십니까?"

"집에 있어 다행이네. 안녕하세요, 서울 아줌니. 그리고 우리 미스 화산."

예상대로 부녀회장이 안으로 들어오며 텃밭에서 일하고 있는 선민과 수희에게 인사를 건넸다.

"어쩐 일이에요? 에고, 에고 다리야."

수희가 앓는 소리를 내며 일어섰다.

"여기 해군 총각하고 우리 미스 화산한테 선물 줄려고."

"선물?"

"우리 영감이 자동차 보험 만기가 돼서 새로 하나 들었는데 그 보험 아가씨가 영화표 두 장을 줬어요."

부녀회장이 가방에서 티켓을 꺼내며 말했다.

"근데 외국영화잖여. 난 외국영화 보려면 밑에 글씨 읽느라 정신이 없어서 못 봐요. 거기다 사랑 영화라는데 다 늙어 그런 거 볼 일 있슈? 그렇다고 주는 거 안 받을 수도 없고 해서 받았는데, 두 청춘남녀가 생각나잖여요. 호호호. 둘이 극장 가서 영화 구경하고 오라고."

부녀회장이 동우에게 영화표 2장을 내밀었다.

"그래, 둘이 가서 영화 보고 와. 날도 좋은데."

수희가 부추겼다.

"아직 일이 안 끝났는데……."

동우가 머뭇거리고 받지 않자 부녀회장이 동우의 손에 강제로 쥐여 주었다.

"내가 마무리할 테니까 걱정하지 말고 둘이 나가서 놀다 와.

선민이도 요새 우울해하는 것 같은데 가서 바람도 쐬고."

"어머니께서 어떻게 마무리를 한다고 그러십니까?"

"아이고, 어머니가 하신다는데 뭔 걱정이래? 얼른 준비하고 가기나 혀."

동우의 시선이 수희를 걱정스럽게 바라보다 이내 선민에게 꽂혔다.

"갈 겁니까?"

동우의 질문에 선민은 바로 대답이 나오지 않았다. 가고 싶은 마음도 있었지만, 가고 싶지 않기도 했다.

"갑시다."

그녀가 고민하는 사이 동우가 가자며 표를 고이 챙겼다.

"나가서 동우한테 맛있는 거 사 달라고 해서 놀다 와. 요 며칠 기분이 안 좋아 보이던데 가서 기분전환해."

수희가 가만 서 있는 선민의 장갑을 벗겨 주며 동우와 함께 가라고 재촉했다.

"아이고, 서울 아줌니는 우리 미스 화산을 며느리로 들일 생각도 없담서 왜 그렇게 잘 챙겨 준대요? 아들하고 데이트도 내보내고."

"딸 같아서 그러지. 딸 같아서. 며느리 되면 아무리 좋다고 해도 고부는 고부인 거잖아요."

"그려요? 그럼 좋은 자리 있는데 해군 총각 선 한번 볼 텨요? 우리 영감 동창이 시청 근처 농협 지점장인데 그 딸이 비행기 승무원이랴. 승무원이니께 인물은 말 안 혀도 먹고 들어가는 거고, 집안이야 아버지 농협 지점장에 엄마는 약사고. 어뗘요?"

"딱 좋네. 우리 동우도 사관학교 출신 장교인 데다가 인물은 회장님이 봐서 알겠지만 더 말할 필요도 없고. 남자 집안이 좋으면 좋지만 사실 남자는 본인 능력이 더 중요한 거 아니에요? 능력 없어 부모한테 빌붙어 살아 봐야 여자만 피곤한 거고."

"암만, 그렇쥬. 그럼 자리 만들어 봐요?"

"됐습니다. 저는 그렇게 만나는 거 좋아하지 않습니다."

수희와 부녀회장의 대화에 동우가 끼어들어 정색을 했다.

"왜? 한번 만나나 봐. 언제까지 혼자 살 거야? 조만간 소령으로 진급하고 나면……."

"부녀회장님, 저는 생각 없습니다. 자리 같은 거 만들지 마십시오. 구선민 씨, 갈 준비나 합시다."

동우가 하던 일을 대충 갈무리하고 집 안으로 들어갔다.

"아까운 자린데……."

"그러게 말이에요. 저 녀석이……."

두 중년 부인의 아쉬운 소리를 들으며 선민이 안으로 들어왔다.

"준비하는 데 시간 오래 걸립니까?"

"아니, 별로요."

"그럼 구선민 씨 준비하고, 같이 내 숙소로 갔다가 옷만 갈아입고 바로 영화관으로 갑시다."

"수, 숙소요?"

숙소라고 하면 여관이 아니던가. 그럼 지금 여관으로 같이 가자는 건가.

"방에까지 같이 들어가자는 말로 들렸습니까? 어째 표정이 그렇게 알아들은 것 같습니다?"

"내 표정이 어떻다고 그래요? 그렇게 본 윤동우 씨가 더 이상하거든요!"

그렇게 알아들은 건 맞지만 선민은 아닌 척 펄쩍 뛰며 욕실로 들어갔다.

'숙소로 같이 가자고 했으니 그렇게 알아듣는 게 당연한 거 아니야? 자기가 애매하게 말해 놓고는……. 가지 말까 보다.'

하지만 어느새 세수를 끝내고 나와 비비크림을 바르고, 영화관에 가기에 괜찮은 옷이 무엇인지 고른 뒤 갈아입고 나왔다.

"우리 화산 아가씨는 안 꾸며도 예쁘지만 꾸미면 배꽃 아가씨 미스 화산이 아니라 미스 코리아 감이야."

"다녀오겠습니다. 잘 볼게요, 회장님."

민망한 부녀회장의 말에 선민은 얼른 인사를 하고 집을 빠져나왔다.

먼저 나와 자신의 검정색 SUV 옆에 서 있던 그는 그녀가 나오자 조수석 문을 열어 주었다. 생각지 못한 그의 행동에 선민의 얼굴이 괜히 붉어지려 했다.

어색하게 고개를 숙여 고마움의 표시를 했다. 하지만 자연스럽게 차에 오르지 못하고 그런 표시를 한 자신의 행동도 적절치 않은 것 같아 무안하다. 그래서인지 그의 차를 처음 타는 것도 아닌데 이상하게 단둘인 게 신경 쓰이고 불편했다.

이런 마음으로 과연 둘이 영화나 볼 수 있을까 싶은 마음이 들었다. 그것도 15금 로맨스 영화를.

"플루트 연주는 왜 안 합니까?"

하지만 동우는 그런 그녀와 다르게 이 분위기가 어색하지 않은지 편한 목소리로 그녀에게 물어 왔다.

"플루트요?"

"그때 듣기 좋았는데……."

"진짜요? 그때…… 아줌마처럼 다 좋았다는 칭찬은 안 해 주신 것 같은데요?"

"연주가 좋았냐고 묻지 않고 어떤 곡이 괜찮았냐고 물어서 그렇게 대답한 건데, 다 좋았다고 해야 했던 겁니까? 그렇다면 다 듣기 좋았습니다. 앞에 조금 연습한 것 빼고."

선민이 동우를 바라보았다. 까칠하고 무뚝뚝해도 솔직한 남자라는 생각이 들었다. 빈말로 사람의 마음을 가지고 놀 남자는 아닌 것 같다.

"저기…… 듣기 좋았는데 연주를 왜 안 하느냐고 묻는 건……. 또 듣고 싶다는 말인가요?"

"네."

이럴 때 그가 군인이라는 걸 실감한다. 바로바로 망설이지 않고 똑 부러지게 대답하는 모습이 일반 남자들과 다르다. 연애를 하면 절대 밀당을 하지 못하는 스타일로 보인다. 선민이 딱 좋아하는 타입이다. 겉과 속이 다르지 않고 계산적이지 않은 남자.

그렇지만 윤동우는 그냥 수희 아줌마의 아들일 뿐이다. 그녀의 마음이 흔들리지 않는 이유가 거기에 있는 것 같다.

"그렇게 묻는 건, 또 듣고 싶다면 연주를 해 주겠다는 말입니까?"

잠시 딴 생각에 빠져 있던 선민은 동우의 질문이 들려오자 정신을 차리고 그에게 대답해 주었다.

"해 줄 수는 있는데요……. 음…… 일할 때, 그러니까 과수원이나 마당 텃밭에서 윤동우 씨 힘들게 일할 때 해 드리는……."

"구선민 씨는 일 안 하고 말입니까?"

정곡을 찌르는 말에 선민이 흠칫 놀라고 말았다.

"연주는 필요 없고 일을 하라면 해야죠."

일이나 하라는 말이 들려올 줄 알았는데 동우는 별말을 하지 않았고 그사이 동우가 묵고 있는 여관에 도착했다.

"차에서 기다려요. 금방 나올 테니까."

동우가 차에서 내려 여관 안으로 들어갔다.

혼자 차에 남은 선민은 이제 혼자 있는 것이 어색했다. 차에 탈 때만 해도 그와 단둘이 있는 것이 어색했는데……. 짧지만 편하게 나눈 대화가 두 사람 사이의 분위기를 바꿔 놓았다.

선민은 다행이라는 생각이 들었다. 불편한 사람이 옆에 있는 것만큼 고역스러운 일도 없는데, 적어도 영화는 편하게 볼 수 있으니 말이다.

동우는 생각보다 빠르게 준비를 마치고 내려왔다.

"점심부터 먹고 볼까요? 아니면 영화 보면서 팝콘과 콜라로 배를 채우고 영화 끝나고 나서 좀 이른 저녁을 먹을까요?"

출발하긴 전 시간을 확인한 동우가 물었다.

"좋으실 대로 하세요."

선민의 대답을 들은 동우는 팝콘과 콜라를 선택했다.

동우가 편해졌다고 생각했는데 완전하게 자신을 놓을 만큼 편해지지는 않은 모양이다. 박스 하나에 담긴 팝콘을 사이좋게 나눠 먹기에 아직은 좁힐 거리가 있는 사이인가 보다. 선민은 팝콘에는 거의 손을 대지 않았다.

가벼운 로맨틱 코미디였던 영화는 연인 사이라면 웃고 즐기며 재미있게 볼 만한 내용이었지만 동우와 선민이 함께 보기에 조금은 민망한 대화나 장면이 꽤나 있었다.

그로인해 영화가 끝나고 바로 시선을 마주할 수 없을 정도로 뻘쭘했지만, 저녁 식사를 위해 마을로 가는 차 안에서 몇 마디 대화가 오가자 분위기는 또다시 많이 풀어져 있었다.

"그때 먹지 못했던 오리 먹읍시다. 어때요? 괜찮습니까?"

"그냥 집에 가서 먹죠. 뭐 하러 돈 써요? 아줌마도 혼자 계실 텐데."

"어머니 문자 왔습니다. 저녁까지 먹고 오라고. 우리 먹을 밥 없다고."

"진짜요?"

"거짓말 같습니까?"

절대 아니다. 그런 사소한 걸로 거짓말할 사람은 확실히 아닌 것 같으니까.

결국 선민은 동우와 함께 마을 사람들 모두가 맛을 인정하는 오리고깃집에 자리를 잡고 앉았다.

"기분 좀 나아졌습니까?"

동우가 선민 앞으로 물을 따라서 놓아 주며 물었다.

선민은 과수원에 혼자 앉아 청승을 떨던 그날 밤을 두고 하는 말이라는 것을 알 수 있었다.

"네."

돌솥뚜껑에 올린 오리고기가 지글지글 구워질 때, 동우의 질문이 또다시 날아들었다.

"힘듭니까?"

"네?"

"농사짓겠다고 내려온 거 힘들어서 후회하는 건 아닌지 묻는 겁니다."

"……엄청 후회해요."

동우가 묻는 질문의 요지와는 다른 상황의 현실을 후회하고 있지만 그걸 모르는, 몰라야만 하는 동우에게 사실대로 설명할 수

없었다. 그래도 그녀는 후회막심한 제 심정을 그대로 꺼내 버렸
다.

"내가 너무 고되게 일을 시켜서 그런 겁니까?"

"찔리세요?"

"아니라고는 못 하겠습니다."

"윤동우 씨하고 상관없이 내가 너무 섣불리 생각하고 성급하게
결정한 걸 후회하고 있어요. 심사숙고했어야 하는데……. 가족들
하고 상의도 하고."

"어떻게 이런 곳에 내려와서 과수원을 해 보겠다는 생각을 한
겁니까? 그래도 무슨 계기나 이유가 있었으니까 그렇게 섣불리
생각하고 성급하게 결정했을 거 아닙니까?"

"……친구 때문에……. 친구의 감언이설에 속아서……."

자칫 사기를 당해 이 모양 이 꼴이 되었다는 말이 튀어나올 뻔
했다.

"조심하십시오."

"네?"

"어머니께서 감언이설에 속아 사기를 당한 적이 몇 번 있어서
말입니다."

"아, 예."

사기라는 단어에 심장이 툭 떨어지는 느낌이다. 이런 식의 대
화가 더 이어졌다가는 모든 진실이 다 털릴 것 같아 선민은 대화
의 주제를 다른 곳으로 돌리려 했다.

"은근 자상하신가 봐요? 장교라서 명령이나 지시만 익숙할 것 같은데, 이렇게 직접 물도 따라 주고, 고기도 굽고. 이런 건 부하 병사들이 하는 일이잖아요?"

"장교에도 계급이 있다는 거 모릅니까? 계룡대라고 삼군 본부가 다 모여 있는 곳이 있습니다. 농담으로 하늘 아래 별이 제일 많은 곳이라고 할 정도로 높으신 분들이 많은 곳이죠. 거기에서는 저보다 높은 계급의 장교도 신문 심부름, 커피 심부름 다 하고 그렇습니다."

"동우 씨보다 높은 계급이라면? 동우 씨는 그럼 정확하게 계급이 뭐예요?"

"대위입니다."

"일반 병사들 계급은 이병부터 병장까지 잘 아는데 장교 계급은 잘 몰라서요. 대위면 높은 거예요?"

"일반 병사들에게는 한참 높은 계급이지만 장교들 사이에서는 별로 높은 것도 아닙니다."

동우가 마침 잘 구워진 고기를 선민의 앞 접시에 놓아주었고 주제를 동우에게로 옮겨 가는 데 성공했다.

"그럼 계급 높은 장교님들 하고 회식할 때, 윤동우 씨가 고기 구워 주고, 술 따라 주고…… 분위기도 띄우고 그래요?"

"그렇게 해야 하는 회식이라면요."

"안 어울려요. 상상도 안 되고."

"안 어울리는 걸 굳이 상상할 필요는 없지 않습니까?"

"상상보다는 직접 보면 재미있을 텐데."

"재미없습니다. 군인들 회식하는 거."

"아니요. 윤동우 씨가 높은 분들 앞에서 긴장하거나, 애교 부리거나 하는 모습을 보고 싶은 거예요. 저도 군인들 회식은 관심 없어요."

"식기 전에 먹읍시다."

선민의 말에 그는 상사 앞에서 애교 부리고 긴장하다가 들킨 사람처럼 얼굴을 붉히며 허둥거렸다.

'헛, 이 남자……'

그 모습이 선민의 눈에 귀엽게 보였다. 절대 빈틈이 없을 것 같은 남자의 커다란 구멍을 발견한 것 같아 즐겁고, 인간적인 그의 모습에 흐뭇하기까지 하다.

"여기 내려오기 전에는 무슨 일 했습니까?"

"일어 학원 강사였어요."

"일본어 전공했습니까?"

"네."

"강사를 할 정도면 실력이 대단하겠습니다?"

"대단하면 강사가 아니라 교수를 했어야죠. 딱 초보자들 가르칠 수준밖에 안 돼요. 윤동우 씨야말로 사관학교 나오셨으면 공부 좀 하셨겠어요?"

"저도 딱 사관학교 갈 수준이었습니다."

식사하는 내내 둘의 대화는 선을 보고 두 번 정도 만난 남녀의 대화처럼 서로에 대한 질문과 대답으로 이어졌다. 두 사람은 서로가 몰랐던 상대를 알아 가는 즐거움에 빠져 어떤 분위기로 흘러가는지도 모른 채 번갈아 질문과 대답을 이어 갔다.

"남자 친구는 있습니까?"

"남자 친구가 있었으면 연애에 빠져 여기 내려올 생각도 안 했겠죠. 그러는 윤동우 씨도 여자 친구 없죠?"

식사가 끝나 갈 즈음 던진 동우의 질문에 선민은 편하게 대답을 해 주고는 같은 식의 질문을 그에게 던졌다. 배를 채우는 짧은 시간 동안 마음의 간격은 많이 가까워져 있었다.

"왜 없다고 단정합니까?"

"휴가 내내 여기에만 있는 것도 그렇지만 남자가 말이에요, 아무리 잘생겨도 너무 까칠하고 무뚝뚝하면 여자들이 못 붙어 있거든요."

"그건 내가 잘생겼는데 너무 까칠하고 무뚝뚝하다는 말입니까?"

"……네."

"다행입니다."

"뭐가요?"

"까칠하고 무뚝뚝한데 그래도 잘생겼다니 다행 아닙니까?"

"자화자찬하는 거예요?"

"잘 생겼다는 말은 구선민 씨가 했습니다."

"그런 말 늘 듣고 다니지 않아요?"

"무슨 말 말입니까? 잘생겼다는 말? 아니면 무뚝뚝하다는 말?"

"둘 다요."

"인물 좋다는 말은 늘 듣고 다니지만 성격이 까칠하고 무뚝뚝하다는 말은 별로 들어 보질 못했습니다."

"은근 자뻑 기질이 있으시네."

"사실을 말한 것뿐입니다."

"그래도 보통 그럴 때는 겸손하게 아닌 척하고 넘어가는데 윤동우 씨는 전혀 그런 겸손이 안 보여서요."

"그건 겸손이 아니라 내숭 아닙니까?"

대화가 길어지면 길어질수록 선민은 동우의 새로운 모습을 계속 발견해 냈다. 그리고 그 새로운 모습 속에서 윤동우는 인간적이고 솔직한 남자라는 것을 확인할 수 있었다. 더 깊게 파고들면 꽤나 괜찮은 남자가 아닐까 하는 생각이 들었다.

"외롭지 않습니까?"

후식으로 나온 배즙을 마시는 중에 동우가 물었다. 그 질문 안에 오묘하게 많은 뜻이 들어 있는 것 같아 선민은 바로 대답하지 못했다.

"그러는 동우 씨는 외롭나요?"

대신 그 질문을 그에게 던졌다.

"그동안은 외로운 게 뭔지도 몰랐는데, 요새는 그 외로움이라는 게 어떤 건지 조금 알 것 같습니다."

"그럼 연애하셔야겠네요. 예전에 부녀회장님이 어디 좋은 여자분 있다고 하셨잖아요? 좀 만나 보지 그러세요?"

"선민 씨는 왜 대답을 안 합니까? 안 외롭습니까?"

"많이 외롭죠. 그렇지만 저는 늘 외로웠기 때문에 그냥 그러려니 합니다."

"외로운 사람끼리 연애 한번 해 볼까요?"

동우의 말에 계속해서 오가던 대화가 뚝 끊겼다. 두 사람이 서로를 응시하며 기묘한 정적을 만들어 내고 있었다.

"그런 농담도 할 줄 아세요? 그런데 윤동우 씨하고 안 어울리는 농담이거든요!"

그 분위기를 풀어 버리기 위해 선민은 남은 배즙을 단숨에 마셔 버리고 자리에서 일어섰다.

"쓸데없는 농담 그만하고, 아줌마 혼자 계시는데 얼른 가요."

동우도 남은 배즙을 마시고 자리에서 일어섰다.

"저 농담 같은 거 잘 안 합니다."

들으라고 한 말 같은데, 동우는 말을 던져 놓고는 멍하니 서 있는 선민을 뒤로한 채 카운터로 가서 계산을 마쳤다. 그리고 차에 올라 집으로 돌아올 때까지 그 말에 대한 어떤 언급도 하지 않았다.

선민 혼자 복잡하게 감정이 얽혀 가고 있을 뿐이었다.

❊❊❊

이른 아침, 요란하게 울리는 휴대폰 벨소리를 처음에는 알람이 울리는 거라 여겼다. 하지만 그건 알람이 아닌 선아의 전화였다.

"여보세요?"

잠이 덜 깬 목소리로 받았다.

— 구선민, 아직도 자니? 빨리 정신 차리고 꽃단장해!

"아침부터 무슨 소리 하는 거야?"

— 닥터 장하고 급하게 오늘 약속이 잡혔어. 그러니까 지금 당장 일어나서 샤워하고, 화장하고, 미용실 가서 머리 하고, 제일 예쁜 옷 차려입고 서울로 올라오란 말이야!

아침부터 느닷없이 떨어진 날벼락으로 선민은 정신이 다 혼미할 지경이다. 과연 이 방법이 최선인가 고민하면서도 선민은 자동적으로 일어나 선아의 말대로 샤워를 하고 화장을 했다.

제일 예쁜 옷이라고 할 것도 없이 결혼식 하객 의상으로 준비되어 있는 원피스 정장을 차려 입고 방을 나설 때, 아침 식사를 위해 집 안으로 들어오던 동우와 마주쳤다.

"어디 갑니까?"

선민이 동우에게 왔냐는 인사를 건네기도 전에 그가 선민의 차림에 놀란 듯한 표정으로 물었다.

"네."

"선민이 아침밥도 안 먹고 어디 가? 왜 이렇게 예쁘게 꾸미고 차려 입었어? 선보러 가나?"

동우의 목소리를 듣고 주방에서 나오던 수희도 선민에게 물었다.

"네."

"응? 진짜? 진짜 선보러 가는 거야?"

"네."

"그런데 대답이 어째…… 자식 딸린 홀아비하고 선보러 가는 것처럼 그래?"

선민은 수희의 말에 힘없이 웃어 주기만 했다.

"서울로 가?"

"네. 다녀올게요."

선민은 동우의 날카로운 시선이 뒤통수에 박히는 것도 모른 채 서울로 향했다.

"구선민, 너 그게 가지고 있는 옷 중에서 제일 예쁜 거야?"

"응."

선민의 차림을 보던 선아가 한숨을 내쉬었다.

"백은? 너 내가 결혼할 때 선물로 사 준 프라다 백 있잖아. 그거 왜 안 가지고 왔어?"

선민은 과수원 매입할 때 돈이 모자라서 그 백을 팔았다는 말을 꺼낼 수는 없었다. 결혼 선물로 선아가 해 준 명품백을 팔았다고 하면 지금 당장 그녀의 목을 비틀어 버릴지도 모른다는 생각에 거짓말을 해야만 했다.

"이사하면서 흠집 생길까 봐 정원이한테 잠깐 부탁해 놨는데 깜빡했어. 정신이 없어서."

"잘한다, 잘해. 나하고 네 형부 체면이 있는데…… 그 차림이 뭐니? 시간도 없는데."

선아가 온갖 짜증을 내더니 결국 가까운 백화점에서 옷 한 벌과 준명품에 해당하는 브랜드의 핸드백을 사 주었다.

"좀 떨어지는 브랜드라 맘에 안 들지만 이거라도 들고 있어."

'돈 빌려 달랄 때는 없다더니, 이거 살 돈은 있냐? 그리고 뭐? 떨어지는 브랜드? 이게? 이것도 있으면 땡큐다!'

선민 역시 유난을 떠는 선아가 맘에 들지 않았다. 제가 언제부터 그렇게 브랜드를 등급 매겨 최고급만 선호했다고. 이거라도 하나 사겠다고 노래방 도우미로 알바 나갔다가 순영에게 머리 밀려 나간 일을 아직도 기억하는데.

"나오는 사람이 그렇게 대단해?"

비꼬는 듯한 선민의 말투가 거슬렸는지 선아의 눈매가 사나워졌다.

"얘가, 얘가! 너에 비하면 대단하지! 그리고 언니 아니었으면 너한테 의사가 가당키나 해? 그리고 너 이거 사 주는 게 아니라 빌려주는 거야. 나중에 결혼하면 갚아."

그냥 하는 말은 아닐 것이다. 돈 한 푼 못 벌면서 남편이 벌어다 주는 돈을 펑펑 쓰는 것도 한계가 있는 법이니까.

'걱정 마. 나중에 내가 결혼하면 돈뿐 아니라 오늘 받은 서러

움까지 다 갚아 줄 거니까.'

아무리 못났어도 동생 편을 들어 줘야 하는 거 아닌가.

의사에 비해 조건이 떨어지더라도 어디 내놓아도 아까울 만큼 알뜰하고 성실한 동생이라고. 마음에 없는 빈말이라도 가족이라면 그렇게 해 줘야 하는 게 인지상정인데.

그런 서운한 마음을 모르는 선아는 선보는 장소에 선민을 덩그러니 던져 놓고는 사라졌다.

"잘해! 네 앞으로의 인생이 달렸으니까."

그렇게 협박에 가까운 말투로 차갑게 말하고서는 사라져 버린 선아가 야속하다 느껴질 때.

"구선민 씨?"

한 남자가 그녀의 이름을 불렀다.

"네."

"안녕하세요? 장우창입니다."

그렇게 첫인사를 하고 마주한 남자는 역시나 '사' 자 들어가는 인간치고 겸손을 갖춘 괜찮은 남자는 없다는 생각이 틀리지 않다는 것을 확인시켜 주었다.

"선 많이 봤어요? 저는 처음이에요."

커피를 한 모금 마시고 가식적인 미소를 지으며 말하는 여기까지는 그래도 봐줄 만 했다. 그런데 이어서 한다는 말이.

"의사 남편 어떻게 생각해요?"

얼씨구. 떡 줄 사람은 생각지도 않는데 의사 남편?

"뭐 다른 남편들하고 똑같겠죠?"

심드렁하게 대답하자 그가 놀란 눈치다.

"다 똑같으면 의사 남편, 의사 사위 보겠다고 집 사 주고 차 사 주고 그러지는 않겠죠."

"의사하고 결혼하려면 집 사 주고 차 사 줘야 하는 건가요?"

이번에도 그는 무척 당황하는 눈치다.

"제 주변 동료나 선후배들이 보통 그렇게 결혼을 많이 하더라 구요."

"아, 그래서 장…… 죄송해요, 성함이?"

"장우창입니다."

그가 애써 불쾌함을 감추며 대답했다.

"장우창 씨도 그런 마음 있어요? 결혼하면서 집 받고, 차 받아야겠다는 생각."

그가 머뭇거리다 이내 대답했다.

"굳이 그래야겠다는 생각은 안 해 봤어요."

"그래서 언니가 소개시켜 준 건가 봐요. 나는 결혼하면서 남자한테 집 사 주고 차 사 주고 그럴 생각 전혀 없거든요."

"아, 그래요? ……뭐, 그게 당연한 건지도 모르죠."

"당연한 건지도 모르는 게 아니라 당연한 거죠!"

그 뒤로 남자의 얼굴에서 미소는 찾아볼 수 없었다. 예의를 갖추려 애쓰는 모습이 보였지만 그나마도 미국에 있는 형부, 알버트 때문이라는 생각이 들었다. 아무래도 국내 펠로우 과정에 있는 의사가 미국에 있는 저명한 의학 박사보다는 못한 게 많으니까.

이미 틀어진 마음으로 자리를 지키기 힘들기는 둘 다 같은 마음이어서 식사까지 이어지지 않았다. 두 사람의 만남은 그 자리에서 커피 한 잔으로 끝이 났다.

기대하지 않았던 자리여서 실망도 없어야 정상인데 집으로 돌아가는 길이 왠지 허전하고 허무했다.

"벌써 들어온 거야? 어떻게 됐어? 나온 남자는 괜찮아?"

수희가 선민의 맞선이 궁금했는지 현관문을 열고 들어오자마자 들러붙어 묻기 시작했다. 그런데 선민은 그런 수희의 질문보다는 소파에 조용히 앉아 있는 동우가 먼저 눈에 들어왔다.

"어떻게 됐냐니까? 사람 괜찮았냐고."

"아니요. 전혀 안 괜찮았어요."

"그래? 이렇게 예쁘게…… 에? 아침에 나갈 때하고 다르네? 더 예쁘네."

"아줌마 저 좀 쉴게요."

또다시 동우의 시선이 그녀에게 머물렀던 걸 모르는 선민은 방으로 들어가 침대에 풀썩 엎어졌다.

뭔가 자신의 인생 곡선이 잘못 꺾여 가고 있는 기분이다. 그런데도 어떻게 바로잡아야 하는지 답이 나오지 않아 답답하기만 하다.

더욱이 그날 밤, 선아에게서 남자 하나 제대로 잡지 못했다고 어마어마한 잔소리를 듣고는 쓴 눈물을 속으로 삼키며 하루를 마감했다.

이틀 후 또다시 선아에게서 전화가 걸려 왔다.

첫 번째 선 자리의 후유증이 가시기도 전에 선민은 두 번째 선자리를 위해 샤워를 하고 화장을 하고 옷을 차려입고 밖으로 나갔다. 대문을 나서는데 차에서 내리는 동우와 부딪혔다.

"또 어디 선보러 갑니까?"

그에게서 몹시도 못마땅하다는 말투가 튀어나왔다.

"……네, 선보러 갑니다."

동우의 말투가 아닌 자신이 맘에 들지 않아서, 나오는 그녀의 대답도 가시가 박혀 있는 것처럼 날카로웠다.

"저번에는 어머니 말대로 애 딸린 홀아비 만나러 가는 얼굴로 나가더니 오늘은 한 스무 살 차이 나는 홀아비 만나러 가는 얼굴입니다?"

"맞아요."

"네?"

"그런 심정의 표정 맞다고요."

"구선민 씨!"

동우가 버럭 소리를 질렀다.

"왜요?"

"왜 맘에도 없는 선을 보러 다닙니까? 그렇게 죽을상을 해서 나갔다가 더 죽을상을 해서 들어오면서 왜 나가는 겁니까? 그렇게 결혼이 하고 싶습니까? 그렇게 남자가 필요합니까?"

"이봐요, 윤동우 씨!"

"그러지 말고!"

무섭게 고함을 지르다가 동우가 갑자기 말을 끊고 침묵을 지켰다.

"차라리…… 나하고 만납시다."

동우를 바라보는 선민의 눈빛은 심하게 흔들렸지만 그의 눈빛은 전혀 흔들리지 않았다.

"싫습니까? 무뚝뚝하고 까칠해서?"

선민은 처음부터 자신이 잘못 들은 건 아닌가 싶어 그가 했던 말들을 되짚고 있는 중이다. 그리고 그의 말뜻을 다시 한 번 해석하는 중이다.

"지금……."

"맞습니다. 잘해 보자는 말입니다. 선민 씨가 선보러 나가는 걸도저히 보고만 있을 수 없을 정도로…… 선민 씨가 내 마음에 들어왔다는 말입니다."

"……저기……."

"일단 생각해 봐요. 내 마음은 어떻다고 솔직하게 말했으니, 선민 씨도 나에 대해 생각해 보고 솔직하게 대답해 줘요. 당장 듣고 싶지만 무리라는 거 알고 있습니다. 하지만 대답을 듣기까지 오래 기다리고 싶지 않습니다. 오늘 밤까지 기다릴게요. 선민 씨 대답."

사람 가슴에 어마어마한 돌덩이를 던져 놓고 집으로 들어가는 동우의 뒷모습은 무척이나 태연해 보였다. 즉흥적으로 던진 고백이 아닐 텐데도 그냥 제 할 말만 하고 사라지는 그는 그녀와 달리 편해 보였다.

'잘해 보자고? 마음에 내가 들어왔다고? 그럼 내가 오늘 밤까지 어떤 대답을 해 줘야 하는 건데?'

혼란스럽기만 했다. 느닷없는 그의 고백도 문제였지만 그 말을 무시하지 못하고 혼란스러워하는 그녀 자신이 더 문제였다.

싫다고, 당신 같은 남자는 내 취향이 아니라고 대답하기에 윤동우라는 남자가 그렇게 싫거나 부족하지는 않았다. 하지만 그렇다고 그의 마음을 받아들여 연인으로 거듭 나기에는 뭔가 부족하고 어설픈 감정이 더 많았다.

거절할 수도, 받아들일 수도 없는 애매한 자신의 감정을 추스르지 못하고 멍한 상태로 서울로 향했다. 그런데 그의 말을 곱씹어 떠올릴수록 이상하게 심장이 요동친다.

선보러 가는 모습을 더 이상 보고만 있을 수 없다는 그의 말에서 남자다운 박력이 느껴졌고, 그 말이 자꾸 귓가에 맴돌며 그녀의 가슴을 두근거리게 하고 있다.

시간이 흐를수록 그의 느닷없는 고백에 당황스러움이 아니라 설렘이 느껴지고 있었다.

'외롭다고 하더니 설마…… 여자가 필요해서 급한 대로 나한테 고백을 한 건 아니겠지.'

그럴 사람이 아니라는 걸 알고 있지만, 설레는 자신의 솔직한 감정을 느끼면서도 조심스러웠다.

'차라리 오늘 내 마음을 확 잡을 그런 남자가 나왔으면 좋겠다. 이런 거 저런 거 복잡하게 고민하지 않게.'

하지만 약속 장소까지 가는 내내 그녀의 머릿속에는 동우밖에 없었고 어떻게 그곳까지 갔는지도 기억에 없다.

"이런 자리 창피해서 안 나오고 싶었습니다. 연애 못 하고 결혼 못 해서 안달 난 사람처럼 남들이 소개시켜 주는 사람 만나는 거 자존심도 상하고……. 솔직히…… 쪽팔린 거 아닙니까?"

서진욱이라 자신을 소개한 남자의 말에 정신을 차리고 보니 이미 인사를 마치고 마주 앉아 있는 게 아닌가.

그의 말대로 무지하게 쪽팔리고 자존심도 엄청 상하는 일이다. 특히나 지금의 선민에게는.

"연결해 주는 사람 말도 다 믿을 게 못 되고 해서 오늘 시간이나 대충 때우자 하고 나왔는데…… 그게 아니네요. 선민 씨 첫인상이 좋아서 호감이 갑니다."

서글서글한 눈매와 서른셋의 남자치고는 귀여워 보이는 입술과 미소가 호감이 갈 만한데, 마음에 어떤 감정도 스며들지 않는다.

오히려 앞에 앉은 남자에 비해 동우는 차갑고 날카로운 눈매와 다문 입이라 강해 보이는구나, 라고 동우를 떠올리고 있었다.

"시간이……. 저녁을 먹기에는 이른 시간이고, 그렇다고 오늘 처음 만난 사이인 거 티 내느라 호텔 커피숍에서 커피만 마시고 있을 수는 없고……. 어떻게 할까요? 이른 저녁을 먹고 간단하게 칵테일 한잔 할까요? 아니면 칵테일 한잔을 하고 저녁을 먹을까요? 아, 칵테일 좋아하십니까?"

"아무래도 괜찮아요."

성의 없이 들릴지 모르지만 그녀의 솔직한 대답이었다. 앉아 있기 거북한 호텔 커피숍에서 벗어나고 싶었고 동우에 대한 생각을 털어 버리기 위해 그녀는 지금 뭘 해도 괜찮은 심정이었다.

"그렇습니까? 그럼 일단 식사부터 합시다. 그리고 한잔하는 걸로. 어떤 음식 좋아하십니까? 한식, 일식, 중식, 양식 골라 보십시오."

"아무거나 상관없어요."

"그러면 제가 선택하기 어려워집니다. 하나 딱 골라 보십시오."

선민은 마지못해 일식이라고 대답했다.

"갑시다. 딱 좋은 곳이 있습니다."

앉아 있을 때는 몰랐는데 진욱의 키는 상당히 컸다. 앉은키로 큰 키를 가늠하지 못했던 것은 다리가 길어서였을까. 선민의 시선이 진욱의 다리로 갔고 역시나 성큼성큼 걷는 그는 일반 남자들보다 긴 다리를 가졌다.

'그래도 윤동우 씨보다는 덜한 기럭지네.'

또다시 진욱을 동우와 비교했다. 어쨌든 진욱을 보면서 윤동우가 우월한 기럭지의 소유자라는 것을 알게 되었다.

'그 기럭지에 그 얼굴에……. 그래, 성격까지 완벽할 수는 없

겠지.'

"혹시 차 가지고 왔어요?"

진욱의 질문이 아니었더라면 그녀의 생각이 윤동우의 어디까지 갔을지 모를 일이었다. 진욱의 목소리에 정신을 차린 선민이 고개를 저었다.

"차 없어요."

"잘됐네요. 가려는 곳이 건너편이라 걸어서 가도 되는 거리거든요. 칵테일 바도 한 건물에 같이 있고."

그를 따라 길을 건너갈 때 문자가 들어왔다.

[저번처럼 하면 엄마한테 다 일러 버린다. 맘에 안 들 이유도 없겠지만, 혹시 그렇더라도 잘 하고 와. 말 안 나오게.]

그냥 하는 협박이 아니라는 것을 안다. 이번에도 저번처럼 맘에 안 드는 티를 냈다가는 그녀의 행방이 선아에 의해 순영에게 까발려질 것이다.

선민은 진욱과 함께 도착한 일식당에 조신하게 앉았다.

"제가 알아서 주문해도 괜찮겠습니까?"

"네, 그렇게 하세요."

"반주 한잔 하실래요?"

"아니요."

"알겠습니다. 그럼……."

진욱은 알아서 주문을 했고 그가 주문한 정식으로 식사를 시작했다.

비싸고 고급음식이라는 것이 느껴질 정도로 보기 좋은 음식들이 차려졌지만 이상하게 선민은 입안이 깔깔했다.

입으로 들어가는 그 음식들의 맛이 어떤지도 모르게 먹으면서 진욱과의 대화에는 집중을 했다. 선아의 협박 문자로 인해 이 시간을 잘 보내야 한다는 생각으로 그를 향해 가끔 영업용 미소를 보여 주기도 했다.

식사를 끝내고 그는 같은 건물에 있다는 칵테일 바로 선민을 데리고 갔다.

"좋아하는 칵테일 있습니까?"

"아니요. 칵테일은 잘 몰라요."

"그럼…… 복숭아, 멜론 중에 하나 선택해요."

"멜론?"

"그럼 준벽이네요."

그렇게 말한 진욱이 바텐더에게 준벽을 주문했고, 자신의 것으로는 처음 들어 보는 어려운 이름의 칵테일을 주문했다.

"언니분이 선민 씨가 미인대회 출신이라고 해서 농담이라고 생각했습니다. 그런데 그 말, 농담이 아니었네요. 어느 대회에 나가셨습니까?"

진욱의 말에 얼굴이 확 달아올랐다.

미인대회? 언제는 뒤로 넘어갈 듯 깔깔거리더니, 미인대회 출신이라는 말을 했단 말인가. 그가 배꽃 아가씨 선발대회를 아는 것도 아닌데 진심으로 창피한 순간이었다.

"별로 알려진 대회가 아니어서 말씀드리기 좀 그래요."

"얘기해 줘도 괜찮은데, 굳이 원치 않으면 안 하셔도 됩니다. 어쨌든 그런 대회에 나가 수상을 했다는 게 중요한 거니까."

그와 얘기하다 보니 칵테일이 나왔고, 초록색의 칵테일은 무척이나 상큼해 보였다.

"맛 괜찮을 겁니다. 그거 마시고 나서 괜찮으면 피치크러쉬도 한번 마셔 보십시오. 그것도 준벅에 밀리지 않는 맛입니다."

선민이 막 색 고운 칵테일을 마시려는 순간 또다시 휴대폰으로 문자가 들어왔다. 선아가 확인 차원에서 또다시 보낸 협박 문자거니 하고 생각 없이 문자를 확인했다.

[맘에도 없는 자리 나가서 시간 낭비하지 말고 일찍 들어와요. 터미널에 도착하면 택시 타지 말고 전화해요. 데리러 나갈 테니.]

저장이 되어 있지 않아 발신인을 알 수 없는 번호로 들어온 문자. 하지만 그 문자를 누가 보냈는지는 어렵지 않게 알 수 있었다.

동우의 문자를 받고 너무도 당황한 나머지 선민은 칵테일을 단번에 들이켰다. 마치 오렌지 주스를 마시듯 그렇게 꿀꺽꿀꺽 마셔 버린 것이다.

"선민 씨…… 뭐 안 좋은 문자입니까?"

느닷없는 그녀의 행동에 진욱 역시 당황한 듯 물었다.

"아, 아니요. 이거 맛있네요. 이게 뭐라고 하셨죠?"

"준벅입니다. 정말 괜찮은 거 맞습니까?"

"네. 친구가 생각지 못한 문자를 보내서 좀 놀라서 그래요. 신경 쓰실 일 아니에요."

"다행입니다. 전 뭐 안 좋은 일이 생겼나 했습니다."

그런데 듣고 보니 진욱의 말투가 동우와 비슷했다. 그걸 알고부터는 어처구니없게도 진욱이 하는 말 모두가 동우가 하는 말로 들리기 시작했다.

진욱이 화장실 간 사이 선민은 동우가 보낸 문자를 다시 한 번 확인했다.

도착하면 데리러 나온다는 말에 왜 이리 가슴이 찌릿한지.

늦은 시간, 한적한 시골길을 택시로 가는 건 위험하고 무서운 일이다. 그걸 알고 있는 동우가 그녀를 배려해 일찍 들어오라고 하고 터미널로 데리러 나온다고 하니, 괜히 일찍 들어가고 싶어졌다.

선민의 협박 문자가 아른거렸지만 지금은 그냥 이 자리를 벗어나 이화리로 가고 싶은 마음뿐이었다. 진욱이 자리로 돌아오자 선민은 일어나자는 말을 먼저 꺼냈다.

"아까 온 문자 때문에 그럽니까?"

"아니요, 제가 집이 좀 멀어요."

"아, 시골에 땅을 사서 거기에서 지낸다고 들었는데, 제가 깜빡했습니다. 모셔다 드릴 테니 그럼 슬슬 출발하죠.."

"아, 아니에요. 그냥 시외버스 타고 가면 돼요. 운전으로 왕복하기에는 많이 피곤하실 거예요. 그리고 진욱 씨도 칵테일을 마셨는데 운전은 안 되잖아요?"

"아닙니다. 그렇게 선민 씨 보내면 마음이 편하지 않아 더 힘듭니다. 저 그렇게 매너 없는 남자 아닙니다. 그리고 제가 마신건 무알콜입니다. 선민 씨 모셔다 드리려고 일부러 무알콜로 마셨습니다. 걱정하지 마십시오."

괜찮다고 여러 번 고집을 부려 봤지만 진욱도 만만치 않았다. 결국 선민은 진욱의 차로 집까지 가야 하는 상황이 벌어지고 말았다.

무슨 할 말이 그렇게 많고 궁금한 게 많은지, 가는 내내 진욱의 입은 쉴 틈이 없었다.

'정말 말 많다. 저렇게 쉬지 않고 나불거리기도 힘들 텐데. 그러고 보면 윤동우 씨는 적당히 무게감 있게 침묵을 지킬 줄 아는 사람이야.'

또다시 동우와 진욱을 비교했고 그럴수록 진욱이 맘에 차지 않았다.

'이 사람도 땡이로구나.'

그런 선민의 마음을 모르는 진욱은 끝내 집 앞에까지 왔다.

"누구하고 같이 삽니까?"

"……친척 아주머니요."

함께 사기를 당한 아줌마와 함께 산다고 할 수는 없지 않는가.

그런데 문제는 진욱의 질문과 자신의 대답이 아닌 집 앞에 동우의 차가 아직도 있다는 거였다. 보통 때 같으면 숙소로 돌아갔을 시간인데 그가 돌아가지 않고 집에 있다는 게 불안했다.

귀가 시간을 어긴 여동생을 혼내기 위해 기다리는 오빠가 집에 있는 것 같은 느낌이다.

"이런 곳에 아주머니하고 두 분만 지내는 거 위험하지는 않습니까?"

"아니요. 아줌마가 걱정하실지 몰라서 빨리 들어가 봐야 될 것 같아요."

"그렇게 늦은 시간은 아닌 것 같은데……. 들어가 봐야 한다니 보내 드려야죠. 오늘 만나서 반가웠습니다."

"네."

예의상이라도 '저도요'라는 말은 나오지 않았다.

"다음에 또 봐요, 선민 씨."

그 말에 동우와 선아의 얼굴이 동시에 떠올랐다.

대답 대신 어설픈 미소를 보이고 선민은 진욱의 차에서 내렸다.

"조심해서 올라가세요."

"넵. 쉬세요."

진욱의 차가 좁은 길을 벗어나는 것을 확인한 선민은 크게 심호흡을 하고 열쇠로 대문을 열고 집 안으로 들어갔다.

"오늘은 늦었네? 괜찮은 남자가 나왔었나 봐?"

오늘도 수희보다 소파에 구겨진 얼굴로 앉아 있는 동우가 먼저 눈에 들어왔다.

"······그냥, 뭐······ 그렇죠, 뭐."

"선보고 다니니까 좋습니까?"

예상치도 못한 동우의 기습적인 질문에 놀란 건 선민만이 아니었다. 수희가 선민보다 더 놀란 눈으로 아들을 바라보았다.

"동우 너는 뜬금없이 무슨 말이 그래? 혹시 샘나서 그러니? 선민이가 짝 찾아 선보러 다니는 게? 그럼 너도 선봐. 저번에 부녀회장님이 말한 승무원 아가씨하고. 전화해 볼까?"

"네. 전화하세요."

분명 수희는 농담으로 물었다. 수희의 말이 농담이라는 건 동우는 물론 선민도 알았다. 그런데 동우의 대답은 농담으로 하는 말이 아니었다. 그의 대답은 진지하고 무거웠다.

"저, 정말? 정말 전화해?"

"네."

잠시 멍하니 아들을 바라보던 수희의 얼굴에 이내 화색이 돌더니 바로 부녀회장에게 전화를 걸었다.

선민은 딱 그 모습까지만 보고 방으로 들어왔다.

'정말 선보려는 걸까? 나 때문에? 내가 말 안 듣고 선보고 늦게 들어온 거에 대한 반항으로? 설마 윤동우 저 남자가······? 아니겠지? 그렇게 유치한 남자는 아니니까.'

의문은 꼬리에 꼬리를 물고 길어졌다.

'뭐야. 그럼 정말······ 나하고는 안 될 것 같으니까······ 다른 여자를 알아보려는 건가? 진짜로? 고백한 지 겨우 하루도 안 지났는데? 난 아직 대답도 안 해 줬는데. 그렇게 가벼운 남자였어? ……아닌데. 가벼운 남자는 절대 아닌데…… 왜?'

방으로 들어와 옷도 갈아입지 못하고 서서 초조하게 밖의 상황에 귀를 기울였다.

"회장님. 죄송해요, 밤늦게."

다행인지, 불행인지 수희의 통화 목소리는 잘 들려왔다.

"먼저 말한 동우 선 자리 있잖아요? 승무원이라는……."

그리고 얼마 후 좋아 죽을 것 같은 수희의 웃음소리가 들려왔다.

'뭐지? 왜 웃으시는 거지?'

선민은 아예 방문에 귀를 가져다 댔다.

"그랬어요? 어머 잘됐네요. 인연인가 보네? 호호호. 그럼 언제로 잡을까요?"

이어지는 통화 내용은 동우의 선 약속을 잡는 것이었고, 일은 일사천리로 이루어지는 것 같았다.

선민은 지금 이 순간 동우의 표정이 궁금했다. 그도 수희처럼 좋아 죽을 것 같은 얼굴을 하고 있을지, 아니면 변함없이 계속 얼굴을 구긴 채 무겁게 앉아 있을지.

"동우야, 그 승무원 아가씨가 마침 휴가라서 집에 내려와 있대. 그런데 회장님 바깥분하고 그 아가씨 아빠하고 읍내에서 식사하다가 너를 보고 저 총각이 말한 해군 장교다, 그랬더니 두 말 없이 자리 만들자고 그렇게 졸라 댔단다."

호호 웃는 수희는 꽤 기분이 좋아 보였다.

"둘이 휴가 기간도 같은 게 인연 아니겠니? 그리고 이렇게 네 마음이 변한 것도 다 인연의 끈으로 연분을 잡아당겨서 그런 거야. 내일 당장이라도 보자는데 그렇게 하자. 시간 끌 거 뭐 있어?"

"네. 그러죠."

동우의 대답에 선민은 배신감이 느껴졌다. 분명 오늘 아침, 그가 그녀에게 고백했었다. 자신이 선보는 걸 보고 싶지 않을 정도로 마음에 들어왔다고. 그런데 오늘 좀 늦었기로서니 자기도 선을 보겠다고 나서는 모양새라니.

'가벼운 거지. 그래, 가벼운 거야. 깜빡 속을 뻔했네.'

하지만 그녀의 마음속에 야릇한 찬바람이 싸하게 불어왔다.

❋❋❋

새벽 두 시가 넘어가는 시간까지 동우는 답을 찾지 못한 채 두 번째 맥주 캔을 땄다.

아무리 생각해도 자신이 왜 그랬는지 이해가 가지 않는다. 화가 나기는 했어도 그렇게 유치한 방법으로 해결하는 건 아니었는데. 다시 생각해도 자신의 유치함에 화가 난다. 하지만 이제 와 후회한들 무슨 소용이 있겠는가.

며칠 전 부녀회장이 준 영화표로 영화를 보고 함께 저녁 식사를 하며 대화를 나누는 동안, 동우는 선민을 향한 자신의 마음이 어떤지를 알게 되었다.

함께 있는 동안 느껴지는 편안함이 그녀를 향한 호기심을 만들어 냈고, 그 호기심은 단숨에 그녀에 대한 호감으로 발전해 갔다. 그리고 선을 보러 나간다는 그녀의 말에 마음에서 일어나는 폭풍 같은 감정을 발견하며 자신의 마음에 이미 그녀가 들어찼음을 인정했다.

더는 그녀가 선 따위를 보러 다니는 것을 보고 싶지 않은 마음과 부대 복귀 전에 그녀를 잡아야겠다는 생각에 자신의 마음을 솔직하게 털어놓았다.

갑작스러운 자신의 말에 놀랐을 그녀의 마음을 이해할 수 있기에 대답을 저녁까지 기다리겠노라 말해 주었다.

그런데 시간이 지나면서 이상하게 초조해졌다.

오늘 선본 남자하고 잘되는 건 아닌지. 이미 그의 마음이 뒷전으로 밀려난 건 아닌지.

궁금함과 초조함을 참지 못하고 문자를 보냈다. 그 문자를 보내기 위해 수희의 휴대폰을 몰래 훔쳐보고 선민의 번호를 알아내기까지 하면서 말이다.

하지만 그녀에게서는 답이 없었고 그녀는 밤늦게 귀가했다. 게다가 택시를 타고 온 것도 아니었다.

그 시각, 이미 그의 귀는 대문 밖으로 향해 있었다.

워낙 조용한 시골이라 밖에서 들리는 차 소리 정도는 쉽게 들을 수 있는데도 그는 예민하게 청각을 곤두세웠다. 혹시 늦어서 서울 가족 집에서 자고 올 수도 있겠다, 라는 생각이 들 때, 밖에서 차 소리가 들려왔다.

'위험한데 기어코 택시를 타고 왔군.'

절로 미간이 찌푸려지고 속이 부글거리는데 바로 그녀가 들어오지 않는다. 택시비를 치르고도 남을 시간이 지났음에도 불구하고 그녀는 들어오지 않았다.

밖으로 나가려고 막 일어서려 할 때 대문이 열리는 소리와 함께 차가 떠나는 소리가 동시에 들렸다. 그리고 곧바로 그녀가 들어왔다. 표정이 이틀 전과 다르지 않다. 그나마 다행이라면 다행이지만 그래도 이곳까지 다른 남자의 차를 타고 왔다는 것에 화가 났다.

'선보고 다니니까 좋습니까?'

툭 던진 그 말이 화근이 될 줄은 몰랐다.

그 말로 인해 그리고 자신의 옹졸한 마음으로 인해 결국 마음에도 없는 선을 보게 생겼고, 지금 동우는 그것에 대한 후회를 깊이 하는 중이다.

'나도 늙는 건가? 왜 이렇게 이성적이지 못했을까?'

사랑에 빠졌으니 이성적이지 못했던 것이 당연한데, 동우는 그 고민으로 밤을 새워야 했다.

❋❋❋

[연락처 알려 달라고 해서 전화번호 줬다. 잘해 봐. 희망이 보이니까.]

선아의 문자를 확인하고 휴대폰을 내려놓으려 하는데 전화벨이 울렸다. 이번 역시 발신인 이름이 아닌 번호만 떴다. 어제 본 동우의 번호는 기억에 없지만 그가 걸었을지 모른다는 생각에 전화를 받았다.

"여보세요?"

— 좋은 아침입니다, 선민 씨.

"……죄송한데, 누구……?"

— 서운합니다. 헤어진 지 불과 24시간도 안 지났는데 제 목소리를 벌써 잊으신 겁니까?

"진욱 씨?"

— 맞습니다. 서진욱입니다.

"어제는 잘 들어가셨죠?"

— 그럼요. 오늘 아침 출근도 잘 했습니다.

"……."

— 번호를 허락도 없이 언니한테 받아 내서 화난 건 아니죠?

"……네."

그때 거실로 들어와 수희에게 인사를 하는 동우의 목소리가 들려왔다.

"저기, 진욱 씨. 친척 아줌마가 불러서 나가 봐야겠어요."

― 그럼 오후에 제가 다시 전화…….

선민은 진욱의 말을 끝까지 다 듣지 않고 종료 버튼을 눌러 버렸다. 그리고 급하게 나온 게 아닌 것처럼 티 나지 않게 느긋한 동작으로 방 밖으로 나갔다.

'헙!'

자칫 그녀의 놀라는 목소리가 밖으로 새어 나갈 뻔했다.

'뭐야? 저렇게 빼입고 나가서 잘해 보겠다는 거야? 하, 정말 웃기는 남자네.'

검정 해군 정복과 블랙 슈트가 잘 어울렸던 그가 이번에도 블랙의 정장을 차려입고 있다. 그냥 정장만 입었을 뿐인데 일반인과 다른 포스가 철철 흐른다. 트레이닝복 차림이 익숙한지라, 그의 그런 모습에 선민의 가슴이 주책없이 띈다.

"아이고, 우리 아들 어디 보자……. 완벽하네, 완벽해."

고슴도치 아들을 칭찬하는 고슴도치 모친이 아니다. 뭘 먹고 저런 아들을 낳았느냐는 질문 꽤나 받았을 엄마의 당연한 칭찬이다.

그녀가 봐도 그는 완벽했다.

"잘하고 와. 올해는 장가가야지."

'아줌마 사기당해서 돈도 없는데 장가보낼 수 있겠어요?'

라는 말을 하고 싶을 정도로 처음으로 수희가 밉다.

"다녀오겠습니다."

수희에게 인사를 하고 나가는 동우에게 선민은 마음에도 없는 말을 해 주었다.

"잘하세요. 아줌마 말대로 올해는 장가가셔야죠. 파이팅입니다!"

그녀의 말에 동우의 눈썹이 꿈틀거렸지만 선민은 아랑곳하지 않고 방으로 들어왔다. 하지만 곧바로 가슴을 부여잡았다.

'아이씨, 내가 왜 이러는 거지? 왜 말은 쿨하게 해 놓고, 마음에서는 열을 내고 있는 건데? 왜? 왜!'

그녀 역시 자신의 마음을 알 수 없기는 동우와 마찬가지였다.

'어떤 여자인지 모르겠지만 눈 호강 좀 하겠네.'

하지만 그를 보고 눈으로만 호강할 사람이 누가 있을까. 여자들이 달려들게 생긴 그 외모를 보고 안 달려들면 그게 이상한 거지.

'그럼 그동안 달려들지 않은 내가 이상한 건가?'

세 잔째 마시는 진한 커피가 이제는 목으로 넘어가지 않는다. 진하기도 하지만 더 이상 몸이 카페인을 받아들이고 싶지 않나 보다.

마시다 만 커피를 책상 위로 내려놓는데 휴대폰이 눈에 들어왔다.

'어제 윤동우 씨도 이런 기분이었나? 가까운 사람을 빼앗긴 것 같은…… 빼앗기고 싶지 않은 사람을 놓칠 것 같은…….'

선민은 바로 휴대폰을 들고 문자를 찍었다.

[맘에 안 들면 시간 낭비하지 말고 일찍 끝내요. 끝나면 전화하

고. 마트에 가서 오징어하고 부추 사다가 전이나 부쳐 먹게.]

동우가 좋아한다는 부추전으로 미끼를 던진 선민은 그의 답이 오길 기다렸다. 하지만 시간이 지나도 그녀의 휴대폰은 아무런 반응이 없었다.

'맘에 들었나?'

그런 생각이 들자 이상하게 속이 쓰려 왔다.

'승무원이라 했지? 승무원…… 영업용 미소에 녹아내렸나 보네? 게다가 친절이 몸에 뱄으니 얼마나 상냥하게 웃으면서 윤동우를 녹였을까?'

그녀의 생각이 끝도 없이 나락을 향해 치달아 갈 때였다.

"선민이! 나 부녀회장님 집에 다녀올게. 저녁 먹고 올지도 몰라."

수희의 말에 거실로 나가 보니 부녀회장 집으로 놀러 가는 차림이 아닌 상견례에나 입고 갈 만한 옷차림으로 신발을 신고 있는 수희가 보였다.

"다녀올게. 문단속 잘 하고 있어."

수희가 부리나케 나가고 텅 빈 거실에는 그녀 혼자만이 남아 있다. 순간 알 수 없는 외로움이 몰려들었고 무언가 가슴에서 와르르 무너지는 느낌이 들었다.

'그래, 좀 못 미치지만 말투도 비슷하고 하는 일도 빠지지 않고……. 엄마한테 용서받고 돈 천만 원을 탕감받을 수 있는 서진욱하고나 잘해 보자. 윤동우하고 뭐가 있었던 것도 아니고.'

동우로 인해 어지러운 마음을 정리해도 집 안에 감도는 적막감을 이길 수가 없었다. 봄바람 감도는 햇빛이라도 받아 볼까 하는 마음으로 밖으로 나갔다. 갈 곳이라고는 과수원밖에 없으니 느긋하게 흙바닥의 쿠션을 느끼며 걷고 있을 때, 풀밭 사이로 쑥 올라와 있는 쑥이 보였다.

초등학교 시절 살았던 동네의 뒷산에 순영을 따라 쑥을 캐러 다니던 기억이 있다. 그때 캐 온 쑥으로 끓여 주던 쑥 된장국에 대한 기억이 아련히 떠올랐다.

순영은 나이가 들어서도 계원들과 관광을 다니며, 돌아오는 길에는 늘 쑥이나 나물을 뜯어 왔다. 그리고 그다음 날 반찬은 어김없이 쑥 된장국이었다.

"쑥 된장국이나 끓일까?"

선민은 집으로 들어가 바구니 하나를 들고 나와 쑥 캐는 데 정신을 쏟았다.

어릴 때 순영에게 개쑥과 참쑥을 구별하는 법을 배웠기에 참쑥만 캐는 것은 어려운 일이 아니었다. 그리고 과수원에는 개쑥은 거의 보이지 않고 참쑥만 천지였다.

그렇게 뜯고 보니 들고 나온 바구니가 모자랄 정도였다.

"쑥국도 끓이고 쑥개떡도 해 먹어야지."

쑥으로 가득 찬 바구니를 집 안에 가져다 놓고 새 바구니를 가지고 나오는 길에 동우의 차가 들어오는 것이 보였다.

'문자에 답도 안 하더니 왜 이렇게 일찍 오는 거지? 저녁은 기

본으로 먹고 올 줄 알았는데.'

동우의 차가 주차되고 그가 내릴 때까지 선민은 그저 멍하니 서 있기만 했다. 그가 그녀의 눈앞에 다가와서야 정신을 차렸다.

동우가 선민 앞에서 손에 든 검정 비닐을 흔들어 보였다.

"뭐예요?"

"오징어하고 부추요."

선민은 할 말을 잃었다. 그는 그녀의 문자에 답은 하지 않았지만 문자대로 부추전을 부쳐 먹기 위해 직접 오징어와 부추를 사들고 일찍 돌아온 것이다.

가슴이 콩닥였다. 감동을 한 것인지, 설레는 것인지, 아니면 둘 다인지 알 수는 없지만 이상하게 심장이 덜컹거린다.

"부추전 해 먹자면서요? 그런데 그 바구니는 뭡니까?"

"쑥……이요. 과수원에 쑥이 널렸길래……."

"쑥을 뜯을 줄도 압니까?"

"쑥을 뜯을 줄도 알고, 국도 끓일 줄 알고, 쑥개떡도 할 줄 압니다."

사람을 뭘로 보고 말이야. 하지만 그의 그런 말이 이제는 얄밉게 들리지 않는다. 그래서 그녀의 대답도 톡톡 쏘기보다는 귀여운 앙탈 정도로 튀어나갔다.

"맛있겠네요. 같이 뜯읍시다. 이거 놓고 옷 갈아입고 나올게요."

동우가 빠르게 집 안으로 들어갔다.

그런 동우의 뒷모습을 선민은 계속 바라보았다.

살랑살랑 불고 있는 봄바람이 그녀의 가슴속까지 파고 들어갔나 보다. 가슴 어딘가에서 봄바람이 간질이듯 알 수 없는 감정들로 간질거린다.

괜히 실실 웃음을 흘리고 과수원으로 들어온 선민이 다시 쑥을 뜯기 시작할 때, 편한 트레이닝복 차림의 동우가 옆으로 다가왔다. 그의 손에는 커다란 챙모자가 들려 있었다.

"이거 쓰고 해요. 봄볕은 피부에 안 좋으니까."

그리고 목욕탕 의자도 그녀의 옆에 놓아 주었다.

"그렇게 쪼그리고 앉아 있는 것도 관절에 안 좋으니까 앉아서 뜯고."

이 남자 이렇게 자상하고 친절한 남자였나.

언젠가 수희가 말한 것처럼 제 여자에게는 한없이 따뜻할 거라고 하더니…….

"고마워요."

선민 옆에 앉은 동우가 쑥을 뿌리째 뽑아내서 선민 앞에 보이며 물었다.

"이게 쑥인 거죠?"

"네. 그런데 그렇게 뿌리째 뽑지 않아도 돼요. 그냥 이렇게 자르듯이 뜯어내도 돼요."

고개를 끄덕인 동우는 말없이 쑥을 캤고 그 모습을 지켜보던 선민도 다시 쑥을 뜯기 시작했다.

"왜…… 일찍 온 거예요?"

궁금했다. 그가 왜 일찍 온 건지. 그녀의 문자대로 해 주고 싶어서인지, 아니면 선본 승무원이 맘에 들지 않아 일찍 온 건지. 그가 일찍 온 이유가 오로지 자신에게 있는 게 아닐 수 있다는 생각에 물었다.

"일찍 오라고 했잖습니까?"

"그것뿐이에요? 상대가 맘에 들지 않아서…… 같이 앉아 있어 봐야 시간 낭비라서 빨리 끝내고 온 건 아니고요?"

"뭐가 알고 싶은 겁니까?"

쑥을 뜯던 두 사람이 손놀림을 멈춘 채 서로를 진지하게 마주했다.

"솔직한 윤동우 씨 마음이요."

"솔직한 마음이라……. 선본 여자는 괜찮았습니다."

그 말 한마디에 선민의 인상이 단숨에 구겨졌지만 이내 평정을 찾으며 표정을 고쳤다.

"그런데 그런 여자가 앞에 앉아 있는데도 다른 여자가 생각났다면…… 그래서 대화가 이어지지 않고 함께 있는 시간이 지루했다면 그게 뭔 것 같습니까?"

오히려 동우가 선민에게 물었고 선민은 대답하지 못하고 있었다.

"구선민 씨, 당신을 내가 좋아한다는 거 아니겠습니까?"

결혼하자는 프러포즈를 받은 것도 아니고 목욕탕 의자에 쪼그리고 앉아서 받은 고백 같지 않은 고백에 왜 이렇게 가슴이 쿵쾅거리는지 모르겠다.

"그럼 구선민 씨 솔직한 마음은 뭡니까?"

솔직한 동우에게 솔직하지 않은 답을 할 수는 없다. 그리고 이미 그녀의 마음이 그에게 솔직하게 표현하라고 재촉하고 있었다.

"나도…… 그랬어요, 어제. 동우 씨 선보러 나가는 거 너무 싫었고. 그리고 지금 그렇게 말해 주는 동우 씨 때문에…… 떨려요. 많이."

동우가 선민의 손을 잡고 일어섰다. 마치 포옹을 할 것처럼 그녀에게 다가가는데 선민의 바지 주머니에서 휴대폰 벨소리가 들려왔다.

"여보세요?"

동우의 행동에 긴장했던 선민이 벨소리에 당황해서 허둥거리며 전화를 받았다.

— 선민 씨, 전화 다시 한다고 해 놓고 왜 안 합니까? 기다리다 목 빠지겠어서 먼저 하는 겁니다.

진욱의 전화에 심하게 흔들리는 선민의 눈동자가 동우를 향했다.

"바빠서……."

— 뭐가 그렇게 바쁩니까? 시골에서 별로 할 일도 없을 텐데.

"할 일 많거든요! 쑥 뜯어서 국도 끓여야 하고, 떡도 해야 하고……."

동우가 좋아하는 부추전도 부쳐야 하는데……. 동우의 이글거리는 눈동자에 선민의 입이 다물어졌다.

— 선민 씨가 한 국도 먹고 싶고 떡도 먹고 싶습니다. 언제 가면 해 줄 수 있습니까? 이번 주말에 갈까요? 아, 죄송해요. 전화가 들어오네요. 다시 전화할게요, 선민 씨.

선민이 안 된다는 대답을 하기도 전에 그가 먼저 통화를 끝냈다.

진욱과 불편한 통화가 끝났다는 안도감도 잠시. 동우는 그녀를 아직도 무섭게 쳐다보고 있었다.

"나하고 같았다면서 전화번호까지 교환한 겁니까?"

"언니가 알려 줘서……. 저도 별로 받고 싶지 않은데 자꾸 전화를 하네요."

"다음에 또 전화가 오면 확실하게 말해요. 사귀는 남자 있다고."

이제 막 고백했는데 사귄다는 말이 바로 나오는 게 어색했다.

하지만 사귀는 누군가가 있다는 것이 싫지 않았다.

"그럴게요."

선민은 자신이 너무 좋아하는 표정을 지은 것 같아 들키지 않으려고 의자에 풀썩 앉아 땅으로 고개를 숙이며 다시 쑥을 뜯기 시작했다.

"빨리 뜯고 들어가요. 배고파요."

그래서 히죽거리는 동우의 얼굴을 보지 못했다.

"그럽시다."

이제 막 서로의 마음을 확인하고 사랑을 시작하려는 남녀라고 볼 수 없을 만큼 두 사람은 과수원 한구석에서 쑥 뜯기에만 열중

했다.

식탁 위에는 조촐하지만 정성이 들어간 상이 차려졌다. 비록 쑥 된장국에 부추전과 쑥 무침이 다였지만, 동우에게는 그 어떤 진수성찬보다 더 감동을 일으키는 밥상이었다.

지금이야 시골에서 할 일이 없고 만나는 사람이 없으니 수희가 밥을 하고 반찬을 하고 상을 차려 주지만, 그전에 수희에게 그런 밥상을 받는 건 1년에 한두 번 정도밖에 되지 않았다.

재혼으로 인해 경제적 상황이 괜찮을 때는 도우미에게 맡겼고, 이혼을 했을 때는 밖에 나가 일을 한다는 핑계로 인스턴트 음식만 잔뜩 사다 놓고 데워 먹게 만들었다.

사실 수희는 그렇게 음식 만드는 일을 좋아하지 않았다. 그래서 요즘 음식을 만드는 수희를 보고 있노라면 그전 기억이 잘못된 건 아닌가 하고 놀랄 때가 많다.

물론 옆에서 선민이 도와주고 챙겨 줘서 하는 것이 더 많기는 하지만.

그런데 선민은 손이 많이 가는 이 음식들을 귀찮아하지도 않고, 어려워하지도 않으면서 척척 만들어 냈다. 자신이 도와준 거라고는 떡을 만드는데 필요한 찹쌀가루가 없다고 해서 마트에 가서 사다 준 것밖에 없다.

"고마워요, 잘 먹을게요."

진신으로 고맙다는 말이 나왔다.

"맛은 장담 못 해요. 맛없어도 남기지 말고 맛있게 먹어 주면 나야말로 고맙겠어요."

말은 그렇게 했지만 거침없이 요리하던 그 실력은 그냥 나온 게 아니었다. 살림 경력 30년 넘은 아낙의 손맛과 비교해도 손색 없는 맛이었다.

양파 같은 여자다. 보는 거와는 달리 속도 깊고 정도 많고 귀여운 여자. 게다가 시간이 지날수록 생각지도 못한 새로운 매력들이 계속 나오는 여자.

그런 여자가 자신의 마음을 받아들여 행복하다.

자신의 마음이 어떤지 헤매었던 어젯밤과 달리 선민과 함께 식사를 하는 지금은 그 어느 때보다 행복하고 편했다.

매일 이렇게 그녀와 마주 앉아 식사를 하고 함께 있고 싶을 정도로.

시간이 갈수록 그녀를 향한 자신의 마음이 무서운 속도로 빠르게 깊어진다.

부대 복귀를 앞두고 있으니 초조함까지 더해졌다. 자신의 감정을 좀 더 일찍 알아채지 못한 걸 후회하면서 동우는 선민의 하나하나를 눈과 마음에 담는다.

5. 날벼락(2)

동우가 부대 복귀를 앞두고 집에 무인 경비 시스템 업체를 불러 장치를 설치하고 서비스를 맡겼다. 그로 인해 수희도 선민도 밤이 무섭지 않았다.

하지만 이틀 후 동우가 부대로 복귀해야 한다는 사실에 아쉬움이 밀려왔다. 데이트다운 데이트를 못 해서 더욱 안타까웠다.

수희의 눈을 피하기도 어렵고 수희를 피해 읍내로 나간다고 하더라도 마을 사람들 눈에 띌 가능성이 크기에 두 사람은 서울로 데이트를 다녀오기로 했다.

설레는 마음으로 화장을 하고 옷을 차려입었다. 오랜만에 느껴지는 설렘에 몸과 마음이 붕붕 떠다니는 기분이다.

"오늘 어디 가? 또 선보러 가나?"

"아니요. 이젠 선 안 봐요. 서울에 친구 만나러요."

"동우도 곧 부대에 복귀한다고 이모 집으로 인사 간다고 서울 갔는데. 오늘 심심해서 어떡하지? 뭐 하고 지내야 하나?"

"부녀회장님 집에 놀러 가세요."

"됐어. 동우 선이 틀어져서 그런지 좀 쎄해. 그냥 집에서 TV나 봐야겠다. 잘 다녀와."

"네. 다녀올게요."

수희에게 인사를 한 선민은 불러 놓은 택시를 타고 터미널로 나갔다. 그리고 아는 얼굴이 없는지 조심스럽게 살핀 후 한쪽에 주차되어 있는 동우의 차에 재빨리 올라탔다.

"몰래 연애하는 거 정말 힘드네요."

"스릴 있지 않습니까?"

"아니요. 아줌마한테 말할 때도 좀 떨렸어요. 특히 동우 씨가 이모님한테 인사 갔다는 말을 들을 때는 심장 소리가 밖에까지 들리는 건 아닌지 걱정했을 정도라고요."

"자, 그럼 마음 편한 곳으로 출발합시다."

그가 기어에 손을 댔고 곧바로 핸들을 돌리며 운전을 시작했다.

천천히 출발하는 차처럼 선민의 신경이 천천히 동우에게로 향했다.

짧고 단정한 헤어스타일과 다부진 몸에서는 군인다운 준엄함이 보인다. 겪어 봐서 알지만 그는 말과 행동이 엄격한 사람이다. 군인으로서 임무를 수행할 때의 모습도 같을 것이다. 그런데 그녀에게 남자로서 마음을 표현할 때는 그렇지 않다. 그런 그가 좋다.

겉멋 부리느라 한 손으로 핸들을 잡지 않고 양손으로 잡은 모습은 신뢰로 다가왔다. 급정거나 급출발을 하지 않는 여유가 그녀의 마음까지 여유롭게 만들었으며, 끼어드는 차량에게 편하게 양보를 해 주는 모습에서 배려 있는 따뜻함이 느껴졌다.

수희의 아들이라는 사실은 별로 문제가 되지 않을 것 같았다.

수희의 아들이기에 어렵고 마음이 편하게 가지 않았었는데, 그가 자석처럼 그런 자신의 마음을 자연스럽게 끌어당겨 그에게 붙여 놓았다.

짧은 시간 동안 윤동우라는 남자와의 거리가 지금 앉아 있는 운전석과 조수석의 거리만큼 마음의 거리도 안정되게 좁혀져 있었다. 그의 부대 복귀만 아니면 좀 더 좁혀질 수 있었을 테지만 지금도 나쁘지 않다.

그를 보고 있는 그녀에게 웃어 주는 그가 변하지 않고 옆에 있어만 준다면 늘 그녀도 지금의 그처럼 웃을 수 있을 것 같아 좋다.

"그때 그 남자는 확실히 정리했습니까?"

가끔 이렇게 정색하고 말할 때는 좀 무섭기는 하지만.

"당연히 했죠."

대답은 간단하게 나갔지만 정리하기까지 그리 간단하지는 않았다.

동우는 사귀는 사람이 있다고 말하라고 했지만 그 말이 선아의 귀에 들어갈 가능성 때문에 차마 그렇게까지 말하지는 못했다. 대신 흔하게 하는 말, 우리는 잘 맞지 않는 것 같다고 둘러댔다. 그러나 진욱은 심플했던 인상과 다르게 선민의 말을 쉽게 받아들이지 않았다.

더 만나 봐야 되지 않냐, 그러니 당장 만나자며 그녀를 힘들게 했다. 그런 그를 어르고 달래며 겨우 단념시켜 떼어 놓았다.

"내가 부대에 있다고 해서 안심하고 다른 남자를 만나러 다닌다거나 어디 클럽에 놀러 다닌다거나 그러면 안 되는 겁니다."

"그동안 봤잖아요! 집에 콕 박혀서 밖에도 잘 안 나가는 거."

"콕 박혀 안 나가는 사람이 배꽃 아가씨 선발대회는 왜 나갔습니까? 대놓고 아가씨라고 선전하는 거 아닙니까? 이제는 동네 장에서 열리는 노래자랑에도 나가지 마요."

"구속형이신가 봐요? 그거 되게 피곤한데."

"구속이 아니라 단속이죠."

"구속이나 단속이나. 도긴개긴입니다."

"내 여자 단속 못 해서 놓치거나 빼앗기고 싶지 않습니다."

내 여자?! 은근 듣기 좋은 말이었다.

괜히 미소가 새어 나오려 할 때 선민의 휴대폰이 울렸다. 한동안 잊고 있던 휴대폰 벨소리 노이로제에 움찔하는 순간, 동우의 날카로운 시선이 그녀의 휴대폰에 박혔다. 아무래도 진욱에게서 온 게 아닌가 생각하는 모양이었다.

선민도 그의 시선으로 인해 혹시라도 미련이 남은 진욱이면 어쩌나 했지만 다행히 정원이었다.

"어, 정원아."

— 잘 지내느뇨? 지혜 연락은 없지?

"응."

— 먹고살기 아직 힘들지? 아무리 배꽃 아가씨에서 뭐가 됐다고 해도.

"왜? 먹여 살려 주려고?"

— 응.

"……뭐 로또라도 당첨됐어? 어떻게 먹여 살려 줄 건데?"

— 번역 해 볼래?

"번역?"

— 응. 소설.

"소설을?"

— 연애소설. 아는 분이 출판사를 하나 차리셨는데 번역할 사람 추천 좀 해 달라고 해서. 내가 일어 전공한 거 아시고.

번역은 해 본 경험이 없지만 지금 찬물, 더운물 가릴 때가 아니었다.

"해 보지, 뭐."

— 알았어. 그럼 계약서 작성도 해야 하니까 내가 한번 너한테 갈게. 그때 못한 위로주도 할 겸.

그렇게 정원과의 통화가 끝났다. 옆에서 가만히 듣고 있던 동우가 말을 건넸다.

"번역도 할 줄 압니까?"

"아니요. 해 본 적은 없는데 해 보려구요. 배 열릴 때까지 손가락 빨고 있을 수는 없잖아요."

"당분간…… 아닙니다. 해 보지도 않은 과수원 일을 시키는 대로 잘 해내는 걸 보면 번역도 잘할 것 같습니다."

"맞아요. 제가 좀 악바리 근성이 있어서 맡은 일은 잘 해내려고 하는 편이에요."

"일어로 한번 선민 씨 소개를 해 볼래요?"

"왜요?"

"그냥. 듣고 싶어서."

"하면? 알아들을 수 있어요?"

"알아듣고 못 알아듣고가 중요한 게 아니라 선민 씨의 색다른 모습을 보고 싶을 뿐입니다."

잠시 머뭇거리던 선민이 입을 열었다.

"私の名前は구선민です(제 이름은 구선민입니다). ……윤동우さんが好きです(윤동우 씨를 좋아합니다)."

'내 이름은 구선민입니다.'를 시작으로 해서 나이를 알려 주고 무서운 엄마가 있다는 것도 알려 주었다. 그리고 마지막으로 윤동우를 좋아한다는 말로 마무리를 했다.

마지막 말은 그가 알아들을 수도 있어서, 할까 말까 망설였지만 거침없이 해 버렸다. 아무래도 동우라는 이름을 듣고 알아챌 수도 있고 못 알아들었으면 물어볼 수도 있지만 선민은 숨기고 싶지 않았다.

그런데 그 마지막 말을 그가 알아들었는지 피식 웃는 게 아닌가.

그러더니 그가 입을 열었다.

"私もあなたのことが好きです."

'나도 당신을 좋아합니다.' 그가 그렇게 말했다.

뭐야? 다 알아들은 거야? 이 남자 일본어 좀 하는 거야?

"이 말만 할 줄 압니다."

그 말이 진실인지는 모르지만 이상하게 그가 하는 말은 모두가 거짓 없는 진실로 들리고, 보인다. 벌써 콩깍지가 제대로 쓰였나 보다.

"동우 씨 부대는 어디예요?"

"동해에 있습니다."

"너무 멀다."

선민은 동우가 복귀하면 먼 그곳까지 면회를 가야 하는지 고민이 시작되었다. 이대로 마음이 더 깊어지면 면회 갔다가 돌아오는 길이 많이 힘들다는 것을 알기에 벌써부터 그녀는 면회 후 헤어질 것에 대한 걱정에 빠져들었다.

"일단 저기 보이는 커피숍에 들어가 있어요. 이모님께 인사드리고 나올 테니까."

어느새 서울에 도착했고 동우의 확실한 알리바이를 위해 이모 집에 들러 인사를 하고 와야 했다.

그들이 도착한 곳은 부자들만 산다는 평창동이었다. 담장이 높고 문 열고 돌계단을 올라가야 푸른 잔디밭과 함께 저택이 나온다는 그 동네.

선민은 그 순간 수희가 술 마시고 눈물을 뽑으며 했던 말이 떠올랐다. 자신과 비슷한 신세에 함께 술 마시며 눈물 콧물 뽑던 그날. 그리고 그날 동우를 만난 기억까지.

'아줌마도 진짜 많이 힘드셨겠네.'

선민은 동우가 커피숍 앞에 차를 세워 주자 내리면서 한마디 했다.

"엄마한테 잘하세요."

"네?"

"잘하시라고요!"

선민은 또다시 무슨 뜻인지 물을 것 같은 동우를 뒤로 하고 차에서 내려 커피숍으로 들어갔다.

서울에 온 걸 실감하기 위해 선민은 더치커피를 주문했다. 시골 커피숍에서는 구경할 수도 없던 커피다.

사실 커피를 사 마실 만큼 형편이 넉넉지도 못했고 정신도 없었지만, 지금 마시지 않으면 한동안 마시고 싶어도 구경도 못 할 것 같은 마음에 주문한 것이다. 동우와의 첫 데이트를 앞두고 마셔서 그런지 그 맛이 기억보다 훨씬 부드럽고 고급스러웠다.

커피를 마시고 음악을 들으며 선민은 예전에 누렸던 일상이 지금은 사치스러운 여유로 느껴지는 게 서글퍼지려 할 때 동우가 들어왔다.

정말 인사만 간단하게 드리고 왔는지 생각보다 훨씬 일찍 왔다.

"왜 이렇게 빨리 왔어요? 고개만 까딱하고 온 건 아니죠?"

"고개만 까딱인 건 아니고 허리를 폴더처럼 접어서 인사하고 왔습니다. 밖에서 기다리는 사람이 있어서 빨리 가 보겠다 하고 바로 나왔습니다."

"이모님이 좀 서운하셨겠어요."

"이모님 서운한 것보다 선민 씨 기다리게 하는 게 더 신경 쓰이고 힘들어서 말입니다. 나갑시다."

뭔가 계획을 짜 놓은 사람처럼 선민을 커피숍에서 데리고 나온 동우가 차로 이동한 곳은 삼청동이었다.

많은 사람들이 오가는 그 길을 두 사람은 봄날 나른한 여유와 첫 데이트의 설렘을 느끼며 두 손을 잡고 걸었다. 걷다가 즉석 츄러스를 사 먹기도 하고, 액세서리 숍에서는 동우가 선민에게 헤어핀을 사 주기도 했다. 선민은 동우의 차 키를 걸 홀더를 사 주었고 길거리에서 파는 다코야키를 사 먹기도 했다.

연애라는 것이 이렇게 작은 것으로도 즐겁고 행복한 것이었던가.

사법고시 준비로 인해 무엇 하나 자유로울 수 없는 규민을 위해 희생하던, 연애 같지도 않았던 과거를 떠올리며 새삼 동우가 얼마나 괜찮은 남자인지 깨닫는 중이다.

해가 질 무렵, 두 사람은 이른 저녁을 먹기 위해 정갈한 한정식 집을 찾았다.

어느 양반집처럼 생긴 널따란 기와집 대문을 막 넘으려는데 맞은편에서 식사를 마친 것 같은 무리의 사람들이 나왔다.

동우가 옆으로 비켜서며 선민의 손을 잡고 그녀를 자신 쪽으로 살며시 끌어당겼다. 조금만 더 꾸물거렸으면 나오는 일행 중 누군가와 몸이 부딪혔을 상황이었다. 그런 불상사가 나지 않게 해 준 동우를 바라보며 살며시 미소를 지어 보일 때였다.

"어? ……구선민 씨?"

그 무리 중에 마지막으로 나가던 누군가가 선민의 이름을 불렀다.

선민의 이름을 부른 사람은 진욱이었고 그의 시선은 꼭 잡고 있는 두 사람의 손을 향해 있었다.

"……아, 안녕하세요?"

예상치 못한 그 상황에서 선민이 할 수 있는 말은 안녕하냐는 인사뿐이었다.

그 인사말을 들은 진욱의 시선이 두 사람의 손에서 동우에게로 옮겨 갔다.

"선민 씨 때문에 안녕하지 못합니다. 애인이 있었던 겁니까?"

진욱이 불쾌한 감정을 드러냈다. 그리고 그 감정을 고스란히 담은 표정으로 선민과 동우를 번갈아 보고 다시 둘이 잡은 손에서 시선을 떼지 않았다.

"그렇게 됐어요."

변명을 할 수 있는 상황도 아니었고 그럴 이유도 없다고 생각한 선민은 대충 대답해 주었다.

진욱의 인상이 심하게 구겨졌다. 그냥 지나쳐 버려도 될 것 같은 그 상황에서 몹시 불쾌한 듯 선민을 보고 동우를 노려봤다.

"저기……."

보다 못한 동우가 나서려 하는 순간, 선민이 동우의 말을 끊고 먼저 나섰다. 그렇지 않으면 동우와 진욱 사이에 무슨 일이 날 것 같았다.

"안녕히 가세요, 진욱 씨."

선민의 인사에 진욱은 몸을 돌려 일행을 따라갔지만 심하게 기분 상했다는 것을 알 수 있을 만큼 걸음걸이가 사나웠다.

진욱이 사라지자 동우가 선민의 손을 잡아 안으로 들어갔다.

"들어갑시다."

얼떨결에 동우에게 끌려가는 모양새로 안으로 들어온 선민은 우연히 만난 진욱보다는 동우의 무표정이 신경 쓰였다.

결코 좋은 만남은 아니었다. 하지만 선민이 의도한 것도 아니고 우연히 마주한 걸 어쩌랴.

"저 남자였습니까? 선보고 전화번호 교환한 남자가?"

"네. 저 남자였어요. 왜요? 그거 가지고 또 뭘 단속을 하려고요?"

"다음에 혹시라도 또 보게 된다면 안녕하냐는 말도 하지 마요. 남자가 쿨하지 못하게 인사를 받아 줄 줄도 모르고 받아치는 본새만 봐도 어떤지 답이 나오지 않습니까?"

"맞아요. 그래서 정말 다행이라고 생각하고 있어요. 이 자리에 저 남자가 아닌 동우 씨하고 앉아 있어서."

무표정이던 동우의 표정이 풀렸다.

"고수 같습니다, 선민 씨."

"고수요?"

"밀당의 고수."

"솔직히⋯⋯ 다른 사람들에 비해서는 아니지만 동우 씨한테 비하면 내가 고수 맞아요. 동우 씨는 너무 감정을 솔직하게 드러내서 밀당 같은 거 못 할 거라고 생각했어요."

"우리는 그런 거 하지 맙시다."

"안 해요. 그런 거 나도 별로 안 좋아해요."

두 사람은 방금 전 만난 진욱의 존재를 잊고 편하게 식사를 했다. 진욱으로 인해 어떤 폭풍이 몰려올지 모른 채, 평안하게.

퇴근 시간에 맞물려 고속도로를 진입하고도 한참을 교통체증에 시달려야 했고, 톨게이트를 지나고 나서야 서서히 정체가 풀렸지만 예상 도착 시간은 이미 훌쩍 넘어 있었다.

"부대 복귀하면 면회 올 겁니까?"

"갈까요? 김밥하고 통닭 같은 거 싸 들고?"

"왔으면 좋겠지만 오는 길이 만만치 않게 멀고 힘들어서 오라는 말은 못 하겠습니다. 차라리 내가 가고 말지."

"아니에요. 면회 같은 거 가 보고 싶었어요. 해 본 적이 없어서

군대 간 남자 친구 면회 가는 거 부러웠었거든요. 오빠나 남동생도 없이 언니만 있어서 면회는 딴 나라 얘기였는데."

그녀의 눈빛이 면회에 대한 호기심과 기대감으로 반짝거렸다.

"그런데 서른 넘어서 남자 친구 면회 갈 줄을 몰랐네요. 가는 길이 멀기는 하지만 힘들다기보다는 지루한 길이기는 하겠죠. 하지만 가고 싶어요. 갈래요."

"무리하지는 말아요. 꺼낸 말 때문에 억지로 오지도 말고."

"당장 이번 주말에 갈까요?"

"올 수 있겠습니까?"

"그럼요. 갈게요."

부대 복귀 때문에 당장 떨어져 지내야 하는 아쉬움보다는 그를 찾아 면회를 간다는 사실에 선민은 들뜨기 시작했다.

"뭘 만들어 갈까요?"

"윗분들 것도 챙겨야 해요? 데리고 있는 부하병사들 것도 챙겨 줘야 하지 않아요?"

"가면 군함은 타 볼 수 있어요?"

"동우 씨 군복 입고 근무하는 모습은 볼 수 있는 거예요?"

쉴 새 없이 묻는 선민의 질문에 일일이 대답을 하지도 못했는데 어느새 차는 읍내로 접어들었다.

"우리 같이 들어가면 안 되잖아요?"

"그렇다고 선민 씨 택시 타고 들어가게 할 수는 없습니다. 그냥 우연히 터미널 앞에서 만났다고 합시다."

"아줌마가 믿을까요?"

"믿으시겠죠. 이미 알리바이를 만들어 놨지 않습니까?"

"그래도 너무 일찍 인사를 마치고 나와서."

"우리 어머니는 사람 말 너무 잘 믿어서 문제니까 걱정하지 말고 함께 가요."

동우는 끝내 선민을 태운 채 그대로 집으로 향했다. 그리고 집으로 들어가는 마을 길 한적한 곳에 차를 세웠다.

"왜……?"

밤늦은 시골길에는 다니는 차도 없고 건물도 없어 어둡다. 띄엄띄엄 있는 전봇대 가로등도 꺼진 게 많아 특히나 더 많이 어둡고 적막했다.

왜 그 길에 차를 세웠는지 궁금했다. 그리고 그 순간 선민의 머릿속에는 '키스'가 떠올랐다. 키스를 하기에 너무 이른 건 아닌가 하는 생각이 들 때.

"차마 집 앞에서는 못 할 거 같아서……."

그리고 그녀의 머리를 스친 생각처럼 그가 입술을 부딪쳐 왔다.

살포시 선민의 입술에 내려앉는 그의 입술은 생각보다 부드러웠고 촉촉했다. 남자 입술이 맞나 싶을 만큼. 그리고 그녀의 입술을 가르고 들어오는 혀는 달콤한 맛을 내고 있었다.

'하, 좋다.'

그렇게 느낄 만큼 동우가 해 주는 키스를, 선민은 두 눈을 감은 채 거부하지 않고 받아들였다.

첫 키스인만큼 길거나 깊거나 뜨겁지는 않았지만 부드럽고 달콤한 여운은 집에 도착할 때까지 남을 만큼 그 느낌이 좋았다.

그런데 집 앞에 서 있는 낯선 차 한 대가 눈에 들어오면서 첫 키스의 여운은 단숨에 달아났다.

"누가 왔나 봅니다? 집에 불이 켜지지 않은 걸 보면 아무도 없는 것 같은데."

차를 발견하고 그 옆에 주차를 하며 무심하게 묻는 동우와는 달리 선민은 극한 긴장감을 느끼기 시작했다.

"저 차 넘버가…… 허로 시작하죠?"

"네, 허로 시작합니다. 아는 분 차입니까?"

"예상이 맞는다면……."

이제는 긴장감을 뛰어넘어 극도의 두려움으로 그녀의 온몸에서 한기가 느껴졌다.

동우와 함께 차에서 내리기 전에 옆에 있는 차 문이 벌컥 열렸다. 그리고 선민의 불길한 예상대로 운전석에서는 선아가 내렸고 조수석에서는 순영이 내렸다.

"헉! ……어, 어, 엄마."

빨리 차를 빼서 도망을 갔어야 하는데 겁을 집어먹은 상태라 아무 생각도 못 하고 있었다. 하지만 도망을 생각한 지금, 차를 빼기에는 이미 늦어 버렸다.

게다가 선민의 상황을 모르는 동우가 차 문을 열었으니, 그 틈으로 조수석을 보던 선아가 선민을 발견하고 말았다.

"야! 구선민! 엄마, 선민이 여기 있어."

선아의 말에 순영은 거침없이 조수석 문을 열었다.

"구선민, 너 이년! 네가 죽으려고 작정했지! 아주 오늘 너 죽고 나 죽자, 이 기집애야!"

선민이 안전벨트를 풀기도 전에 순영이 무지막지하게 선민의 몸을 잡아끌었다.

"악! 어, 엄마. 이거, 이거! 안전벨트……."

벨트에 몸이 묶인 채 밖으로 몸이 쏠린 선민이 괴로워하며 소리를 질렀다.

"일단 손을 좀 놓으시죠? 그래야 내릴 수 있지 않겠습니까?"

차분하지만 힘 있고 단호한 목소리에 순영이 놀라 선민에게서 손을 떼며 동우를 바라보았다.

그사이 선민이 벨트를 풀고 차에서 내려 순영 앞에서 고개를 조아렸다.

"엄마, 잘못했어. 내가……."

"이놈은 누구야?"

선민의 얼굴을 쳐다보지도 않은 채 순영이 무섭게 물었다.

"어, 그게…… 나하고 같이 사는 아……."

말이 끝나기도 전에 순영에게 머리채를 잡힌 선민은 악 소리도 지르지 못한 채 그대로 선아의 차로 질질 끌려가는 꼴이 되었다.

"왜 이러십니까? 선민 씨 어머님. 선민 씨 말을 끝까지 들으셔야……."

동우은 일단 선민을 순영의 손에서 빼내기 위해 순영의 팔을 잡았다. 그리고 말로 풀어 보려 했지만 쉽지 않았다.

동우에게 팔을 잡힌 순영이 그의 팔을 털어 내려 몸부림을 쳤다.

"이거 놔! 이 자식아!"

격한 몸부림으로 인해 순영의 손에 잡혀 있는 선민의 머리채도 더 심하게 흔들렸다.

"야, 기집애야! 네가 지금 간이 부었지? 돈 천만 원 가지고 뛴 것도 모자라서 남자하고 동거를 해? 이 엄마가 이렇게 시퍼렇게 눈 뜨고 있는데! 아무리 애비 없이 키웠어도 내가 널 이렇게 가르치지는 않았어!"

순영은 말을 속사포처럼 쏟아 내기 시작했다.

"이놈하고 살고 싶어서 돈 가지고 뛰었냐? 고생 고생해서 벌어 놓은 돈, 이놈하고 먹고살려고 가져갔냐고, 이년아! 너 사기당했다는 것도 새빨간 거짓말이지? 이게 아주 인생 망치려고 작정을 했어, 작정을."

이미 이성을 잃은 순영을 말리기에는 동우도 역부족이었다. 나이 지긋한 순영을 힘으로 제압하는 일은 어렵지 않지만 그렇게 할 수는 없었다. 말로 달랠 수도 없을 만큼 순영의 흥분상태는 극에 달해 있었다.

"엄마, 그만해."

선아도 사태가 심각하게 돌아가는 것 같자 순영을 말렸다.

"선아야, 차 문 열어."

선아가 차 문을 열자 순영은 그 안으로 선민을 억지로 밀어 넣어 태우고 옆 자리에 자신도 올라탔다.

"가자!"

"엄마."

"지금 그냥 가자고? 선민이 짐은?"

"짐이 문제야? 빨리 출발이나 해! 아, 그리고 너! 선민이가 돈 좀 있는 것 같으니까 그 반반한 얼굴 들이밀고 돈 뜯어내서 이런 시골에서 살림부터 차린 거 같은데! 너 사람 잘못 골랐어! 어디 등칠 여자가 없어서 내 딸이야! 내가 그냥 안 둬! 너 감방 갈 준비나 하고 있어, 이 자식아!"

쾅! 차가 부서질 것처럼 문 닫는 소리가 요란했다. 그리고 차는 그대로 좁은 시골길을 벗어나 버렸다.

순식간에 일어난 황당한 사태에 동우는 아직도 정신을 차릴 수가 없다. 그저 아무도 없는 시골의 적막감에 휩싸여 멍하니 밤하늘만 바라보는 게 다였다.

❉❉❉

날벼락, 날벼락. 이런 날벼락이 있을까?

분명히 그녀는 차에서 내리는 중년의 여인을 보고 '엄마'라고 했다. 그녀가 엄마라고 말하지 않았으면 사채업자라고 생각할 만큼 선민을 향한 행동이 너무도 무지막지했다.

어떻게 딸의 머리채를 휘어잡고 흔들 수 있을까. 그녀가 친딸이라면 할 수 없는 행동이다. 물론 남자와 동거를 했다는 오해로 인해 무섭게 화가 난 상태를 이해하지 못하는 건 아니다.

하지만 그런 이유로 딸을 그토록 심하게 대할 수는 없다. 계모가 아니면 그렇게 할 수 없을 것 같다는 생각이 들었다.

저런 계모 아래서 얼마나 힘들었을까. 아빠도 없이 계모와 언니 사이에서 온갖 설움을 받으며 힘들게 자랐을 선민을 생각하니 가슴이 미어진다.

며칠 전 언니를 만나고 왔던 그날, 그의 마음을 흔들리게 했던 쓸쓸하고 아픈 것 같은 모습은 잘못 본 게 아니었다. 무슨 이유였는지 모르지만 저런 가족이라면 존재만으로도 힘들고 아프지 않을까.

그녀는 친구의 감언이설에 속아 이화리로 내려왔다고 했다. 하지만 그건 핑계고 가족이라는 허울 좋은 사람들을 피해 시골로 숨어들었던 것 같다.

텅 빈 집에 앉아 선민 생각만으로 시간을 보내다 보니 꽤 늦은 시간이 되어 있었다. 문득 집에 수희가 없다는 것을 깨달았다. 늦은 시간까지 집에 오지 않고 연락도 없자 이번에는 수희가 걱정되어 전화를 걸어 보았다.

— 어, 동우야.

"어디십니까? 지금이 몇 시인데 아직도 안 들어오시는 겁니까?"

— 들어가는 중이야. 거의 다 왔어.

"택시 타셨습니까?"

— 아, 아니. 이제 택시 잡으려고.

"위험하니까 모시러 나갈게요. 그냥 택시 정류장에서 계십시오."

— 아니야, 아니야! 마침 이 앞에서 이장님을 만나서 그 차 타고 가면 돼.

수희가 이상했다. 하지만 동우는 별말 하지 않고 조심해서 들어오라는 말을 하고 통화를 끝냈다.

동우는 수희가 빨리 들어오길 기다렸다. 선민에 대하여 물을 것이 너무 많았다. 그녀에 대한 궁금증이 풀리지 않으면 그녀의 얼굴을 다시 볼 때까지 아무것도 하지 못할 것 같다. 부대 복귀까지 미루고 싶을 정도로 마음이 심란하다.

선민에게 전화를 해 볼까 했지만 받을 상황도 아닐 것 같고, 받는다고 해도 제대로 된 통화가 어려울 것 같아 휴대폰을 내려놓았다.

초조와 불안으로 거실을 한참 서성일 때 밖에서 수희가 들어오는 기척이 들렸다.

"언제 왔어? 난 이모네서 자고 내일이나 올 줄 알았지!"

"어머니!"

허둥거리며 거실로 올라오는 수희의 이름을 부르는 동우의 목소리가 섬뜩할 만큼 차가웠다.

"어?"

아들을 보는 수희의 얼굴이 점점 창백해졌다.

"선민 씨 말입니다."

"선민이? 선민이가 뭐?"

"어머니, 그러니까……. 선민 씨 어머니하고 언니가 내려와서 선민 씨를 데리고, 아니 끌고 갔습니다."

"뭐?"

수희가 놀란 나머지 자리에 주저앉아 버렸다.

"끌려갔다고? 살려서는 데리고 갔어?"

말하는 모양새가 수희도 선민의 모친이 포악하다는 걸 알고 있는 듯했다.

"그 정도입니까? 엄마라는 사람이……. 친엄마가 아닙니까?"

수희가 거실 바닥에서 겨우 소파로 몸을 옮겨 털썩 앉았다. 수희도 충격을 받았는지 한동안 말없이 멍하니 앉아만 있었다.

수희의 상태로 봐서는 선민의 집안이 생각보다 심각한 것 같았다. 선민이 끌려갔다는 말에 넋이 나간 얼굴로 하얗게 질린 수희를 보면.

그런 수희의 모습에 동우의 가슴은 더 시커멓게 타들어 가고 있었다.

"어머니, 선민 씨 서울 집은 아십니까?"

"모르지. 엄마 집은 몰라."

"모르십니까? 진짜 친엄마 맞습니까? 친언니 맞고?"

"친엄마 맞아. 선민이가 엄마를 워낙 무서워했어."

그렇다면 더더욱 그녀의 엄마라는 그 중년의 여인이 이해가 가지 않는다. 자신의 힘으로 잘 살아온 딸을 안쓰러워하고 아껴 주지는 못할망정 그렇게 막 대하다니.

어른에 대한 기본적인 예의범절 따위는 지금 이 순간 개에게 던져 주고 싶었다.

"그런데 어머니, 선민 씨 어머니는 선민 씨가 여기 사는 걸 몰랐습니까? 어머니하고 이곳에서 함께 지내는 걸 몰랐냐는 말입니다."

자신과 동거한다고 오해하는 걸 보면 그녀가 이곳에서 수희와 함께 살았다는 사실을 모르고 있었던 것 같다.

"모, 몰랐을 거야."

"몰랐을 거라니요?"

한참을 생각에 잠겨 있던 수희가 망설이며 말을 꺼냈다.

"선민이가 사실은…… 과수원 살 때 돈이 좀 모자랐어. 그래서 엄마 돈을…… 엄마 곗돈 천만 원을 몰래 들고 나와서 과수원 잔금을 해결하고 이곳에 숨은 거야. 엄마 무서워서."

수희의 말을 들은 동우는 그제야 대충 상황을 파악할 수 있었다.

하지만 아직도 선민을 막 대한 순영을 이해할 수는 없었다.

'하, 선민 씨 살아는 있는 겁니까?'

다음 날, 부대 복귀를 위한 짐을 미리 꾸려 놓던 동우에게 또 한 번 날벼락 같은 소식이 전해져 왔다.

— 동우야, 선민이 언니라는 여자가 와서 선민이 짐을 싹 다 용달차에 싣는다. 이거 이대로 보내도 되는 거니?

수희의 전화에 기가 막혀 집으로 가 보았지만 이미 선민의 짐을 실은 용달차는 가 버렸고 수희만이 마당에 황망하게 앉아 있었다.

"갔습니까?"

"말려 봤는데…… 말로도 힘으로도 안 되더라. 어찌나 앙칼진지. 네가 어제 왜 선민이 엄마가 친엄마가 맞느냐고 물었는지 알겠더라. 선민이 친언니가 맞는지 의심이 가더라고."

쯧쯧, 수희가 혀를 차며 말을 이어 갔다.

"그런 엄마하고 언니 밑에서 얼마나 서럽고 힘들게 살았을까? 그런 줄 몰랐는데, 그 언니 보니까 예전에 술 마시고 언니 얘기하면서 울던 선민이 모습이 떠오르면서 어찌나 가엾고 불쌍한지."

수희의 눈이 발개지면서 눈물이 차올랐다.

그 눈물과 같은 아픔이 동우의 마음에도 차올랐다.

❊❊❊

서울로 끌려와 방에 갇힌 지 사흘째.

끌려온 첫날은 말 한마디 꺼내 보지 못하고 방에 갇혔다. 가방을 빼앗기면서 휴대폰도 빼앗겼으니 동우와의 연락은 물론이고 밖으로 나갈 수도 없었다.

밤을 하얗게 새우며 해가 뜨면 뭔가 대책이 생길 거라 희망을 가져 봤지만 다음 날에도 화장실을 가는 경우를 제외하고는 방 밖으로 나갈 수 없었다.

아무리 고래고래 소리를 지르며 얘기를 들어 보라고 해도 방 밖은 무반응이었다.

갇혀 있는 방으로 짐 몇 개가 들어왔고 그 짐들은 전부 과수원 집에 있던 것들이라 선아가 짐을 챙겨 왔다는 것을 짐작할 수 있었다.

그리고 오늘, 그나마 주는 밥도 먹지 않으며 단식 투쟁에 돌입했다. 차라리 물도 마시지 않고 그대로 탈진되어 쓰러지는 게 갇힌 방에서 탈출할 수 있는 유일한 방법일 것 같아 물도 마시지 않으려 했다. 하지만 의지와는 다르게 본능은 너무도 몸에 충실한지라 차마 물까지 거부할 수는 없었다. 아침을 거부하고 점심을 거부하고 있었다.

이상하게 배고픔보다는 동우에 대한 그리움에 더 견디기 힘들었다.

힘없이 축 늘어져 그와 지낸 시간들을 떠올렸다.

술을 마신 그녀에게 날벼락 같은 목소리로 저승사자보다 더 무섭게 굴었던 첫날.

꽃무늬 일바지, 그가 사다 준 커피, 목욕탕 의자와 쿠션. 그리고 그와의 첫 키스. 뒤돌아보니 그는 너무 멋있는 남자였다. 다시 고된 과수원 일을 해도 좋으니 그때로 돌아갈 수 있으면 좋겠고,

동우와 함께라면 과수원에서 배 농사를 짓고 살아도 행복할 것 같았다.

방에 갇혀 최악의 상태에 직면하니 그에 대한 자신의 마음이 어떤 것인지, 그리고 그의 존재감이 어떤 것인지 정확하게 깨달을 수 있었다.

'맞다, 어제 부대 복귀했을 텐데. 하, 복잡한 마음으로 복귀는 제대로 했을까? 어제 짐 가지러 가서 동우 씨한테 함부로 대한 건 아니겠지? 가서 오해라도 좀 풀고 왔으면 좋으련만. 그러다 수희 아줌마까지 나처럼 사기당한 걸 들킨 건 아닐까?'

동우에 대한 그리움에서 수희와 동우에 대한 걱정으로 생각이 옮겨지자 몸이 달아 미칠 지경이다.

"엄마! 엄마! 대화 좀 하자고! 엄마 다 오해야! 그 남자하고 동거 같은 거 하지 않았다니까! 그 사람 신원 확실한 사람이야. 그리고 엄마 돈은 내가 갚는다고! 그러니까 제발 이런 무식한 방법 말고 대화로 문제를 풀어 가자고! 엄마!"

하지만 여느 때와 마찬가지로 방 밖에는 아무런 기척도 없다.

문을 부숴 볼까 싶어 심하게 두들겨 보고 몸으로 부딪쳐도 봤지만 그마저도 쉬운 일은 아니었다.

'아, 동우 씨 어쩌면 좋아요?'

6. 상봉

일주일은 넘은 것 같다. 이제는 거실과 방을 자유롭게 돌아다닐 수 있지만 여전히 집 밖으로는 나갈 수 없고 어떤 통신기기와의 접촉도 불가능했다.

물만으로 버티는 것도 이제는 힘이 들어 최소한의 음식을 삼키고 있지만 기운이 없어 방 밖으로 나가는 것 자체가 힘들 정도였다.

외부와의 단절로 인해 거실이나 방이나 다를 바 없으니 하루 종일 침대에 누워 죽음을 앞둔 시한부 환자처럼 늘어져만 있었다. 그러나 동우를 향한 그녀의 마음은 몸과 다르게 뜨겁기만 하니 미치지 않고 버티고 있는 게 다행이고 기적이다.

"언니가 해 준 그 좋은 자리 다 놓치고 그 꼬라지로 있으려고 그렇게 잘난 척 튕겼냐? 네 주제에 의사면 감지덕지. 어디서 주제도 모르고 주접을 떨고. 아이고, 이 화상."

밖에서 들리는 순영의 잔소리에 또다시 두통이 밀려온다.

이제 순영은 돈 천만 원을 가지고 선민을 괴롭히는 것이 아니라 선아가 주선해 준 선을 망쳤다는 이유로 괴롭혔다. 그리고 그 쏟아지는 타박의 말 속에서 이화리 집주소를 진욱이 알려 주었다는 사실을 알았다.

동우와 함께 우연히 그를 만났던 날, 그러니까 서울로 끌려오던 그날, 진욱이 선아에게 전화를 해서 애인 있는 동생을 소개시켜 주면 어떡하냐고 한바탕 퍼부어 댄 것이다. 그리고 선민을 데려다 주면서 찍었던 내비게이션의 주소를 선아에게 넘기면서 이 사달이 나게 된 것이다.

"주접을 떨어도 적당히 떨었어야 다시 어떻게 해 보든가 하지. 집 사 주고 차 사 주고 해도 언감생심 꿈도 못 꿀 의사한테……. 어이구, 웬수!"

그만하라고 소리라도 지르고 싶지만 기운이 없어 목소리도 나오지 않는다. 귀를 틀어막고 눈을 감으며 최대한 다른 곳으로 생각을 돌리려는 순간 초인종 소리가 울렸다.

그럴 리는 없는데도 선민은 동우가 아닐까 하는 희망에 몸을 벌떡 일으켰다.

"누구세요?"

순영의 물음에 밖에서 누군가 대답하는 소리가 들리는 것 같았지만 선민의 귀에까지 정확하게 들리지는 않았다.

'동우 씨일 리는 없지. 그런데 왜 동우 씨이길 바라는 거지?'

동네 아줌마가 놀러 왔거나 순영이 좋아하는 계모임의 계원이 놀러 왔을 거라 생각하고 다시 침대에 누우려는데 밖에서 하는 대화가 귀에 들려왔다.

"정원이 네가 여기 웬일이니?"

"아, 선민이한테 번역 일 맡기려고 하는데 계약서를 써야 하거든요. 그런데 연락이 안 돼서 시골에 찾아갔더니 어머니께서 서울로 데리고 가셨다고 해서."

"시골집에 그 양아치 놈이 아직도 있니?"

"양아치요? 거기 아주머니 계시잖아요? 그분이 알려 주셨는데요."

"그놈 엄마까지 모셔다가 살았다니? 에구, 저걸 그냥 확!"

"저기, 선민이 안에 있죠? 좀 들어가서 만나 볼게요."

"잠깐! 너 휴대폰 여기에 내놓고 가."

"휴, 휴대폰이요?"

"응. 네 휴대폰 잠시 압수야. 갈 때 찾아가고 전화벨 울리면 알려 줄 테니까 여기다 내놓고 들어가."

방에서 그 대화를 듣고 있던 선민은 한숨밖에 나오지 않았다. 정원의 휴대폰까지 압수하는 철저함이란.

'진짜 독해.'

"그리고 그 계약서 무조건 써. 선보러 가는데 마땅한 직장이 없어서 좀 그랬는데, 프리랜서로 번역하고 있다고 하면 괜찮아 보일 거야. 뭐 제 주제를 아니 그럴 리는 없겠지만 혹시라도 선민이가 거절하면 나한테 가져와. 내가 대신 써 줄게."

"대신 번역을 해 주신다고요? 어머니가?"

"번역은 무슨 얼어 죽을! 계약서 써 준다고. 선민이 대신 내가!"

"네. 저 그럼 들어가도 되는 거죠? 여기 휴대폰."

"그래. 그리고 저 기집애 마음 좀 어떻게 돌려 봐. 선보고 결혼하면 팔자 피는데 선도 안 본다고 하고 방구석에서 청승만 떨고 있으니 아주 꼴 보기 싫어 죽겠다."

"네."

정원의 대답이 들리는가 싶더니 그녀가 방문을 열고 들어왔다.

"쯧쯧쯧."

선민의 모습을 본 정원이 혀부터 찼으나 표정은 금방이라도 울 것같이 일그러졌다.

"야, 구선민! 너 얼굴이 이게 뭐야? 왜 이렇게 말랐어? 그사이에."

"너, 거기에 갔었어?"

오랜만에 만난 친구의 마른 모습에 아파하는 정원에게, 선민은 안부 따위는 생략하고 바로 물었다.

"너 밥은 먹고 사니?"

"정원아, 묻는 말에만 대답해. 너 거기 갔었어?"

정원이 방문을 보며 눈치를 살피는 것 같더니 조용히 선민의 귓가에 대고 아주 작게 속삭였다.

"난 너 어머니한테 머리 밀려서 민머리로 있으면 어쩌나, 얼마
나 걱정했는지 알아?"

"갔었냐고!"

묻는 말에 답이 아닌 질문이 튀어나오자 선민의 표정이 구겨졌
다.

"아이고 무서워서, 원."

살짝 선민을 흘겨보던 정원이 선민의 귓가에 다시 속삭였다.

"다녀왔어. 윤동우, 그러니까 그 사람도 만났어."

그러고는 짓궂은 얼굴로 핸드백 깊숙한 곳에서 무언가를 꺼냈
다. 작은 휴대폰 케이스였다.

"이건……?"

"윤동우 씨가 보낸 비밀 핫라인이라고나 할까? 통화할 때 암호
를 대래. '윤동우さんが好きです(윤동우 씨를 좋아합니다).' 이
렇게 먼저 암호를 대라더라. 어우, 닭살. 혹시나 이 휴대폰이 네
가 아닌 다른 사람한테 들어갈 수도 있으니까 그렇게 하재. 군인
이라 그런가? 은근 철저하기는 한데 좀 유치하다."

"그 사람…… 건강해? 잘 지내고 있어? 언제 갔는데? 부대 복
귀……."

정원이 선민의 입을 틀어막고 방문 쪽으로 시선을 보냈다.

그제야 자신의 목소리가 컸음을 알았고 그 목소리가 방 밖으로
흘러나갔으면 지금 손에 잡고 있는 휴대폰도, 동우에 대한 안부

도, 정원이 중간 역할을 해 주는 것도 모두가 꽝이 된다.

이번에는 선민이 방 밖에 있는 순영 들으라는 듯 큰 목소리로 방문을 향해 대답했다.

"계약서, 도장 찍지, 뭐."

"그래, 잘 생각했어. 처음이 어려워서 그렇지, 하다 보면 실력도 늘 거야."

그렇게 두 사람은 일부러 크게 대화를 하며 방 밖에서 귀를 기울이고 있을 순영을 안심시켰다.

정원이 돌아간 뒤 선민은 방문을 조용히 걸어 잠그고 휴대폰 전원을 눌렀다.

휴대폰에는 동우의 전화번호가 저장되어 있었다. 통화 버튼을 누르는 선민의 손이 떨렸다. 손보다 심장이 더 떨려 동우와 통화나 가능할까 싶을 정도였다.

"윤동우さんが好きです(윤동우 씨를 좋아합니다)."

손과 심장이 떨리는 데 비해 목소리는 또렷하게 나왔다. 암호라고는 하지만 그녀가 하고 싶었던 말을 전할 수 있어서였는지 모르겠다.

— 私もあなたのことが好きです(나도 당신을 좋아합니다).

동우의 목소리를 듣는 순간 눈물이 흘렀다.

"동우 씨……."

— 하! 아…….

그의 한숨 소리가 들려왔다. 안도하는 듯한 깊은 한숨이라는 것을 느낄 수가 있었다.

— 다행입니다.

그 한마디에서도 그가 무엇을 다행이라 말하는지 알 수가 있었다.

"잘 지냈어요?"

겨우 눈물을 삼키며 그가 걱정하지 않게 담담한 목소리로 물었다.

— 못 지냈습니다. 잘 지낼 수 있겠습니까? 선민 씨는요? 어디 아픈 데는 없습니까?

"아픈 데 없어요. 다른 사람도 아니고 엄마한테 끌려왔는데 무슨 일이 있겠어요? 내 걱정 하지 않아도 돼요."

— 어떻게 걱정을 안 합니까? 머리는 깎이지 않았습니까? 친구 분 말로는 선민 씨 어머님은 머리도 진짜 밀어 버리는 분이라고 하던데. 괜찮은 겁니까?

"네. 머리도 무사하고 몸도 무사해요."

— ……보고 싶습니다.

"……저도요. 동우 씨, 길게 통화는 어렵구요, 시간 되는 대로 할게요."

— 밥 잘 먹고 있어요.

"그럴게요. 동우 씨도 내 걱정 말아요."

통화를 끝내고 싶지는 않았지만 불안한 마음에 선민은 통화를 짧게 끝냈다. 이것마저 빼앗기면 그때는 스스로 머리를 밀어 버리고 산으로 들어갈 것 같아 자중을 해야 했다.

동우가 군인이고 동해가 먼 곳이기는 해도 이토록 애틋하게 마음을 나눌 조건은 아닌데. 예상 외의 커다란 장애물을 만나 버렸다. 이제 막 시작하는 연인의 처지가 너무 가혹했다.

'동우 씨, 우리 편하게 얼굴 볼 날이 오기는 올까요?'

＊＊＊

꺄르르, 꺄르르. 꺄르르, 꺄르르. 밖에서 들리는 모녀의 웃음소리가 듣기 싫어 귀를 틀어막았다. 그래도 들려오는 TV 소리와 호호거리는 소리를 참지 못한 선민이 방문을 벌컥 열고 거실로 나갔다.

"그만들 좀 해! 방구석에 처박아 놓은 딸이 밥도 안 먹고 힘들어하는데 지금 웃음이 나와? 방에 처박아 놓은 딸, 밥도 안 먹고 버티는 거 가엾지도 않아? TV가 눈에 들어와?"

"밥은 네가 안 먹은 거지, 엄마가 안 줬냐? 그리고 나가서 좋은 남자랑 선보라는데 네가 버티면서 신세 구기고 있으면서 지금 누구한테 버럭질이야! 굶으니까 눈에 뵈는 게 없냐? 얼른 밥 먹고 정신 차려!"

최소한의 모정마저도 없는 엄마 같았다. 순영의 말대로 굶어서 눈에 뵈는 게 없는지 딸에게 상처가 되는 말을 서슴없이 하는 순영에게 똑같이 상처가 되는 말을 해 주고 싶었다. 선민이 계속 대

들려고 할 때였다. 초인종 소리가 울렸다.

"들어가라, 구선민. 엄마 친구면 네 꼴 보이기 창피하니까 방에 들어가서 조용히 있어."

"싫어. 버티고 있을 거야."

"쟤가 갑자기 왜 저래? 선아야, 쟤 왜 저러니?"

"히스테리야, 히스테리. 먹은 것도 없는 데다, 보고 싶은 사람을 못 봐서 극도로 예민해진 상태에서 나오는 정신적 이상 증세 같은 거지."

"호호호. 의사 마누라 삼 년에 풍월을 읊네. 호호호."

순영과 선아의 대화가 기가 막혀 입이 벌어지는데 또다시 초인종이 울렸다.

"누구세요?"

"여기가 구선민 씨 집, 맞습니까?"

쿵. 심장이 내려앉는 소리가 거실을 울리는 것 같았다. 문밖에서 들리는 목소리는 동우의 것이 틀림없었다.

"뭐라니? 선민이 찾은 거 맞지? 내가 잘못 들은 거 아니지?"

순영도 절도 있는 젊은 남자의 목소리가 선민을 찾는다는 게 믿기지 않았는지 선아에게 확인했다.

"응. 구선민 찾는 거 같은데?"

"아니, 설마 그 양아치 같은 놈이 여기까지 찾아온 건가? 내이놈을 그냥!"

순영이 당장이라도 심한 욕설을 퍼부을 것처럼 인상을 써 가며 문을 열었다.

선민은 동우에게 당장 순영을 피해 도망가라고 하고 싶었다. 순영이 그에게 퍼부어 댈 악담과 그걸 고스란히 들어야 할 동우가 걱정되기도 했지만, 사실은 그런 순영의 모습을 보여 주는 것이 싫었다. 그런 순영이 그 순간 너무도 부끄럽게 느껴졌다.

"그래, 여기가 구선민 집…… 맞……는데……요."

문을 연 순영이 멈칫하더니 쩌렁쩌렁했던 목소리가 점점 더 줄어들었다. 게다가 끝마치는 말은 존대였다.

동우가 아닌가, 하는 생각을 할 때 문 안으로 검정색 해군 정복을 차려입은 그가 성큼 들어왔다.

그의 모습을 본 선민은 그 자리에 주저앉을 것 같이 다리에 힘이 풀려 버렸다. 너무나도 그리워했던 얼굴이 바로 앞에 와 있으니 그 벅찬 감정이 주체할 수 없이 폭발했다. 몸이 견디지 못할 만큼 서 있는 것이 힘들어 벽을 의지해 겨우 몸을 지탱했다.

"필승! 해군 제1함대 215 해상전탐감시대 대장 윤동우 대위, 구선민 씨 어머님께 인사 왔습니다, 필승!"

검정색 해군 장교 정복과 늠름한 동우의 외모가 빚어내는 아우라에 순영은 아예 고개를 숙여 그에게 인사를 건네고 있었다.

"저기……."

혼자서는 동우를 상대할 수 없었는지 순영은 어쩔 줄 몰라 하며 동우와 선민을 번갈아 보다가 선아에게 도움의 눈길을 보냈다.

"그러니까…… 장교셨나 봐요?"

여자 등이나 치는 생양아치 취급을 했던 남자가 군복, 그것도 해군 장교의 정복을 입고 나타났으니 어찌 놀라지 않을 수가 있을까.

하지만 순영과 선아는 동우가 해군 장교라는 사실에 놀라고 당황스러운 것이 아니라, 정복에서 뿜어져 나오는 장교의 권위에 기가 눌린 것이라는 걸 선민은 알 수 있었다.

해군의 계급 체계를 모르는 선민은 언젠가 그가 자신은 장교 서열상 별로 높은 서열은 아니라고 말했던 것을 그대로 믿고 있었는데 지금은 그의 말이 틀린 것 같았다. 눈앞의 그는 장교 중에서도 보통 높은 지위에 있는 게 아닌가 싶게 위엄이 느껴져 놀라울 정도다.

그러니 그를 우습게 취급했던 순영과 선아는 얼마나 더 놀랐을까.

"들어가도 되겠습니까? 어머니, 절 받으셔야 되지 않겠습니까?"

"저, 절이요?"

그사이 마른 선민을 안쓰럽게 바라보는 그의 시선이 그녀에게 박혔다.

"일단 안으로 들어오세요. 절은 좀 그렇지만."

선아의 말에 순영이 동우가 거실로 올라올 수 있게 옆으로 비켜 주었다.

동우가 들어오고서도 모두가 자리를 잡지 못해 우왕좌왕이었다.

"앉아요, 동우 씨. 언니 말대로 절은 안 해도 돼요. 엄마가 빨리 소파 앞에 앉아. 그래야 다들 앉을 거 아니야."

급기야 선민이 나섰고 순영은 선민의 말대로 소파 앞에 앉았다.

"바로 인사를 드리러 왔어야 하는데 부대 복귀 때문에 이렇게 늦어졌습니다. 죄송합니다."

"해군 장교가 왜 우리 선민이하고 그런 곳에서 동거를 하고 있었던 거죠? 해군 장교 맞아요?"

선아의 의심스러운 질문에 동우는 말없이 휴대폰을 들고 기사 하나를 검색해 선아에게 내밀었다. 아덴만으로 떠나는 청해부대의 사진이 여러 장 실려 있는 일간지 기사였다. 그 몇 장의 사진 중에 동우가 있었다.

"제 신원이 확실하게 증명이 됐습니까?"

"……네. 요새 하도 이상한 사람들이 많아서……."

절대 오해해서 미안하다는 말은 없다. 자꾸 선민의 얼굴이 붉어진다.

"제가 여기 인사 온 이유는 어머니께 선민 씨와의 교제를 말씀 드리기 위해서입니다. 하지만 어머님께서 하고 계신 오해를 풀려고 일부러 인사 온 이유도 있습니다."

장교의 위엄과 포스가 느껴지는 말투다. 선민도 몰랐던 그의 모습에 새삼 가슴이 두근거린다.

"분명한 건 선민 씨와 제가 그곳에서 두 분이서 생각하는 그런 동거를 한 사이가 아니라는 겁니다. 그곳에서 선민 씨와 동거를 한 분은 제 어머님이십니다. 그리고 선민 씨에게 사기를 친 사람도 제가 아닙니다. 선민 씨 친구와 제 어머님의 지인이 연인 사이였고 둘이서 선민 씨와 제 어머님께 사기를 친 것이었습니다."

알았구나.

갑자기 수희의 얼굴이 떠오르며 걱정이 되었다. 혹시라도 동우와 등을 진 건 아닌지. 그로 인한 화로 자신에게 따지러 온 건 아닌지. 지금 자신을 그리워해 찾아온 그가 사실은 사기의 잘잘못을 따지러 온 건 아닌지.

순식간에 많은 근심과 걱정들이 그녀의 머리를 스쳤다.

하지만 자신을 직접 찾아와 순영에게 어머니라는 호칭을 쓰며 차분하게 말하는 걸 보면 또 그건 아닌 것 같은 생각이 들었다.

"아무것도 모르고 당한 선민 씨는 피해자입니다. 그동안 안 먹고 안 입고 안 쓰고 모은 돈을 다 날렸습니다. 그게 선민 씨 잘못은 아니지 않습니까?"

따뜻하고 부드러운 동우의 시선이 선민을 향했다. 안 먹고, 안 입고, 안 쓰고 돈을 모은 그녀를 대견하게 보는 느낌이다.

"선민 씨는 어머님을 세상에서 제일 두려워했던 모양입니다. 마치 제 어머니께서 저를 제일 두려워했던 것처럼 말입니다. 그래서 제 어머니는 저한테 진실을 말하지 않으셨고 선민 씨도 어머니께 알리지 못했던 겁니다. 오죽했으면 그렇게 신고도 못 한 채 둘이서 그렇게 숨어 살았겠습니까?"

선민의 심장이 따끔거린다. 순영에게 그녀의 마음을 대신 말해 주는 것 같지만, 사실 그녀의 마음을 어루만져 주고 치유해 주는 느낌이다. 상처에 약을 바르면 따끔거리듯 그렇게 선민의 심장이, 마음이, 상처가 따끔거렸다.

하지만 그건 아픔이 아니라 치유였다. 그걸 알기에 눈물이 맺힌다.

"그건 그렇지만 엄마한테 상의도 없이 사고를 친 것도 그렇고 엄마 돈을 허락도 없이 가지고 뛴 건 문제인 거죠. 엄마도 그 돈 모으려고 안 먹고, 안 입고 안 썼거든요. 선민이 고생만 고생이고 엄마 고생은 고생이 아닌가요?"

동우가 선민을 대신해서 말하듯 선아가 순영을 대신해서 나섰다.

"어머니 고생은 고생이 아니라는 말은 안 했습니다. 어머니 돈이 귀하지 않다는 말도 안 했습니다. 선민 씨가 상의를 먼저 하지 않은 이유가 있을 겁니다. 왜 그랬는지 이유는 들어 보셨습니까?"

순영과 선아가 서로의 눈치를 살폈다.

동우가 한숨을 억지로 삼키는 것이 보였다.

"그 어떤 것도 들으려 하지 않으셨나 봅니다. 선민 씨는 돈을 떼어먹고 달아난 옆집 여자가 아니지 않습니까? 적어도 가족이라면 왜 일이 이렇게까지 되었는지 일단 들어 보는 게 기본 아닙니까? 그리고 친구 잃고 돈 잃은 선민 씨를 위로해 주고 다독거려 주는 게 먼저라는 제 생각이 틀립니까?"

이번에는 선아도 동우의 말에 토를 달지 못하고 있었다.

"이거."

동우가 주머니에서 뭔가를 꺼내 순영 앞으로 내밀었다. 흰 봉투였다.

"선민 씨가 가져갔다는 천만 원입니다."

"에?"

"동우 씨!"

동우를 뺀 모녀 세 사람이 모두 똑같이 놀라 말을 잇지 못하고 있었다.

"이자는……."

그가 또 무언가를 내민다.

"이자를 돈으로 드리는 건 예의가 아닌 것 같아 준비한 겁니다."

순영은 동우가 내미는 봉투 2개를 바라만 보았다.

그렇게 좋아하는 돈인데도 순영은 그것을 차마 집을 수가 없었다. 그 봉투마저 덥석 받아 든다면 앞에 앉은 해군 장교가 자신을 속물 취급할 것 같아 쉽게 손을 뻗을 수가 없었다. 은근 해군 장교가 어렵게 느껴졌다.

"엄마, 받으라잖아."

또다시 선아가 나섰지만 순영은 그녀의 말에도 선뜻 집어 들지 못했다.

"엄마는 그냥 이 돈 받으면 돼. 채무 관계는 선민이하고 여기 있는 이 장교분하고 알아서 정리하겠지."

선아가 순영 대신 봉투를 챙겨 순영 앞에 놓아 주었다.

"그럼 이제 선민 씨는 들고 달아났던 어머니 돈을 모두 갚은 겁니다."

"알았어요. 거 되게 챙기네. 미국에 남편 있는 사람 서러워 살겠나."

"그리고 선민 씨와의 정식 교제를 허락해 주십시오."

"둘이 사귀는 거 아니에요? 이미 시작해 놓고 무슨 허락?"

선민은 선아를 지금 당장 비행기에 태워 미국으로 보냈으면 하는 마음이 간절해졌다.

"선아 말대로 둘이 교제는 이미 시작한 것 같은데 무슨 허락을……. 그리고 이건…… 주니 받겠지만, 이거 가지고 나중에 선민이를 괴롭히거나 힘들게 하면 그 짧은 머리 나한테 다 밀릴 줄 알아……."

"네. 그럼 저는 선민 씨 데리고 나가 보양식 좀 먹이고 들여보내겠습니다."

"아니, 누가 굶겼나? 보양식은 무슨?"

계속 톡톡거리는 선아의 허리를 순영이 쿡 찔렀다.

"어쨌든 반쪽이 된 저 모습을 그냥 보고 있을 수가 없으니 데리고 나가겠습니다."

"좋은 거 먹이고 싶다는데…… 말릴 이유는 없지. 그런데 늦게 들여보내지는 마. 우리 집은 귀가 시간이 열 시야. 그거 넘기면……."

"바로 등짝으로 매타작이 그냥…… 선민이 등짝에 무서운 손자국 남기기 싫으면 시간 넘기지 마세요."

철썩. 결국 선아가 순영에게 등짝을 한 대 맞고 말았다.

"아야! 엄마!"

"수챗구멍에 밥알 끼듯 꼭 그렇게 끼어들래?"

불만 가득한 눈빛의 선아도 그보다 더하게 살벌한 눈으로 딸을 보는 순영도, 선민은 그 모든 것이 동우 앞에서 창피할 뿐이었다.

"이제 나가요, 동우 씨."

선민이 일어나 동우를 잡아 일으켰다. 한시라도 빨리 두 모녀를 피해 밖으로 나가고만 싶었다.

"너 그러고 나갈 거야? 옷 갈아입고 뭐라도 찍어 바르고 나가. 옆에 있는 사람하고 비주얼 차이가 너무 나잖아."

"아닙니다. 괜찮습니다. 찍어 바르지 않아도 예쁘니까, 바지만 갈아입고 나오면 될 것 같습니다."

찍어 바르지 않아도 예쁘다는 말까지는 좋았는데 바지는 갈아입으라는 말에서 뜨끔했다. 파자마로 즐겨 입은 지 일 년도 넘는 트레이닝 바지는 정상적인 트레이닝 바지와 비교가 안 될 만큼 후줄근했다.

"현관 밖에서 기다려요. 바로 갈아입고 나갈게요."

두 모녀가 동우 앞에서 어떤 추태를 보일지 몰라 밖으로 내보내려 했지만 동우가 고개를 저었다.

"난 신경 쓰지 말고 옷 갈아입고 나와요."

할 수 없이 선민은 방으로 들어와 빛의 속도로 옷을 갈아입고 나왔다.

"해군 대위면 공무원에 속해요? 한 7급 정도 되나요?"

나불거리는 선아의 입을 막아 버리고 싶은 선민과 다르게 동우는 그 질문에 성실하게 대답을 해 주었다.

"7급보다 높습니다."

"그래요?"

"네. 그럼 저희는 나가 보겠습니다. 안녕히 계십시오. 다음에 또 뵙겠습니다."

대충 대답을 해 주었지만, 동우도 선아에게서 벗어나고 싶었는지 선민을 보자마자 모녀에게 인사를 했다.

"시간 꼭 지키세요."

"알았으니까 그만 좀 해."

선민이 동우의 등을 떠밀며 밖으로 나왔다. 닫힌 현관문 뒤로 선아의 구시렁거리는 소리가 들려왔고 그 소리마저도 듣기 싫은 선민은 아파트 계단을 빠른 걸음으로 내려왔다.

"우리 엄마하고 언니가…… 좀 그렇죠?"

동우가 뭐라고 말할까 싶어 그의 얼굴을 마주하려 하는데 그가 그녀를 와락 안아 버렸다.

"왜 이렇게 마른 겁니까?"

안쓰러움이 가득 밴 말 한마디에 선민의 가슴이 울컥한다.

"그래도 잘 먹고 잘 지내야지, 이게 뭡니까? 사람 억장 무너지게."

"사람들이 봐요, 동우 씨."

동우의 품에서 선민이 바르작거리며 벗어나려 애를 썼다.

사실 그의 품이 따뜻하다 못해 아늑해서 더 안겨 있고 싶지만 오가는 사람들의 시선을 의식하지 않을 수 없었다.

"걸을 수는 있습니까? 주차장까지도 못 가고 쓰러질 것 같은데……. 업어 줄까요?"

"왜 이래요? 너무 오버해서 그러는 거 부담스러워요."

"오버 아닙니다. 정말 쓰러질 것 같아서 하는 말입니다. 얼굴이 핏기가 없어 하얗습니다."

"안 쓰러지고 안 죽어요. 그러니까 빨리 가기나 하시죠."

선민은 일부러 더 씩씩하게 말하고 걸음도 더 힘차게 걸었다. 사실 그의 걱정대로 당장이라도 쓰러질 것처럼 기운이 딸리고 현기증이 났지만 그가 옆에 있다는 사실 하나로 버틸 수 있는 에너지가 생겨나는 기분이었다.

오랜만에 보는 그와의 시간을 걱정과 염려로 보내고 싶지 않아, 그 에너지를 최대한 끌어내고 있는 중이다.

선민을 차에 태운 동우는 이미 갈 곳을 정했는지 차를 출발시켰다.

"선민 씨."

그가 그녀의 이름을 불렀다.

"많이 보고 싶었습니다."

이런 말을 들으면 몸이 오글거리고 닭살이 돋아야 하는데 왜 이리 설레고 눈가가 뜨거워지는지.

그도 그녀를 애타게 그리워한 것 같아 안심이 되면서, 혼자만의 그리움과 사랑이 아니었다는 것에 설레고 눈가가 촉촉해졌다.

"나도 그랬어요. 그런데 그…… 돈 말이에요……."

"그런 얘기는 일단 접어 둡시다. 지금은 선민 씨 뭣 좀 먹이는 게 급선무니까."

그렇게 선민의 몸보신이 지상 과제인 것처럼 서두른 동우가 그녀를 데리고 도착한 곳은 해신탕을 전문으로 하는 음식점이었다.

싱싱한 해물이 백숙 위에 푸짐하게 얹혀 나온 해신탕은 그냥 보기만 해도 보신이 될 것 같은 음식이었다.

동우가 먼저 해물을 하나씩 가위로 자르고 손질하며 선민의 앞 접시 위에 놓아 주었다. 그것도 호호 불어 가며.

"천천히 많이 먹어요."

"네. 잘 먹을게요."

선민이 좋아하는 해물과 백숙의 완벽한 만남이라 입안에 군침이 돌았지만 사실 내심 많이 걱정이 되었다. 갇혀 있는 동안 별로 먹은 것이 없어서 속이 거의 빈 상태인데 이런 고영양의 음식이 갑자기 많이 들어가면 탈이 날 게 확실하다. 사실 그녀는 원기회복을 위한 보양식이 아닌 위를 위한 보호식이 필요한 상황이다.

그러나 선민은 동우의 마음을 생각해서 그냥 맛있게 먹기로 했다. 나중에 배탈이 나서 방바닥을 뒹굴지언정.

"동우 씨도 좀 먹어요."

동우가 놓아 준 앞 접시에서 문어 한 점을 집어 초고추장에 찍어 그의 입에 넣어 주었다.

"솔직히 말입니다. 누가 누구의 입에 음식을 넣어 주는 이런 행동이 이해가 가지 않았습니다. 유치해서 차마 봐주기 힘든 그런 행동들이었는데……. 이게 유치한 게 아니었네요. 이거 꽤 괜찮은 것 같은데…… 그 새우도……."

"말만 하세요. 다 먹여 드릴게요. 새우요? 자요."

선민이 새우를 동우의 입에 넣어 주었고 두 사람은 마주 보며 미소를 지었다.

얼마 전만 하더라도 상상할 수 없었던 행복에 서로에게 머문 시선과 미소가 깊어져 있었다.

식사를 한 두 사람은 작은 카페에 앉았다.

"아줌마는 잘 계시죠? 어디 아프신 데 없고. 인사도 못 드리고 와서……."

"어머니는 서울 이모님 댁에 계십니다. 선민 씨도 없고 나도 없는데 혼자 그 집에 계시는 건 무리라서 이모님 댁에 계시라고 했습니다."

"혹시…… 아줌마 사기당한 것 때문에 화나서……."

"아니요. 어머니는 내가 그 사실을 알고 있다는 거 모르십니다. 그냥 선민 씨도 없는 그곳에 혼자 있는 게 위험해서요."

선민은 왜 수희에게 그가 알고 있다는 사실을 말하지 않았냐고 묻고 싶었다. 하지만 묻지 않았다. 그냥 수희에게 아는 척하지 않아서 고마울 뿐이었다.

"동우 씨, 그 돈이요……. 고마워요. 꼭 갚을게요."

"직장 잡았습니까? 친구분이 일 때문에 찾아왔다고 하던데."

"번역 일 시작할 거예요. 사실 초짜라 번역료가 엄청 짜지만 엄마 집에 얹혀살면 별로 쓸 돈도 없고. 또 번역이란 게 재택근무 다 보니 나가서 돈 쓸 일 없어서, 동우 씨 돈 차근차근 갚아 갈 수 있을 거예요. 할부로 갚는 거…… 가능하죠?"

그가 대답 없이 웃기만 한다.

여자가 아무리 좋다고 해도 그렇지, 돈 천만 원을 척 내놓고 저렇게 웃을 수 있다니. 선민은 그가 좀 걱정스러웠다.

그녀를 위해 쓴 돈이라고 해도 천만 원은 큰돈이다. 더구나 그가 재벌 3세 정도의 재력가가 아닌 이상 그 돈은 그렇게 쉽게 나올 수 있는 돈이 아니다.

그 큰 돈을 오로지 그녀를 위해 내던졌다는 것이 고맙기는 하다. 오로지 그녀만을 위한 것이라고 해도 좀 걱정인데, 이것이 그의 평소 씀씀이라면 그땐 얘기가 달라지는 거다.

'원래 씀씀이가 큰 사람은 아니겠지?

그녀의 걱정이 커져 갈 때 그가 물었다.

"아르바이트 하면 좀 더 빨리 갚을 수 있지 않겠습니까?"

그의 말에 걱정이 조금 사라졌다. 무조건 퍼 주는 것 같지는 않아 일단 좀 안심이다.

"좋은 아르바이트 있는데 어때요? 할 생각 있습니까?"

그냥 흐지부지 알아서 갚으라고 하는 것보다는 구체적인 제안까지 해 주는 걸 보면 금전적 거래에 있어 흐지부지한 사람은 아닌 것 같다.

하지만 은근 서운함이 들었다. 아르바이트 자리까지 주선해 주지 않아도 최대한 빨리 갚을 마음이었는데 그 마음을 모르는 것 같아 서운했다. 또 혹시라도 자기 돈을 갚지 않을까 봐 걱정되어 그러나 싶어 섭섭하기도 했다.

하지만 아덴만까지 다녀오면서 힘들게 번 그의 돈이다. 힘들게 일하고 번 돈이 얼마나 가치 있고 얼마나 의미 있는지 그녀는 잘 안다. 그런 그의 땀과 고생을 생각해서라도 빨리 갚아 주고 싶다. 그가 주선해 주는 아르바이트라도 해서.

"주말하고 휴일만 하면 되는 겁니다. 교통비, 식비 지급 기본이고 일당 십만 원. 어떻습니까? 괜찮은 아르바이트 아닙니까? 요새 말대로 꿀알바인 거죠."

듣고 보니 정말 꿀알바다.

"뭔데요?"

선민의 물음에 동우의 입가에 묘한 미소가 퍼지기 시작했다.

"위문공연."

"위문공연이요?"

그가 말하는 위문공연이 뭔지 선민은 한참 머리를 굴려야만 했다. 위문공연이라 하면 우리가 흔하게 알고 있는, 군인들의 사기를 북돋우기 위한 공연을 말하는 것이 아닌가. 그런 위문공연을 그녀에게 아르바이트로 하라는 말은 무슨 뜻일까.

전문으로 위문공연을 하는 회사에 아르바이트로 꽂아 준다는
건가.

"싫습니까?"

"그게…… 저는 그런 걸…… 공연 같은 거 못해요."

"왜 못합니까? 플루트 연주 솜씨 훌륭하던데."

"군인들 앞에서는 해 본 적이 없어요. 그리고…… 군인들 앞에
서 할 자신도 없고……. 시간이 좀 걸리겠지만 그냥…… 갚아 갈
게요."

역시 쉽게 벌 수 있는 돈은 없나 보다. 배꽃 아가씨 참가 이후
사람들 앞에 다시는 서고 싶지 않아졌다. 그런데 그 많은 군인들
앞에서 플루트 연주로 위문공연을 하라니.

"천천히 갚는 것도 나쁘지 않습니다. 그러다 보면 계속 그 돈
때문에라도 내 옆을 못 떠날 거 아닙니까? 그렇게 갚는 것도 나
쁘지 않습니다. 뭐 평생 옆에 살면서 갚아도 되고."

농담인지 진담인지 알 수 없는 그의 말에 선민은 눈만 말똥거
릴 뿐이었다.

그런 그녀에게 그가 다시 웃어 주며 말을 꺼냈다.

"그리고 군인들 앞에서 왜 연주를 합니까? 선민 씨가 한다고
해도 내가 못하게 할 겁니다."

"네? 위문공연이라면서요?"

당황한 듯한 선민의 모습을 보면서 동우가 웃음을 터뜨렸다.

"선민 씨, 설마…… 진짜로 군인들 앞에서 하는 그런 거 생각

한 겁니까?"

"……그거…… 아니에요?"

"하하하. 어떻게 그런 생각을 할 수 있습니까? 제가 뭐 아래 병사들한테 선민 씨를 그렇게 기쁨조처럼 내보일 것 같습니까?"

"그럼 그 위문공연은……?"

"윤동우만을 위한 위문공연을 말한 겁니다."

그만을 위한 위문공연. 재미있겠다는 생각에 그녀가 피식 웃었다.

"하는 겁니다?"

동우가 아예 확정을 짓듯 물었다.

그만을 위한 그런 위문공연이라면 얼마든지 할 수 있다. 부대에 복귀하면 면회를 간다는 약속을 하긴 했지만, 그 약속이 없어도 갈 것이었다. 떨어져 있는 내내 그가 그리워서 오라고 하지 않아도 스스로 갔을 것이다.

선민은 고개를 끄덕거렸다.

"당연히 윤동우 씨만을 위한 위문공연 가야죠. 그런데…… 일당을 받는 건 좀 그래요. 그냥 동우 씨 보고 싶어서 가는 건데."

"한 번 올 때마다 십만 원씩 빚 탕감이 되는데 그걸 마다합니까? 너무 부담스러우면 오만 원으로 줄여 줄까요? 오로지 나만을 위한 건데, 내가 받고만 있으면 그건 또 이기적이라는 생각이 들어서 말입니다."

그래도 선민은 고개를 저었다.

"싫어요. 행사 뛰는 연예인도 아니고. 동우 씨 마음이 어떤 건지 알지만 동우 씨를 보기 위해 가는 순수한 내 마음이 돈에 팔리는 것 같아 그건 싫어요. 그리고 천만 원은 꼭 갚을 테니까 동우 씨도 꼭 받아요."

"받을게요. 그런데…… 무리하게는 갚지 않아도 돼요. 난……평생 내 옆에 있으면서 갚아 주는 게 더 좋으니까."

평생 옆에서 있으면서 갚으라는 말이 또 나왔다. 그 말에 깊은 뜻이 들어 있는 것 같아 선민의 마음이 순간 쿵했다. 하지만 그녀의 심각한 생각을 차단하려는 듯 그가 장난기 어린 얼굴로 물었다.

"자, 그럼 위문공연 차 오는 면회는 자주 와 줄 겁니까?"

"자주 갈게요."

"정말입니까?"

"네."

"오면 1박을 해야 하는 상황이 생길 텐데도?"

그 말에 선민이 잠시 멈칫했다.

1박이라. 그곳에서 혼자 1박을 하게 하지는 않을 테고. 그렇다고 함께 한방을 쓰며 하루를 보내기에는 아직 부끄러운 것이 많은 사이인데.

"그건 그때 가서……."

어색해하고 부끄러워하는 모습이 더 창피한 것 같아 선민은 대충 넘겨 버렸다.

"1박 하면 선민 씨 어머니한테 또 감금당하거나 머리카락이 잘려 나가거나 그런 거 아닙니까?"

"맞아요. 이제 우리 엄마가 어떤 분인지 파악 좀 하셨네요?"

"그럼 선민 씨 친구분…… 이름이 정원 씨라고 했던가요? 정원 씨 도움을 받아야겠네요. 언제든 도움이 필요하면 말만 하라고 했습니다. 우리 두 사람을 위해 뭐든 다 도와주겠다고. 선민 씨도 예전에 그렇게 많이 도와줬다고."

"그럼 뭐해요? 그……."

좋은 남자들 다 버리고 이상한 놈 만나 동거하고 있는데.

차마 말은 다 꺼내지 못했다.

"그러니까 그렇게 도와준 대가를 바랄지도 몰라요. 사실…… 제가 그랬거든요."

"상관없습니다. 선민 씨만 와 준다면."

차 한 잔을 다 마신 두 사람은 완연한 봄 햇살을 만끽하며 근처 공원을 산책했다. 이제 물이 오르는 버드나무와 곧 터질 것 같은 벚꽃들이 마치 그들의 막 물오른 사랑처럼, 그리고 막 피어나려는 그들의 설렘처럼 예쁘기만 했다.

"과수원 배꽃도 곧 있으면 피겠네요?"

"이장님께서 전화하셨습니다. 이제 꽃피면 화접이라는 걸 해야 하는데 모두들 집하고 과수원 버리고 어디 갔냐고."

"그래서요?"

"조만간 찾아뵌다고 했습니다. 다음 주에는 이화리에 가 볼 계획입니다. 제 짐이 그곳에 몇 가지 있는데 가져와야 할 것도 있고 가져다 놓을 것도 있고."

"같이 가요. 배꽃 핀 것도 보고 싶고…… 그래도 내 손 탄 과수원이라고 거기가 눈에 아른거렸거든요."

"갈 수 있습니까?"

"엄마 돈도 갚았고 동우 씨하고 사귀는 것도 허락받았으니, 이제 방에 갇혀 있을 이유가 없거든요."

그 말에 자유를 얻은 선민보다 동우가 더 기쁜 얼굴이 되었다.

"난 토요일에 갔다가 일요일에 부대로 돌아갈 겁니다."

"저도 그럼 토요일에 내려갈게요."

이젠 아주 찢어질 것 같은 미소다. 그 미소는 그녀와 있는 내내 사라지지 않고 있다가 선아가 말한 귀가 시간이 임박해져 오면서 조금씩 사라지기 시작했다.

"무슨 신데렐라도 아니고, 요새 같은 세상에 서른 살 먹은 딸과 동생의 귀가 시간을 이렇게 철저하게 단속할 수 있는 겁니까? 너무들 하시네요."

"저 신데렐라 맞아요."

"네?"

"뭐, 계모는 아니지만 그래도 어려서부터 엄마와 언니의 구박 속에서 궂은 살림 도맡아 하고 살았거든요."

"얘기가 또 그렇게 되는 겁니까? 귀가 시간을 좀 어겨 줘야 왕자를 만날 수 있는 건데 그걸 모르시나 봅니다, 어머니하고 언니는."

"그러게요."

"내가…… 사실 선민 씨하고 더 있고 싶지만 그 가냘픈 등짝에 무서운 손 문신이 새겨지는 건 원치 않아서 들여보내는 겁니다. 눈물을 머금고."

아파트 단지 내 주차장에 도착한 두 사람은 차에서 남은 시간을 확인했다. 좀 늦게 들어가도 괜찮겠지 했지만, 선아의 귀가를 재촉하는 문자가 들어온 순간부터 둘은 더 불안해지고 더 아쉽기만 했다.

"그래도 이젠 전화로 목소리도 들을 수 있고, 밤이면 화상 통화로 얼굴도 볼 수 있으니 얼마나 다행이에요. 토요일에 또 만날 수 있고."

"떨어져 있는 동안 알았어요. 선민 씨가 나에게 어떤 존재였는지. 이성에 대한 단순한 호기심이나 단순한 연애 감정이 아니었다는 걸. 나에게 많이 소중한 사람입니다, 선민 씨는."

이 남자도 나와 같았구나.

그녀에게 그가 옆에 있지 않아 더욱 그립고 소중하게 느껴지는 그런 존재였듯, 그에게도 그녀가 그런 존재였다는 것이 고맙고 행복했다.

"나도 동우 씨가 그랬어요. 분명 날 힘들게 해서 너무 미운 사람이었는데 어느새 보고 싶은 마음 때문에 힘든 사람이 되어 있더라구요."

동우가 선민의 얼굴을 양손으로 감쌌다. 그리고 천천히 입을 맞춰 왔다. 분명 천천히 그리고 부드럽게 입술을 맞대었는데 순식간에 폭풍 같은 키스로 변하기 시작했다.

굶주렸던 그녀에 대한 그리움을 폭발시키듯 입술 사이로 들어온 그의 혀가 그녀의 입속을 질주했고, 타액과 혀가 얽히는 소리가 조용한 차 안을 가득 메웠다.

동우의 몸이 운전석에서 조수석으로 옮겨 앉은 것 같아 보일 정도로 선민의 몸에 가까이 밀착되었다.

삐익, 삐익, 삐익. 주차장 안으로 차가 들어오고 있음을 알리는 경보벨이 울리자 화들짝 놀란 두 사람의 몸이 비로소 떨어졌다. 둘에게서는 아직도 거친 호흡이 토해져 나오고 있었다.

"진짜 보내기 싫지만……."

동우가 주차장에서 나와 선민의 아파트 앞에 차를 세웠다.

"나도 들어가기는 싫지만…… 조심해서 가요, 동우 씨."

동우가 고개를 끄덕여 주었다. 그리고 차에서 내리기 위해 문 손잡이를 잡는 선민의 어깨를 잡았다. 놀라서 자신을 바라보는 그녀의 입술에 가볍게 키스를 했다.

"이따 통화합시다."

"네."

차에서 내려 아파트 엘리베이터에 오르는 그 짧은 거리에도 벌써부터 동우가 그리워진다.

'이래서 정원이가 동거를 선택했나?'

그날 저녁, 선민은 동우의 전화를 받을 수 없었다.

빈 위장에 마구 집어넣은 보양식이 결국 탈을 일으켰고 화장실에서 하룻밤을 꼬박 보내야 했다.

[어제 동우 씨가 챙겨 준 보양식이 제대로 효과를 냈는지 꿀잠을 자느라 전화를 받지 못했어요. 미안해요. 그리고 이젠 기운도 펄펄 나요. 고마워요.]

라는 문자를 겨우 찍어 보낼 정도로 탈진 상태로 널브러져 있었지만 그를 향한 마음은 팔팔했다. 사랑의 기운이 넘치니 그럴 수밖에.

❄❄❄

선민이 끌려간 줄 모르고 찾아온 그녀의 친구를 만났을 때, 동우는 무조건 선민의 집으로 앞장서라고 정원을 닦달했다. 연락두절의 선민이 살아 있다는 사실을 눈으로 확인하지 않으면 자신이 죽을 것 같아 견딜 수 없는 상태였다.

"결국 엄마가 사기당한 거 아셨나 보네요?"

"사기요?"

"선민이 그 과수원 사기당해서 산 거잖아요. 몰랐어요? 그쪽분 어머니도…… 그렇게 똑같이……. 어머, 모르셨나 보다."

"어떻게 된 건지 아는 대로 말씀해 주십시오."

처음엔 머뭇거리며 아무 말도 하지 않으려고 하더니 차갑게 몰아붙이자 그제야 그녀가 아는 모든 걸 털어놓았다.

멘붕. 그야말로 멘붕이었다.

선민도 수희도 감쪽같이 자신을 속였다는 것에 화가 났다.

"하, 걱정이네요. 선민이 엄마가 그 사실을 알고 데리고 갔으면 그냥 두지 않을 텐데. 머리 깎아서 절로 보내 버릴지도 모르는데. 어떡하죠?"

처음에는 그 말이 농담인 줄 알았다. 화가 난 상태라 그 농담 같은 말이 무척이나 거슬렸다.

"농담이 나옵니까? 처음부터 그 사실을 털어놓았으면 이런 사태까지 오지 않았을 거 아닙니까? 그렇게 어머니 돈을 몰래 가지고 나와서 사고를 쳐 놓고 무사하기를 바랄 만큼 선민 씨가 뻔뻔스러운 줄은 몰랐습니다."

"어머, 무슨 말씀을 그렇게 하세요? 선민이를 얼마나 아신다고 그런 말을 하는 거예요?"

"뻔합니다. 세상 대충 대충 쉽게 살아 보려고 그 유혹에 넘어가 결국 사기당한 거 아닙니까?"

"이보세요! 선민이가 그 땅 사려고 모은 돈, 어떻게 모았는지 알아요? 뭘 알고나 말하는 거예요? 그동안 안 먹고 안 입고 안 쓰고 모은 돈이었어요. 대충 살던 애가 아니라구요! 어려서부터 살림하고 대학도 제 손으로 벌어 다니고 생활비까지 내 가면서 힘들게 산 애가 선민이에요! 그런 애가 세상 좀 편하게 살고 싶어서, 어려서부터 고생한 게 너무 힘들어서 좀 쉬어 보겠다고 한 게 그게 그렇게 죄인가요?"

동우만큼 정원의 분위기도 험악해졌다.

"그런데 왜 솔직하지 못했습니까? 안 먹고 안 입고 안 쓴 그 돈, 왜 그냥 멍하니 날렸느냔 말입니다. 경찰에 바로 신고할 수도 있고, 나한테 말할 수도 있었을 텐데. 왜 아무 조치도 하지 않고 그렇게 당하고 앉아서 쉬쉬했냐는 말입니다."

"머리 빡빡 깎여 한강물에 처박힐까 봐 그랬겠죠! 잃은 돈보다 그걸 더 무서워했어요. 엄마 돈 천만 원을 몰래 가지고 나온 것도 모자라 사기당한 사실을 엄마한테 들킬까 봐 겁나서 못 하겠다고 했어요. 괜히 고소했다가 주소가 서울 엄마 집으로 되어 있는데 그곳으로 경찰이나 형사들이 들락거리면 어떡하냐고."

흥분으로 인해 커졌던 그녀의 목소리가 작아지기 시작했다.

"찾기도 어려운 돈이고 잡기도 어려울 것 같은 거지 같은 기집애 하나 잡자고 엄마한테 걸려서 제가 죽는 것보다 차라리 돈 포기하고 친구 버리는 게 낫다고 했어요."

"그게 말이 됩니까?"

"말이 왜 안 되는데요?"

정원의 목소리가 낮아졌다. 그리고 동우를 보며 흥분하던 눈동자도 차분해졌다.

계속 소리를 지르고 불을 내뿜으면 차라리 대하기 편할 텐데 갑자기 냉정해지는 정원 앞에서 동우도 더는 흥분할 수가 없었다.

"이보세요. 내가 듣기로 그쪽 어머님은 그쪽 무서워서 선민이

하고 똑같이 지냈다는데, 다른 사람들에게도 엄마라는 존재가 당신처럼 함부로 대할 수 있는 그런 존재라고 생각하지 마세요."

선민이 아닌 자신의 이야기를 하는 정원의 말에 동우는 미간을 찡그리며 불쾌감을 보였다. 하지만 정원은 멈추지 않고 계속 제 할 말을 했다.

"선민이에게 엄마는 세상에서 제일 두렵고 무서운 사람이에요. 당신 어머님이 당신 무서워서 신고 못 하고 쩔쩔매면서 당신한테 거짓말했던 것처럼, 선민이는 엄마 무서워서 신고 못 하고 쩔쩔매면서 이 집에 얹혀살았어요."

정원의 얼굴이 마치 자신의 서러운 심정을 털어놓는 것처럼 아픈 표정으로 변해 갔다.

"통장에 잔고는 없고, 여기에 얹혀살면서 얻어먹는 것도 미안하고 대출도 갚아야겠고 해서…… 쪽팔리지만 돈 이백만 원에 눈 멀어서 마음에 없는 배꽃 아가씨인지 뭔지도 나갔다고요. 어떻게든 엄마 모르게 사태를 덮고 그 돈 갚아서 이 시골에서 벗어나겠다고 발버둥 치면서 버틴 거라고요."

그런 사정이 있었나? 하지만 아무리 생각해도 모든 걸 어물거리며 대충 상황을 모면하려 했던 건 이해가 가지 않는다.

"겨우 엄마가 무서워서 그 큰돈을 잃고 가만있었다는 게 말이 됩니까?"

동우의 목소리도 정원만큼이나 가라앉았고 표정에도 흥분한 기운은 보이지 않는다.

"당신한테 말이 안 되면 말이 안 되는 건가요? 여기 아줌마는 잃어버린 돈보다 아들인 당신을 잃어버릴까 봐 더 무서웠던 거고, 선민이는! ……날린 돈보다 자유와 존재감을 잃을까 봐 더 무서웠을 뿐이에요."

'선민이는!' 하며 목청을 높일 것 같더니 정원은 다시 냉정을 찾았다. 그리고 그의 가슴에 자신의 말을 새기려는 것처럼 아주 천천히 말하기 시작했다.

"그쪽은 그저 돈만 아깝고 중요하죠? 그쪽 엄마가 왜 그랬는지, 다 잃은 두 여자가 이 촌구석에서 얼마나 마음고생을 하며 힘들었는지 그런 건 안중에도 없고. 선민이를 좋아한다고요? 관두세요. 그쪽같이 선민이 마음을 먼저 이해하지 못하는 사람은 필요 없어요. 선민이가 좋다고 해도 내가 뜯어 말릴 거니까."

동우가 정원과 마주하던 자신의 시선을 아래로 내리고는 큰 한숨을 내쉬었다.

아직도 선민의 행동이 이해가 가지 않아서가 아니다. 그녀가 왜 그랬는지 드디어 이해할 수 있게 되어 마음이 아파서다.

잃어버린 돈보다 아들을 잃을까 두려워했다는 어머니, 날린 돈보다 자유와 존재감을 잃을까 무서웠다는 선민. 그 말에 동우는 잊고 있던 그의 과거가 생각났다.

독하지 못한 미망인 수희는 생활력이 없어 늘 이모인 정희에게 도움을 받아 살림을 꾸려 갔다. 그중 동우를 향한 경제적 지원은 모두 이모인 정희에게서 나왔다.

큰 사업을 하는 이모부와의 사이에 딸 하나가 있었지만, 그녀는 집안 반대를 무릅쓰고 미술 공부를 위해 프랑스로 유학을 떠났다. 그러면서 자연히 조카인 동우에게 기대가 모아지고 동우는 아들과 같은 존재가 되어 버렸다.

동우의 꿈은 해군 장교였다. 중학교 시절, 임원 수련회로 진해에 있는 해군사관학교 견학을 갔던 적이 있었다.

그곳에서 동우는 하얀 정복을 입은 사관생도들의 절도 있는 모습에 눈을 뗄 수 없었다. 생도들에게서 뿜어져 나오는 카리스마를 느끼며 그때부터 사관생도를 꿈꾸었다.

하지만 이모인 정희는 그에게 의대에 진학해 의사가 될 것을 권했다. 아니 당연한 사실로 여기며 그의 미래를 의사로 결정지어 버렸었다.

고3이 될 때까지 동우는 그런 정희에게 자신의 꿈을 얘기하지 못했다. 만일 의사가 되길 바라는 정희의 바람을 꺾고 사관학교로 진학하고 싶다고 이야기하면 수희와 자신에게 향했던 정희의 모든 지원이 끊길 것 같은 두려움이 있어서였다.

정희의 지원이 없으면 수희와 함께 먹고 살기 힘든 때였기에 동우는 자신의 꿈을 입 밖으로 내놓지 못하고 지내야만 했다.

그뿐 아니라 이모 내외 앞에서는 의대에 들어갈 것처럼 굴기도 했다.

하지만 결국 사관학교 입학원서를 쓰고 지원하면서 정희가 동우의 목표와 꿈을 알게 되었다.

'넌 의대에 가야 해! 무슨 사관학교야? 왜? 의대 학비 비싼 것 때문에 그래? 그건 걱정하지 말라니까. 이모가 다 대 줄 거야. 그러니까 사관학교 포기하고 의대 가는 걸로 하자. 응? 너 병원도 개원시켜 줄게. 넌 그저 공부만 하면 돼.'

입학 원서를 접수시키는 날까지 동우는 망설였다. 정희의 지원 없이 모자가 살 수 있는 방법은 없었으니까. 생계냐, 꿈이냐를 두고 고민했던 그날.

마지막 순간에 동우는 자신의 꿈을 선택했다.

'네가 이모를 배신할 줄은 몰랐어. 네가 이렇게 배은망덕한 녀석인 줄 몰랐다고. 너도 결국 네 엄마하고 똑같구나. 세상을 어떻게 살아야 하는지 모르고 하고 싶은 대로, 네 멋대로 하고 사는 거.'

그렇게 말한 정희는 수희 모자에게 해 주던 모든 지원을 끊어 버렸다. 일시적인 것이었지만 그때는 동우도 수희도 힘들었다. 차라리 정희의 말대로 의대를 가는 게 나은 선택이었는지 모른다고 후회할 만큼.

하지만 결국 정희는 다시 수희와 동우를 도와주었고 동우는 사관학교에 무사히 입학했다.

이렇게 동생과 조카를 버리지 못하고 도움을 줄 거 왜 그렇게 모질게 해서 서로를 힘들게 했는지 이모 정희를 이해할 수 없었다.

처음부터 자신의 꿈을 들어주고 밀어줬다면 서로가 좋았을 것을.

동우는 그때 생각했었다. 가족이든, 친구든, 연인이든 서로 어려워하거나 두려워하거나 기대지 못할 존재가 되지는 말자고. 자신이 어떤 우월한 위치에 있어도 그 우월함이 상대를 압도하는 무기가 아닌 의지할 수 있는 버팀목이 되어야겠다고 다짐했었다.

그런데 지금 자신의 모습은 어떠한가. 가장 가까운 수희가 자식인 자신을 어려워하고 두려워한다.

수희를 향해 먼저 마음을 닫아 버리고 자신의 입장과 처지만 내세우며 고약하게 굴었던 자신의 모습이 그려졌다. 그때의 정희보다 더 모질고 험하게 수희에게 상처를 주고 있다는 생각에 가슴이 먹먹해졌다.

동우가 길게 생각하는 사이 정원은 그런 그를 무시하고 자신의 차에 올랐다.

시동을 거는 소리에 정신을 차린 동우가 막 출발하려는 정원의 차를 막아섰다.

"뭐 하는 거예요?"

"선민 씨한테 전해 줘야 하는 것들이 있어요."

"됐거든요! 선민이를 이해하지도 못하고……."

"이해합니다. 그 마음이 어떤 건지…… 무엇인지 알았어요. 그 마음을 모르고 심하게 말한 거, 내 실수고 잘못입니다. 그러니 선민 씨한테 전해 줘요."

믿을 수 없다는 얼굴로 망설이던 정원이 물었다.

"뭘요? 뭘 전해 달라는 거예요?"

"같이 읍내로 나갑시다."

"읍내요?"

그렇게 읍내로 정원을 데리고 간 동우는 새 휴대폰을 개통하여 정원에게 주었다. 선민에게 전해 달라고. 혹시라도 그녀의 모친에게 들켜 빼앗기는 경우를 생각해서 암호까지 정해 주었다. 정원에게 비웃음을 사면서도.

그리고 그는 수희에게 아는 척을 하지 않았다. 사기당해 날린 돈이 돌아올 것도 아니고 그 말로 인해 또다시 아들을 어려워하게 만들고 싶지 않았다. 그런 상처와 아픔을 이제는 수희에게 남기고 싶지 않아 동우는 모르는 척 넘어가기로 했다.

남은 문제는 어떻게 선민을 그 무시무시하고 인정사정없는 그녀의 엄마에게서 구출해 내느냐다. 마음 같아서는 무작정 집으로 쳐들어가 그녀의 손을 잡고 그곳에서 빼내고 싶다.

지금 그녀가 무사한지도 걱정이다. 친구의 말대로 머리가 밀려나간 건 아닌지, 아니면 강제로 선보러 다니며 이 남자, 저 남자를 만나고 있는 건 아닌지. 그러다 선민이 마음에도 없는 결혼을 해야 하는 건 아닌지.

생각의 끝이 점점 막장으로 치달아 갔다.

'윤동우, 침착하자. 자, 전략을 잘 세워야 한다. 그래야 승리하는 거다. 적을 알고 나를 알면……'

적을 알고……. 그녀의 어머니, 선민의 엄마는 아무래도 돈을 최우선으로 생각하는 것 같다. 그러니 돈으로 접근을 해서 돈으로 해결하는 것이 마음을 무너뜨리는 유일한 방법이지 않을까.

그래, 돈 천만 원이 무서워서 집에 들어가지 못한 그녀를 돈 천만 원으로 빼 오면 되는 거다. 그리고 그녀를 진심으로 좋아하는 자신의 마음을 내보이며 다시는 선 따위를 보러 다니지 않게 만들어야 한다.

돈 천만 원에 내 여자의 머리가 밀려 나가게 할 수는 없다. 무엇보다 다른 남자에게 내어 줄 수는 없다.

나름의 결심과 전략을 세운 동우는 바로 실천에 옮기기로 했다.

수희에게 맡긴 통장이 있기는 하지만 사기당한 집을 사는 데 사용했을 게 빤해 자신이 가지고 있던 비상금을 털었다.

정원에게 들은 말로는 선민의 어머니는 지독한 짠순이지만 명품을 좋아한다고 했다. 선민의 언니가 선물하는 명품 때문에 늘 선민보다 언니를 더 예뻐한다고.

이 말을 듣고 그냥 넘어갈 수는 없었다. 그래서 어머니의 마음을 움직이기 위한 마지막 한 수로 최고급 명품 브랜드의 화장품 상품권을 봉투에 넣어 이자라는 명목으로 드리기로 했다.

그렇게 만반의 준비를 끝낸 동우가 그녀의 집으로 그녀를 구하기 위해 쳐들어 간 것이었다.

7. 봄밤에 나눈 사랑

"어디 가?"

설거지를 끝내고 바로 외출 준비를 마친 선민이 방에서 나오자 순영이 물었다.

"정원이 만나러."

"정말?"

거짓이다. 정원이 아니라 동우를 만나기 위해 나가는 거지만 순영이 그 속을 알고 있는 것처럼 물어 선민은 순간 당황했다. 하지만 그 사실을 들켰다가는 또다시 감금 상태가 될 것이 뻔하기에 당당하게 대답했다.

"그럼, 정말이지. 거짓말 같아?"

"그 장교 만나러 가는 거 아니고?"

"그 장교는 나라를 지키느라 바쁜 사람인데 만날 시간이 어디

308

있어? 더구나 해군이라 배 한번 타고 훈련 나가면 언제 올지도
몰라."

"그래? 원양어선도 아닌데 훈련으로 그렇게 한 번 나갈 때마다
오래 있으면 결혼해서 너 외롭지 않겠니?"

순영은 이미 두 사람의 결혼을 당연시 생각하고 물었다.

"결혼은 무슨! 그 사람이 교제 허락받으러 온 거지, 결혼 허락
받으러 왔었나? 엄마, 분위기 파악 좀 하셔."

그에 비해 선아는 동우가 못마땅한 것인지 아니면 자신이 소개
시켜 준 남자에게 딱지 놓은 선민이 못마땅한 것인지 두 사람의
관계조차 탐탁지 않게 여기는 모양새다.

"결혼이고 교제고 그건 우리가 알아서 할 일이니까 신경들 끄
셔. 다녀올게."

아무렇지 않게 선민은 집을 나섰지만 마음은 편하지 않았다.
엄마와 언니를 속였다는 죄스러움보다는 혹시나 정원을 핑계 대
고 나온 사실이 들통 날까 하는 불안함에 다시 한 번 정원에게 확
인 전화를 걸었다.

"정원아, 나 지금 집에서 나왔어."

― 와우, 살다 보니 구선민이 내 핑계를 대고 남자하고 외박할
날이 오는구나. 호호호.

"그런 거 아니야."

― 아니긴 뭐가? 그 집에 오늘 너랑 그 사람 둘만 있을 거 아
니야?

"그렇겠지? 아줌마가 오신다는 말은 없었으니까."

— 그러니까 단둘이 그 집에서 하룻밤을 보내는 거 아니야?

"음…… 아줌마가 안 오시면……."

— 너 있잖아, 윤동우 씨가 손만 잡고 잘 것 같지? 그런 매너는 지켜 줄 사람일 거라고 철석같이 믿고 있는 거지?

"……그렇지 않을까? 신중한 사람이니까……."

— 야! 장담하는데, 오늘 너…… 동우 씨한테 콘돔은 꼭 착용하라고 해라. 흐흐흐.

"야! 송정원!"

— 알리바이는 완벽하게 만들어 줄 테니까, 熱い夜を過ごしてね(뜨거운 밤 보내)!

산뜻한 목소리로 무시무시한 말을 던진 정원의 목소리에 반박할 새도 없이 일방적으로 전화가 끊겼다.

자신을 놀리는 듯한 정원의 말에 화가 나서 열불이 나야 하는데 이상하게 그 열불이 아니라 다른 열이 달아올라 얼굴이 화끈거렸다.

"아, 지지배. 동우 씨가 지가 만났던 남자들하고 급이 같은 줄 아나? 쳇."

하지만 정원의 말이 틀리지 않을 것 같은 예감이 드는 이유는 뭘까?

정원의 말을 무시하지 못하고 이화리에 가는 내내 선민은 동우와의 밤이 어떻게 될지 고민이고 걱정이었다.

동우는 도착이 늦어질 것 같다는 전화를 해 왔다. 이미 터미널에 도착한 선민은 동우가 도착할 때까지 시간이 너무 많이 남아 마트에서 간단하게 장을 봐서 택시를 타고 먼저 집으로 들어왔다.

지내는 동안은 지옥 같기도 하고 감옥 같기도 했던 곳이, 진짜 지옥과 감옥을 맛보고 난 후라 그런지 내 집같이 반갑고 편했다.

과수원도 다시 보니 반갑기만 했다. 힘들게 풀 뽑은 지 얼마 되지 않은 것 같은데 잡초들이 벌써 배나무 둘레로 무성하게 자라 있었다. 잡초들 속에 서 있는 배나무를 보자 꼭 버려진 자식들을 보는 것같이 안쓰러운 마음이 들었다. 그래도 나무마다 곧 꽃을 피우려는지 아주 작은 몽우리들이 맺혀 있었다.

'아이고, 주인 없는 티가 너무 나네.'

선민은 주방으로 들어가 봐 온 장을 풀어 놓고 자신이 사용하던 방을 열어 보았다. 순영과 선아가 짐을 뺀 그 방에는 동우의 옷이 들어 있을 것으로 보이는 작은 장과 한쪽에 잘 개어진 침구가 보였다.

선민이 동우에게 전화를 걸었다.

"동우 씨, 나 갈아입을 옷이 없어서 그런데 동우 씨 장에서 뭐 하나 꺼내 입어도 돼요?"

— 맞는 게 없을 것 같은데. 그래도 괜찮으면 알아서 꺼내 입어요.

"그럴게요."

동우의 장을 열어 보니 군인답게 옷들이 깔끔을 넘어서 질서정

연하게 정돈되어 있었다.

동우의 말대로 맞을 만한 옷은 없었지만 그에게 칠 부 정도로 보이는 바지를 꺼내 노끈으로 허리를 묶어 고정시키고 면 티를 꺼내 팔을 여러 번 접어 입었다.

볼품은 없었지만 과수원에서 풀 뽑기에는 손색없는 시골 아낙의 작업복 차림이었다.

거실에 동우가 예전에 사다 주었던 챙 모자가 있어 그걸 쓰고 과수원으로 나왔다. 한 번 해 봤다고 호미로 풀 뽑는 솜씨가 좀 나아진 것 같다.

그때는 그 일을 시키는 동우가 그리도 밉고 원망스러웠는데 지금은 빨리 와서 곁에 있어 주었으면 하는 마음이 크기만 하다. 괜히 피식 웃음이 새어 나왔다.

얼마나 했을까, 허리가 아프고 팔과 어깨가 저려 왔다.

"아이고 삭신이야. 이것도 오랜만에 하려니 힘드네."

문득 동우가 지루하지 않게 음악을 들으며 일하라고 사 준 이어폰이 생각났다. 집으로 들어가 그가 사 주었던 이어폰과 외롭고 힘들었던 날 건네주었던 목욕탕 의자를 가지고 나와 다시 자리를 잡았다.

좋아하는 음악을 들으며 의자에 앉아 일을 하니 훨씬 덜 힘들었다. 귓가에 흐르는 음악을 콧노래로 흥얼거리며 풀을 기계처럼 착착 뽑아 나갈 때였다.

"일이 손에 붙었습니다? 일당 받고 일해도 되겠는데요."

동우가 도착해서 그녀 앞에 서 있었다. 너무도 해맑은 미소를 보이며.

무뚝뚝한 저 남자에게서 어떻게 저토록 소년같이 해맑은 미소가 나올 수 있을까, 하는 생각을 하며 자리에서 일어서는 선민을 동우가 와락 안았다.

십수 년 만에 재회하는 연인을 안은 남자처럼 동우는 안고 있는 선민의 머리와 등을 쓰다듬으며 보듬었다. 그리고 그가 그녀의 귓가에 나지막이 속삭였다.

"솔직하게 말해도 됩니까?"

무엇을 솔직하게 말하려고 하는 걸까? 혹시 사랑한다는 고백을 하는 걸까? 그래서 오늘 밤……?

"배꽃 아가씨가 아니라 배꽃 아줌마인 줄 알았습니다."

속에서 올라오는 대로 화를 버럭 낼 뻔했다. 화를 삭이며 치뜬 눈으로 그를 쳐다보는데 그가 어린아이에게 뽀뽀를 하듯 쪽 소리 나게 입을 맞추었다.

"그런데…… 아줌마같이 옷을 입어서 아줌마처럼 보여야 하는데 왜 얼굴은 아이 같은지."

"어머!"

이 남자, 이런 닭살 멘트도 날릴 줄 알다니.

전혀 그럴 것 같지 않은 그의 오글거리는 말에 놀라서인지, 아니면 그의 말이 좋으면서 부끄러워서인지 심장이 요상하게 두근거렸다.

그의 입술이 배나무 사이로 불어오는 봄바람과 봄 햇살처럼 따뜻하고 간지러운 느낌으로 그녀의 입술에 내려앉았다.

땀으로 범벅된 얼굴에서 땀 냄새가 나는 건 아닌지 걱정되어 선민이 입술을 빨리 뗐다.

"들어가면 내가 장 봐 놓은 거 있어요. 난 이거……."

하지만 동우는 그런 그녀의 마음을 알지 못한 채 또다시 끌어당겨 입술을 맞부딪쳤다.

더 이상의 틈은 허락하지 않을 것처럼 그녀를 꼭 끌어안아 옴짝달싹하지 못하게 만들고는 그녀의 입술을 맛보고, 그 사이로 비집고 들어가 그녀의 혀를 짓궂게 장난을 치듯 이리 굴리고 저리 굴리고 빨아 당겼다가 놓아주었다.

어느덧 선민도 땀 냄새 걱정 같은 건 잊고 그에게 장단을 맞춰주었다.

'오늘 밤…… 정원이 말대로 되겠구나.'

과수원에 찾아온 봄날과 다르게 그의 키스는 폭염처럼 뜨거웠고 그로 인해 오늘, 그와 어떤 밤을 보내게 될지 알 수 있었다.

원래 선민이 생각한 저녁 메뉴는 스파게티였다. 하지만 동우가 자신이 장을 봐 온 재료로 선민을 위해 저녁을 준비했다.

선민이 샤워를 하는 사이 동우가 자신이 만든 음식으로 식탁을 차렸고, 그렇게 차려진 식탁 위의 메뉴는 주꾸미 버섯전골에 잡곡밥과 샐러드, 그리고 김치였다. 한창 맛이 올라 제철인 주꾸미와

각종 채소에 직접 만든 드레싱을 뿌린 샐러드는 온전히 그녀의 건강을 생각해 차려 낸 차림이었다.

"이런 요리도 할 줄 알아요?"

"전골은 오늘 처음 해 본 겁니다. 레시피대로 하기는 했는데 맛은 장담 못 합니다."

"이런 거 할 줄도 모르고, 하지도 않을 것 같아 보이는데……."

"맞습니다. 이런 거 할 줄도 몰랐고 하지도 않았는데 하게 되네요."

"마치 나 때문에 하는 거라고 말하는 것 같아요."

"네. 선민 씨 때문에 하는 겁니다. 선민 씨니까 해 주고 싶은 거라는 말입니다."

"눈물 나게 고맙습니다."

농담처럼 던졌지만 그 말은 진심이었다. 눈물 날 정도로 그에게 고마웠다. 처음이었다. 온전하게 사랑받고 있다는 느낌. 혼자 희생만 하던 과거 연애에 지치고 메말랐던 그녀의 감정이 행복으로 촉촉하게 젖어 가는 것 같다.

사랑을 받는다는 것이 이토록 가슴 벅차고 기쁘고 감격스러울 수 있다는 걸 알아 가고 있다니…….

"맛있다."

국물을 한입 떠먹은 선민이 감탄을 쏟아 냈다.

"진짜 맛있어요. 그냥 하는 말 아니고 진짜로."

"정성과…… 사랑이 들어갔으니까."

동시에 쑥스럽게 웃은 두 사람은 식사를 했다.

그렇게 식사를 하고 함께 설거지를 끝내고 커피와 과일을 두고 소파에 앉아 있는 모습이 마치 신혼을 즐기는 부부와도 같았다.

서로의 어린 시절과 학창시절에 대해 이야기하고 들으면서 서로에 대해 더 많이 알아 가느라 시간 가는 줄 모르고 있을 때, 선민의 휴대폰 벨이 울렸다.

혹시라도 집에서 온 게 아닌가 싶어 흠칫 놀란 선민이 휴대폰을 확인했지만 다행히 정원에게 걸려 온 전화였다.

"여보세요?"

— お邪魔したのかな(방해된 거 아니지)?

"전혀."

— 하긴, 좀 시간이 이르지. 지금 어머니께 전화 드릴 거야. 네가 인사불성으로 취해서 집으로 데리고 왔는데 잠들어서 대신 전화 드린다고 할 거니까, 5분쯤 뒤에 내 문자 받고 휴대폰 전원 꺼놔.

"알았어. 고마워."

— 말로만 고마운 거 말고. 윤동우 씨한테 전해. 이런 도움이 오늘로 끝날 것 같지 않으니까, 그냥 넘어갈 생각 하지 말라고. 기대한다고.

"야! 난 예전에 너 거저 도와줬거든!"

— 避妊は絕對してね(피임은 꼭 해라).

"끊자."

짓궂은 정원의 말에 선민은 일찍 통화를 끝냈다.

"왜요? 정원 씨가 도와준 거에 대한 보상을 원합니까?"

선민이 고개를 끄덕였다.

"정원 씨 남자 친구 있습니까? 소개팅 해 줄 수 있는데."

"있어요."

"설마…… 명품 백 이런 걸 원하는 건 아니겠죠?"

"그냥 말이 그런 거예요. 그리고 쟤가 지금 나한테 보상 운운할 그럴 처지가 아니니까 신경 쓰지 마세요."

"정원 씨에 대한 약점을 가지고 있는 것 같습니다?"

"있죠."

엄청난 거.

선민의 하룻밤 외박과는 비교도 안 될 만큼 더 큰 비밀인 정원의 동거 사실을 알고 있으니 사실 정원이 그냥 도와줘도 모자랄 판인 거다. 그렇다고 정원의 동거가 약점이라는 말을 동우에게 할 수 없어 선민은 별로 대수롭지 않게 넘기려 했다.

정원의 말대로 5분 쯤 뒤에 문자가 들어왔다.

[엄마 엄청 열 받으셨다. 들어가면 너 다리몽둥이 부러지거나 당분간 또 외출금지령 떨어질 것 같다 ㅋㅋ]

다리몽둥이가 부러져도, 당분간 외출 금지령이 떨어져도 좋다. 지금 이 순간 동우와 함께 있으니 나중은 어떻게 되더라도 좋다. 따뜻한 그의 미소와 눈길에 가슴이 설레는데 그깟 다리몽둥이쯤 이야.

"영화 한 편 다운받아 왔는데 그거 볼까요?"

"그래요."

동우가 TV에 USB를 꽂고 리모컨으로 조정을 하자 그가 받아 왔다는 영화가 화면에 나오기 시작했다.

잔잔한 감동을 주는 음악 영화였지만 오랜만에 몸을 움직인 선민에게 그 영화는 잔잔한 졸음을 불러왔다. 영화를 챙겨 온 동우를 생각해 정신을 차리고 집중하려 했지만 어느새 고개가 이리저리 꺾였다.

그런 그녀의 모습을 본 동우가 선민의 고개를 자신의 어깨에 고정시켜 편하게 잘 수 있도록 해 준 후 TV 화면에 시선을 주었지만, 그도 얼마 있지 않아 잠에 빠져들었다.

먼저 잠에서 깬 사람은 동우였다. 분명 선민의 머리를 자신의 어깨에 기대게 만들어 놓았었다. 그런데 잠에서 깨어나 보니 그녀가 그의 허벅지를 베고서는 새우처럼 등을 구부리고 자고 있다.

문제는 그의 허벅지를 베고 있는 그녀의 얼굴이 그의 중심부에 너무 가까이 있다는 것이다. 몸도 마음도 모두 곤란하게 된 동우는 최대한 선민이 깨어나지 않도록 조심스럽게 그녀의 머리를 살며시 들어 엉덩이를 옆으로 빼기 시작했다.

살면서 이토록 숨죽이고 집중해 본 적이 없을 정도로 그의 모든 신경이 곤두서 있었다.

다행히 엉덩이를 다 빼는 동안 그녀는 잠에서 깨지 않았고 그녀의 머리를 곱게 소파에 눕힌 후에야 참았던 숨을 몰아쉬었다.

어찌나 집중을 했던지 선민의 자세에 후끈 반응을 보이려 했던 그의 남성도 선민처럼 깨어나지 않고 고이 잠들어 있다.

선민의 고개에 쿠션 하나를 받쳐 주고 욕실로 들어갔다. 샤워를 하는 동안 그는 심각한 고민과 걱정에 휩싸였다.

오늘 밤 과연 구선민을 고이 재울 수 있을 것인가.

마음이야 그녀를 아껴 주고 지켜 주고 싶지만 어디 그게 마음 먹은 대로 다 되는 문제의 것이던가.

'순리대로…… 흐르는 대로…….'

잡념을 털어 버리듯 머리를 털털 털고 나오는 동우의 시선이 먼저 소파로 향했다. 선민은 그가 욕실로 들어갈 때와 같이 소파에 누워 있었지만 언제 잠에서 깼는지 책을 보고 있었다.

누워서 책을 읽던 그녀가 욕실 문소리를 들었는지 자리에서 일어나 그를 보았다.

"잘 잤습니까?"

잠들었다는 사실이 쑥스러운지 그녀가 고개를 끄덕이며 어설픈 미소를 보인다.

"피곤하면 들어가서 자요. 힘들게 버틸 필요 없으니까."

"아니에요. 잠깐 자서 그런지 괜찮아요."

"무슨 책입니까?"

"이번에 번역할 책이요."

"제목이 뭡니까?"

"제목은 겨울 시계예요. 연애소설? 뭐 그런 류의 소설이에요."

"나중에 사서 봐야겠네요."

"뭘 사서 봐요? 이거 많이 팔려 봐야 일본 작가만 좋은 거지 난 고정된 번역료만 받는 건데. 동우 씨가 돈 주고 사도 나한테 별 도움 안 돼요."

"그래도 첫 번역 작품인데 기념으로라도……."

"아니요, 아니요. 출판사에서 몇 부 줄 거예요. 나중에 그거 드릴 테니까 굳이 돈 주면서까지 구입할 필요는 없어요."

자신이 번역한 책을 제가 사는 것이 무척이나 부담인지 그녀는 강력하게 책 구입을 막으려 했다. 그런 그녀에게 계속 사겠다는 의지를 보일 수는 없었다.

"그럼 출판사에서 주는 책에 자필 사인해서 한 권 주는 겁니다?"

"……네. 그럴게요."

선민이 책을 덮었다.

"내가 옆에 있으면 책 읽는 거 방해됩니까?"

"아니요, 그건 아니지만…… 동우 씨는 뭐 할 건데요?"

"글쎄…… 뭐 할까 생각 중입니다. 같이 책을 읽을까, 아니면 그냥 잠을 잘까…… 아니면……."

"술 한잔 할까요? 간단하게 정말 딱 한 잔."

선민의 제안이 싫지 않아 동우가 웃으며 고개를 끄덕였다.

동우가 냉장고에 있던 맥주 캔을 두 개 가지고 나왔다. 동우가 선민이 순영에게 잡혀 간 날 밤에 마음을 잡을 수 없어 사 놓았다가 남은 술이었다.

"오랜만에 마시니까 진짜 맛있네요."

한 모금 넘기고 아쉬운 듯 입맛을 다신 선민이 또다시 갈증을 해소하듯 벌컥벌컥 들이켰다.

"취합니다. 천천히 마셔요."

"안 취해요. 걱정하지 말아요."

"취해서 울까 봐 걱정입니다."

"동우 씨가 안 울면 나도 안 울어요. 난 취하지 않아도 누가 울면 따라 울어요. 그래서 그때 술을 마셔서 그런 것도 있지만 사실 아줌마가 울어서 운 거예요. 취해서 운 게 아니라. 요새 아줌마한테 잘해 드리죠?"

동우가 웃으며 고개를 끄덕였다.

"아줌마가 동우 씨 칭찬 얼마나 많이 했는지 알아요? 우리 엄마는 많이 냉정하고 쌀쌀맞고 차가워요. 엄마한테, 아니 과부인 엄마한테 우리는 희망이 아니라 짐이었던 것 같아요. 그런데 아줌마한테 동우 씨는 희망이었어요. 그게 부러웠는데…… 무서워해도 내 아들이 최고라고 해 주는 그런 엄마."

동우가 선민의 머리를 살살 쓰다듬어 주면서 어깨를 감싸 어루만져 주었다. 그녀가 그녀의 엄마에게서 받았을 상처가 얼마나 아팠을지 느껴졌다. 보이지 않는 상처를 만져 줄 순 없으니 대신 상처를 보듬어 주듯 그녀의 머리와 어깨를 어루만져 주었다.

"지금부터는 어머니에 대한 그런 아픔 버려요. 이제는 엄마 찾을 나이는 지나고 남자 찾을 나이잖습니까? 내가 잘할게요. 내 여자라는 거 후회하지 않게."

그녀가 눈을 깜빡이며 그를 바라보았다. 입가에 미소가 걸린 것 같기도 하고 눈가가 붉어진 것 같기도 했다.

"어쩜 그렇게 낯 뜨거운 말을 잘하십니까?"

"몰랐습니까? 낯 뜨거운 말만 잘하는 게 아니라 낯 뜨거운 행동도 잘합니다. 보십시오."

그렇게 말하며 그녀의 입술을 단숨에 머금었다. 맥주향이 그녀의 입술에서 느껴졌다. 그녀만이 가진 달콤한 향을 찾아 입속으로 혀를 넣고 더 깊고 뜨겁게 그녀를 탐하려 했지만 그럴수록 갈증이 더 생겼다.

어느새 입술이 목선을 타고 내려가면서 뜨거운 숨을 토해 내고 있었다. 여기서 멈추지 않으면 걷잡을 수 없을 것 같아 마지막 이성을 붙들고 그녀의 가슴으로 향하려던 손을 거두었다. 그리고 입술도 그녀의 목에서 떼었다.

"동우 씨."

그녀가 불렀다. 그녀가 무슨 말을 할지 두려웠지만 그 목소리는 부드러웠다.

"우리 오늘…… 손만 잡고 자나요? 아니면 방이 두 개니까 각방 쓰나요? 아니면……."

"솔직히…… 손만 잡고 자고 싶지도, 각방 쓰고 싶지도 않습니다. 하지만…… 선민 씨가 원하지 않는다면 손만 잡고 잘 수도, 각방을 쓸 수도 있습니다."

"음…… 나도 솔직히 말한다면…… 손만 잡고 자고 싶기도 하고 그냥 따로 편하게 자고 싶기도 하고……. 또…… 동우 씨 당신하고 같이 자고 싶기도…… 해요."

"그럼 일단 이거 다 마시고 같이 손잡고 누워서 잠을 청해 봅시다. 그다음은 그냥 순리대로…… 흐르는 대로…… 맡기고."

얼마 남지 않은 맥주를 다 털어 넣은 두 사람은 동우의 방에 있는 침구를 거실에 깔고 나란히 누웠다.

"팔베개는 안 해 줍니다."

해 주고 싶어도 해 줄 수가 없다. 최대한 그녀와의 거리를 넓게 유지해도 견디기 힘든 판국에 덮치기 좋은 팔베개 자세는 피해야 했다. 일단 그녀를 지키고 봐야 한다는 생각이 앞선 상태다.

"네. 안 해 줘도 괜찮아요."

"그래요, 잘 자요."

"동우 씨도요."

천장을 보고 나란히 누운 두 사람의 눈이 동시에 감겼다. 마치 잠든 것처럼 한참을 누워 있었다.

"동우 씨."

선민이 속삭이듯 동우를 불렀다.

"왜요?"

"고마워요."

"뭐가 말입니까?"

"그냥 다 고마워요."

그리고 또다시 두 사람은 잠이 든 것처럼 눈을 감았다.

소음이 없는 공간에서 들리는 선민의 들릴 듯 말 듯 한 숨소리가 동우를 제대로 고문하기 시작했다. 동우는 선민이 잠들면 바로 일어나 찬물 샤워를 하고 독한 술을 찾아 한잔 마시고 자야겠다는 생각을 했다.

'술이 독한 게 있기는 있나?'

내 집도 아닌 어머니 집에, 그것도 얼마 동안 비어 있던 집에 어떤 술이 있는지 알지도 못한다. 기껏해야 냉장고에 있는 소주가 그나마 제일 독한 술이다.

'미치겠군.'

그의 심신이 폭풍우에 심하게 시달리고 있을 때 선민은 잠이 들었는지 규칙적인 숨소리만 들려왔다.

동우는 조용히 이불 속을 빠져나왔고 찬물을 한 번 뒤집어쓴 후에 다시 선민 옆으로 돌아왔다.

선민에게서 등을 돌리고 멀찍이 떨어져 고되고 힘들었던 과거 생도 시절 생활들을 떠올리며 선민을 의식하지 않기 위해 애를 썼다.

그런 노력으로 인해 잠 속으로 빠져들기 시작했다. 깊은 잠에 빠져든 것 같지는 않았는데, 잠시 동안 의식을 잃었던 것처럼 잠들었다 깨어난 그가 눈을 떴을 때 그를 바라보고 있는 선민과 눈이 마주쳤다.

"안 자고 있었던 겁니까?"

"잠이 안 와요. 잠자리가 바뀌니까 그런가 봐요."

"자장가 불러 줄까요?"

"됐어요."

"이리 와 봐요."

동우가 팔을 뻗으며 자신의 팔을 툭툭 쳤다.

해 주지 않겠다던 팔베개를 해 주겠다는 그의 팔을 무시할 수가 없었는지 그녀가 쭈뼛거리며 그의 팔에 머리를 베자마자 그는 다른 한 팔로 그녀의 몸을 감싸 안았다.

"엄마 품에 안겨 본 기억이 없어요. 그런데 기억이 있다고 해도 지금 동우 씨 품보다 좋지는 않았을 것 같아요."

똑바로 누워 있던 선민이 몸을 옆으로 하고 그의 품으로 파고들어 그의 가슴에 얼굴을 묻었다. 그러면서 자연스럽게 몸이 밀착되며 선민의 한 팔이 동우의 허리를 감아 안았다.

"내가 정말 많이 동우 씨를 좋아하나 봐요."

그를 향해 얼굴을 든 채 말하는 그녀의 예쁜 입술에 잘 자라는 의미로 동우는 가벼운 입맞춤을 시도했다. 하지만 촉촉하고 부드러운 선민의 입술을 그냥 스쳐 가기에 아쉬웠다.

그녀의 입술을 더 느끼고 싶은 마음에 그녀의 아랫입술을 살짝 물었다 놓았다. 그리고 다시 한 번, 그리고 또다시 길고 깊게. 그렇게 이어진 키스는 걷잡을 수 없이 뜨거워졌다.

"선민 씨."

그녀의 이름을 부르는 그의 목소리가 가라앉은 듯 애처로웠다. 그렇게 또다시 그가 그녀의 이름을 불렀다.

"구선민."

그녀는 자신의 이름을 부르는 그에게 대답 대신 그의 얼굴을 쓰다듬어 주었다. 그리고 이번에는 그의 입술을 그녀가 먼저 찾았다.

그녀의 키스로 인해 자연스럽게 그녀의 몸을 똑바로 눕히고 동우가 그 위로 올라왔다.

"더 이상의 고문은 참기 힘듭니다. 이제는 그냥 더 못 놔두겠습니다."

이번에도 그녀는 대답 대신 키스를 해 왔다. 그 키스를 허락으로 알고 동우는 살며시 그녀의 가슴을 감쌌다. 예감대로 그녀는 그의 손길을 거부하지 않았다.

소리 없이 대지를 적시는 비 내리는 봄밤에, 두 사람은 잠을 이루지 못하는 대신 아름답고 행복한 사랑을 나누었다.

한국인의 아침 식사로는 어울리지 않는 크림소스 스파게티를 앞에 두고 동우와 선민이 마주 앉았다.

함께 하룻밤을 보내고 난 후의 아침은 어색하고 부끄러우면서도 행복하고 또 다른 설렘이 있었다.

동우을 위해 아침을 거하게 준비했던 선민이 식사가 끝난 후

식탁을 정리하고 설거지를 하려 하자 동우가 그녀를 밀어냈다.

"여기는 내가 할 테니까 가서 촌스러운 거 보고 있어요."

"촌스러운 거요?"

"이런 거."

동우가 수희 방 수납장 한 구석에서 앨범을 꺼내 주었다.

"이거 진짜 촌스러운 건데."

그가 말을 그렇게 하니 더더욱 앨범 안에 담긴 동우의 역사가 궁금했다. 특히나 백 일 기념 나체 사진 한 장 정도는 볼 수 있지 않을까 싶어 궁금증을 넘어 흥미로워졌다. 아니나 다를까 그 첫 장부터 기대를 저버리지 않았다.

백일도 안 됐을 것 같은 올 누드의 신생아 사진이 첫 장을 장식한 모습을 보고 있으니 웃음이 안 나올 수가 없었다.

많지 않은 사진들을 보며 그가 자라 온 대충의 시간들을 훑고 있을 때, 모든 정리를 끝낸 동우가 옆으로 다가와 앉았다.

"선민 씨, 커피 줄까요?"

"좋죠."

그런데 그가 커피를 탈 생각은 하지 않고 그녀의 옆에 자리를 잡고 앉았다.

"혹시 여자 사진 나올까 봐 옆에서 감시하는 거예요?"

"그런 사진이 있으면 보여 주지도 않았습니다."

"미리미리 치워 놨을지 누가 알아요?"

"그만큼 선수는 아닙니다."

"그런데 왜 커피는 타 줄 생각 안 하고 여기 앉아 있는데요?"

"뽀뽀하고 가려고요."

쪽. 그가 그녀의 입술에 입을 맞추고 주방으로 들어갔다. 이제
는 그가 아예 소년으로 보인다. 이제 막 첫사랑을 시작하는 순수
한 소년. 그게 귀여워 동우의 모습이 보이지도 않는 주방을 보며
선민이 미소를 지었다.

딩동. 쾅쾅쾅쾅.

밖에서 요란하게 벨을 누르며 대문을 두드리는 소리가 들려왔
다.

선민뿐 아니라 동우도 놀랐는지 주방에서 급하게 뛰어나왔다.

"누굴까요?"

선민은 다급하게 문을 두드리는 주인공이 순영인 것 같아 벌써
부터 온몸이 얼어붙고 심장도 멈춰버린 것 같다.

"글쎄요. 이 시간에 올 사람이 없는데."

"혹시 우리 엄마가 아닐까요?"

"안에서 일단 기다려 봐요."

동우가 밖으로 나가고 선민이 현관 안에 있는 자신의 신발을
숨겨야 하는지 그리고 몸은 또 어디로 숨어야 하는지 이리저리
불안하게 서성거릴 때였다.

"아니, 난 또 도둑이 든 줄 알았잖아. 분명히 빈집인데 불이 켜
져 있으니까 누가 빈집인 거 알고 털러 온 건 아닌가 해서 경찰
불러서 올까도 했어. 어젯밤에 얼마나 놀랐는지. 서울 아줌니, 나

왔어요!"

밖에서 들리는 목소리는 부녀회장의 목소리였다.

순영이 아님에 안심을 하고 가슴을 쓸어내리는데 벌컥 하고 현관문이 열리면서 부녀회장과 선민의 눈이 딱 마주쳤다.

"아니, 저, 회장님!"

선민의 눈에 놀란 부녀회장 뒤로 더 놀라고 당황스러워하는 동우의 모습이 보였다.

"아, 안녕하셨어요, 회장님?"

선민도 무척 당황스러웠지만 일단 인사를 건넸다.

"서울 아줌니는?"

부녀회장의 말에 선민도 동우도 대답을 하지 못하고 머뭇거리자 부녀회장에게서 커다란 웃음소리가 터져 나왔다.

"호호호호. 얘기가 이렇게 되는 거여? 호호호호. 내가 이럴 거라고 예상은 하고 있었어. 다들 아니라고 해도 젊은 청춘남녀가 눈 맞으면 연애하고 그러는 거지, 뭐. 호호호호. 에고, 에고, 앙큼하기는."

부녀회장이 짓궂은 미소를 보이며 선민의 팔을 툭 쳤다. 그리고 현관을 나와 마당을 가로질러 가면서는 동우의 허리를 팔꿈치로 툭 건드렸다.

"보기하고 다르게 응큼혀."

그리고 또다시 커다란 웃음소리가 들렸고, 부녀회장은 대문을 나서기 전 의미심장한 미소로 두 사람을 한 번 더 보고는 밖으로 사라져 갔다.

'난 니들이 어젯밤 뭘 하면서 보냈는지 다 안다.' 고 말하는 것 같은 눈빛과 놀리는 것 같은 미소가 선민과 동우를 불안하게 만들었다.

"이제 어떡해요? 아줌마가 아시는 건 시간문제인 것 같은데."

"우리가 불륜도 아닌데 어떻습니까? 아시면 우리 사귀는 사이라고 말씀드리면 되는 거고. 부녀회장님 말씀대로 미혼의 청춘남녀가 연애하는 게 죄는 아니지 않습니까? 당연한 거지."

말은 그렇게 하지만 동우도 뭔가 편한 눈치는 아니었다.

부녀회장이 다녀간 일로 불편한 아침이었지만 헤어짐을 앞에 두니 그런 불편한 감정은 모두 사라졌다. 이제는 일주일을 또 떨어져 지내야 하는 사실이 아쉬울 뿐이었다. 그리고 두 사람은 그 아쉬움을 뜨거운 키스로 달래며 헤어져 각자 동해와 서울로 향했다.

8. 불균형이 아닌 사랑

정원의 완벽한 목소리 연기 때문인지 동우와의 외박은 어떠한 의심도 받지 않고 넘어갔다. 다만 인사불성이 되도록 술을 마셨다는 이유로 어마어마한 잔소리와 등짝에 매타작을 받아야 했지만 그건 예상했던 일이라 어렵지 않게 견딜 수 있었다.

본격적인 번역을 위해 선민은 도서관을 찾았다. 집에서는 순영과 선아의 TV 시청과 수다로 인해 집중이 되지 않아 일을 할 수 없었다. 도서관에서 사전을 찾아가며 번역하는 작업은 생각보다 어려웠지만 대학 시험 이후 집중할 게 생겼다는 것이 즐거웠다.

동우에게는 연애소설이라고 했지만 사실 좀 야한 연애소설이다. 대학 교수가 불감증 아내를 두고 어린 제자들과 관계를 갖는 그런 내용이었다.

뭐 이런 소설을 번역하라고 일을 줬나 싶어 정원을 원망했지만, 일을 이것만 하고 그만둘 게 아니기에 취향에 맞지 않지만 열심히 번역하고 있는 중이다.

커피 생각이 간절할 때 무음으로 되어 있는 휴대폰 화면이 켜지면서 수희에게 전화가 걸려 왔다. 순간 순영만큼이나 수희가 무섭고 불편한 존재로 다가왔다.

피할 수 있으면 피하고 싶은 전화지만 그럴 수 없어 휴대폰을 들고 밖으로 나와 수희의 전화를 받았다.

"여보세요?"

— 선민이?

"네. 아줌마. 안녕하셨어요?"

— 그렇지, 뭐. 선민이는? 엄마한테 끌려가서 큰일 난 줄 알았는데…… 무사한 거 같아 다행이네.

"네. 다행히 머리는 안 깎였어요."

— 바빠? 나 서울에 있는 거 알지? 지금 시간 돼? 좀 봤으면 하는데.

"네. 어디서 뵐까요?"

수희와 시내에 있는 백화점 커피숍에서 만날 약속을 하고 통화를 끝냈다.

주말에 부녀회장에게 동우와 함께 있던 일만 걸리지 않았다면 반가운 마음으로 달려가겠는데…… 수희를 만나러 가는 발걸음이 무겁기만 하다. 부녀회장이 수희에게 알리지 않았기를 바라지만 수다스러운 그 아주머니가 침묵을 지켰을 리 없다.

검찰청에 취조받으러 가는 범죄자와 같은 마음으로 약속 장소로 들어가니, 약속 시간까지 여유가 있음에도 불구하고 수희가 먼저 와 있었다.

고개를 숙여 인사하고 최대한 자연스럽게 반가운 미소를 지어 보였다.

"어서 와. 엄마한테 많이 시달려서 그런지 말랐네?"

예전에 그녀와 함께 지내며 동고동락하던 포근한 아줌마, 수희가 아니었다. 그렇다고 그녀를 차갑게 대하는 것도 아니었다. 적당히 거리를 유지하는 것 같은 그런 수희의 태도에 서운함이 밀려왔다.

"아줌마도 좀 마르신 것 같아요. 어디 아프셨어요?"

"공기 좋고 인심 좋은 곳에 있다가 팍팍한 곳에 갇혀 사는데 안 아프면 이상한 거지."

"저도 이화리에 있을 때는 몰랐는데 서울에 와서 지내보니까 그곳이 정말 살기 좋았던 곳이라는 게 느껴지더라고요."

"이화리가 좋았던 거야? 아니면 우리 동우가 좋았던 거야?"

정곡을 찌르며 묻는 수희의 질문에 선민은 당황했다. 웃으며 농담처럼 물어봐도 가슴이 철렁할 텐데 수희의 얼굴은 무척이나 심각하기만 하다.

"……둘 다요."

"언제부터였어? 우리 동우하고 그런 사이가 된 건?"

"……딱히 언제부터라고 말씀드릴 수는 없고……. 그냥 어쩌다 보니 자연스럽게……."

"동우한테 혼자 사기당한 것처럼 하고 내가 당한 거에 대해서 입 다물어 준 건 고마워. 그건 정말 고맙게 생각해. 그런데 난 선민이를 며느리로 보고 싶지 않아. 그냥 딸같이 편하게 보고 싶어. 주말마다 이화리에서 고기 구워 먹고, 시간 되면 같이 과수원 일도 하고. 그때 우리 둘이 지낸 것처럼 속에 있는 얘기 편하게 털어놓는 그런 사이가 되고 싶지, 고부 사이는 싫어."

반은 이해가 가고 반은 이해가 가지 않았다. 딸처럼 편하게 지내는 건 선민도 원하는 바이지만 며느리는 싫다니.

동우에 비해 자신이 턱없이 부족하다는 말로 들렸다. 아니면 며느리에 대한 수희의 기대치에 못 미치거나. 엎어 치나 메치나 어쨌든 동우의 짝으로 허락할 수 없다는 말이다.

'잘 할게요. 허락해 주세요.'

라고 말하고 싶지는 않았다. 사랑 앞에서 자존심 따위는 중요하지 않다고 하는데 이상하게 선민은 지금 수희의 반대에 자존심이 상했다.

동우가 좋은 남자인 건 인정하지만 자신 역시 그에 비해 딱히 못날 것도 없지 않은가.

그렇다고 수희에게 왜 며느리는 안 되는 거냐고 따질 수도 없었다.

"아직 동우 씨하고 결혼에 대한 얘기는 한 적 없어요."

"결혼에 대한 얘기가 없었으면서 함께 밤을 보냈어? 그리고 동우가 그 나이에 여자를 재미로 만나겠어? 동우가 그럴 애야? 아닌 거 선민이가 더 잘 알잖아. 그럼 선민이는 우리 동우하고 결혼 생각도 없으면서 만나고 같이 잠자고 그런 거야?"

"아줌마! 저도 동우 씨를 가볍게 생각하고 만나는 거 아니에요. 아직은 서로를 알아 가는 중이에요."

"그럼 지금 끝내야 미련이 덜하지 않을까?"

"아줌마……. 정말 동우 씨하고 끝내길 바라세요?"

"응."

그렇게 하겠다는 말을 하고 싶은데 그 말이 차마 나오지 않았다. 차라리 굽히고 들어가 잘 봐 달라는 말을 해야 될 것도 같지만 그런 말 역시 나오지 않았다. 그저 지금의 상황이 답답해서 벗어나고만 싶었다. 그리고 동우가 몹시도 그리웠다.

동우라면 이 상황에서 어떻게 했을까? 아마도 수희를 무섭게 바라보며 오히려 몰아붙이고 상황을 뒤바꾸지 않았을까.

"어때? 내가 반대하니까 힘들고 괴롭고 미칠 것 같지?"

"네?"

"선민이 마음은 확실한데 어머니라는 사람이 제가 데리고 살 것도 아니면서 아들의 인생에 끼어드는 거 보기 안 좋지?"

선민은 수희의 말을 이해할 수 없었다. 당장 헤어지라고 쓴소리를 할 것처럼 모질게 굴던 수희가 갑자기 부드러운 목소리로 물어 오는데 이건 뭔가 싶었다.

"솔직하게 말해 봐. 내가 동우 결혼과 인생에 이렇게 참견하는 건 아니라는 생각 안 들어?"

비아냥거리며 묻는 게 아니었다. 그녀가 알고 있던 수희의 푸근한 얼굴과 목소리로 돌아와 묻고 있다.

"아줌마…… 저한테 어떤 걸……."

"선민이."

수희가 갑자기 선민이의 손을 덥석 잡았다. 그리고 방금 전까지 그녀를 힘들게 했던 고고함이 사라진 애절한 얼굴로 애원하기 시작했다.

"나 좀 도와줘. 나도 동우하고 선민이 연애하고 결혼하는 데 축복만 해 줄 테니까 선민이가 우리 동우 맘을 좀 돌려 줘. 새로 시작하고 싶은 내 마음을 이해해 주고 축복해 줘. 응?"

"무슨 말씀을 하시는지……."

"딱 아까까지의 나처럼 동우가 반대하고 있어."

"뭐를요?"

"내 결혼, 내 재혼."

"네?"

이건 자신을 며느리로 반대하는 것보다 더한 충격적 사실이라고 생각했는데, 이것보다 더한 이야기가 수희에게서 이어져 나왔다.

"나…… 이장님하고…… 새 출발 하기로 했어."

두 사람의 첫 만남을 돌이켜 생각해 보면 좋은 사이로 발전해 나갔다는 것은 당연한 걸지도 모른다. 중년의 남녀라고 해서 사랑이라는 감정을 느끼지 말란 법은 없으니까. 하지만 결혼으로까지 발전했을 줄이야.

"언제…… 그렇게……? 그런데 동우 씨는 왜 반대를 하는 건데요?"

수희는 한숨을 푹 내쉬더니 냉수를 들이켰다.

"그냥 혼자 살래. 결혼해 봐야 뭐 좋은 게 있느냐고, 외로울 때 의지하는 좋은 친구로만 지내래. 그러는 지는 혼자 살 건가?"

새치름하게 눈을 치뜨는 수희의 표정이 사춘기 소녀같이 귀엽다.

"그래서 지도 혼자 살 생각인 줄 알았더니, 세상에! 선민이하고 이화리에서 밤을 보낼 줄 누가 알았겠어? 내가 그냥 달려가서 선민이 엄마가 한다는 것처럼 동우 머리를 **빡빡** 밀어 버리려고 했는데……. 그놈 잡는 것보다 선민이 잡는 게 더 나을 거라는 생각이 들어서……. 나 선민이 믿는다. 도와줘, 응? 안 그럼 나도 둘 결혼 못 시켜."

두 손을 고이 모으고 자신을 애처롭게 바라보는 수희가 안쓰럽기도 하고 우습기도 했다.

저 나이에 사랑을 할 수 있다는 것도, 재혼을 하려 하는 것도, 아들의 반대를 이겨 보겠다고 자신을 찾아와 협박 같지 않은 협박을 하는 것도 모두가 귀여웠다.

"도와드릴게요. 다른 분도 아니고 이장님이신데 제가 모른 척할 수는 없죠. 그런데 어떻게 도와드려야 하죠?"

"동우의 마음을 돌려야지."

"제가요? 그건…… 쉽지 않을 것 같은데요."

"쉬워. 제일 쉬워! 선민이가 할 수 있는 일 중에 제일 쉬운 일이야."

"그렇게 쉬운 일이면 애초에 반대를 하지 않았을걸요. 동우 씨는 신중한 사람이고 또 이건 저하고 별개로 아줌마 문제니까, 제가 아무리 설득을 하더라도 쉽게 마음을 바꾸지 않을 것 같아요."

"내 속으로 낳은 내 아들이야. 내가 알아. 애를 태워 봐. 동우 애를 태워서 마음을 돌려 줘."

"네? 애를 태워요?"

"손도 잡지 말고, 뽀뽀도 해 주지 말고……. 또 같이…… 자 주지도 마."

선민의 얼굴이 화끈 달아올랐다. 하지만 수희는 아랑곳하지 않았다.

"그래서 동우가 애타고 몸 달아할 때 말해. 나하고 이장님 결혼 반대하면 동우한테 아무것도 해 주지 않겠다고."

그 방법이 과연 먹힐까? 과연 자신이 그의 굳은 마음을 돌릴 수 있을 만큼 큰 존재일까?

유치하면서 억지스러운 방법이기는 하지만 선민은 그렇게 해보기로 했다. 수희를 위해서라기보다 그에게 있어 그녀의 존재 가치가 어떤지 확인해 보고 싶은 마음에.

"먹힐지 모르겠지만…… 해 볼게요."

"고마워. 내가 선민이는 이해해 줄 거라고 믿었어."

"그런데 이 방법이 안 통하면 어쩌죠?"

"뭘 어째? 홀시어머니의 따가운 시집살이를 견뎌야지."

말을 꺼낸 수희와 황당한 얼굴로 그 말을 듣고 있던 선민이 동시에 웃음을 터뜨렸다.

사랑에 빠진 두 여자의 웃음은 나이를 떠나 화사하기만 했다.

＊＊＊

"또 외박이야?"

출판사 직원들과 1박2일 워크샵을 가야 한다는 이유를 대며 짐을 싸고 있는 선민을 못 믿겠다는 듯 순영이 쏘아보며 물었다.

"외박이 아니라 일이라고, 일."

"네가 무슨 정식 직원도 아니고 번역해 주는 프리랜서인데 워크샵까지 같이 가?"

선아까지 나서서 그녀를 의심하고 있었다.

"왜들 이래? 일 때문에 워크샵 간다는데 그 눈빛들은 뭐야?"

"사기당할까 봐 그래! 또 거짓말하고 어디 가서 사기나 당하지 않을까 걱정돼서 그렇다고!"

"사기당할 돈도 없으니까 걱정 마!"

"돈 가지고 당하면 다행이지. 몸 팔려 가면……."

짝! 선아의 등으로 배 여사의 손바닥이 강력한 스파이크를 날렸다. 소리만 들어도 맞지 않은 선민의 등까지 찌릿할 정도다.

"이년이, 동생한테 못하는 소리가 없어!"

"아! 엄마! 아무리 그래도 그렇지! 아파!"

자매의 말다툼이 모녀의 말다툼으로 번지고 있었다.

"언니는 형부가 미국인이라 다행인 줄 알아. 안 그랬으면 진즉에 소박맞아 쫓겨났어. 고상하지 못한 언니의 말본새를 형부가 알았다면 당장 한국으로 쫓아냈을 거다."

"네 형부가 미국인이라서 나를 데리고 사는 게 아니라, 내 진가를 알기 때문이라고!"

선민은 선아와 말싸움을 하며 시간 낭비를 하고 싶지 않아 짐 가방을 들고 신발을 꿰신었다.

"다녀올게."

"너 그 장교하고는 어떻게 잘돼 가는 거야? 연애를 하는 거야? 아니면 잘 안 되는 거야?"

"훈련 중이라니까. 다음 주나 돼야 만날 수 있어."

"그래? 그렇게 만나는 것도 쉽지 않은데. 그냥 언니가 해 주는 남자……."

순영의 다음 말은 듣지 않아도 뻔하기에 선민은 후다닥 집을 나섰다.

'만나는 거 쉽지 않지. 하지만 또 어렵지도 않으니까 걱정 마셔, 배 여사님.'

선민은 터미널로 가기 전 정원의 집에 먼저 들렀다. 연인과 함께 있는 주말 아침을 방해하기 싫었지만 완전 범죄를 위해서는 어쩔 수 없는 일이었다.

[도착했어. 5분 후에 올라간다.]

문자를 보내고 5분 후에 선민은 정원의 집으로 올라갔다. 현관문이 열려 있었고 선민이 들어가자 정원이 쇼핑백 하나를 건네주었다.

"여기. 정말 볼수록 신기하다, 구선민. 네가 이런 짓까지 할 줄 정말 몰랐다."

"넌 안 한 것처럼 얘기한다? 이거 다 너한테 배운 거거든?!"

"배우려거든 이십 대 때 배워서 했어야지, 다 늙어서 유치하게 이게 뭐니?"

"다 이유가 있어."

"이유가 있겠지. 엄마는 몰라야 하고, 남자한테는 잘 보여야 하고."

"그런 거 아니야."

선민은 정원에게 받은 쇼핑백을 들고 드레스 룸으로 들어갔다. 그리고 그 안에서 워크샵 복장이라고 입은 청바지와 바람막이 점퍼를 벗고 쇼핑백 안에 있는 원피스를 꺼내어 입고 거울 앞에 섰다.

봄 날씨에 어울리는 연한 핑크 컬러의 산뜻한 원피스가 그녀의 늘씬한 다리 위에서 살랑거렸다.

'반은 성공한 것 같은데. 흐흐.'

드레스 룸을 나와 준비되어 있는 구두를 신었다.

"간다."

"고등학생도 아닌데 왜 그렇게 연애하니? 나이 서른이면 집에서 일부러라도 남자를 붙여 준다는데."

"네가 지금 우리 엄마를 몰라서 하는 말이냐?"

"너는 얼른 결혼해야겠다."

정원의 걱정을 뒤로하고 나와 터미널로 향했다. 그리고 버스를 타기 전 터미널에 있는 마트에 들러 잔뜩 장을 봤다.

동우를 위한 물품들과 먹거리를 사고, 부하 병사들을 위한 간식거리를 잔뜩 사서 낑낑거리며 고속버스 짐칸에 싣고 지정된 좌석에 앉았다.

동우를 만나러 가는 설렘, 바다를 볼 수 있다는 기대, 그리고 오늘 그를 잔뜩 긴장시킬 비장의 전략을 가지고 가는 이 길이 여행 가는 것보다 더 들뜨고 흥분된다.

선민은 휴대폰을 꺼내 문자를 찍어 보냈다.

[아줌마, 출발해요. 우리 파이팅이에요!]

답이 들어왔다.

[꼭 승리하도록! 필승!]

서서히 버스가 출발하자 선민의 얼굴에 미소가 가득하다.

터미널로 동우가 마중을 나왔다. 낯선 곳에서 듬직한 모습으로 그녀를 맞이해 주는 그를 보자 절로 행복해진다.

"뭘 이렇게 많이 챙겨 왔습니까?"

양손에 무겁게 든 짐을 그가 받아 들며 물었다.

"흉보지 마세요. 촌스럽다고."

"무슨 말입니까? 흉을 보다니요?"

"경험이 없어서 옛날 친구들이 하던 기억을 떠올렸거든요. 치킨하고 과자를 많이 사 갔던 것 같아서 마트에 들러 치킨하고 과자를 사기는 했는데……. 그런 거 못 먹는 산골 오지의 부대도 아니고 부대에 갇혀 지내는 일반 병사도 아닌 해군 장교 만나러 오면서 싸 오는 음식이 너무 세련되지 못한 것 같아서요."

"세월이 흘러도 변하지 않는 것들이 있습니다. 군인들은 계급 가리지 않고 치킨하고 과자 좋아합니다. 특히나 제가 치킨을 많이 좋아합니다. 아주 탁월한 선택을 하신 겁니다."

그렇게 말을 해 주니 선민의 마음이 편해졌다. 동우 혼자 먹을 음식으로 가져온 것이 아니기에 그가 놀림받을 일은 없겠다는 생각에서였다.

"그런데 왜 그렇게 예쁘게 하고 온 겁니까? 나 말고 누구한테 잘 보일 일 있습니까?"

"네?"

동우는 눈을 동그랗게 뜨는 선민을 따뜻한 미소를 지으며 바라보았다.

먹을거리를 싸 들고 '면회'라는 것을 하고 싶다던 그녀가 동해까지 왔다. 자신을 찾아 부대까지 온 그녀로 인한 설렘을 어찌 표현할 수 있을까. 사관학교 제복을 처음 입었을 때의 설렘이 이보다 더했을까 싶다. 그녀를 만나러 이화리에 갈 때보다 더 행복했고 더 기대되는 날이었다.

그녀가 싸 올 먹거리 메뉴도 궁금했고, 그녀를 데리고 어디로 가서 어떻게 시간을 보내야 하는지도 고민이었다. 적어도 그녀의 모습을 보기 전까지, 아니 잘 닦은 사과처럼 탐스럽게 빛나는 그녀의 입술이 눈에 들어오기 전까지 그의 마음은 그렇게 순수하기만 했었다.

지금 그는 차를 길에 세워 놓고 그녀의 입술에 입 맞추고 싶어 미칠 지경이다. 그 마음을 겨우 억누르고 있는데 이번에는 스커트를 입어서 반쯤 보이는 그녀의 허벅지가 눈에 들어왔다.

"면회의 기본! 이곳은 피 끓는 청춘들이 있는 부대입니다. 스커트는 피해야 하는 거 모릅니까?"

"아, 진짜요?"

이 원피스를 입고 오기까지 어떤 우여곡절을 겪었는데. 신경 쓴 자신의 정성을 모르는 동우에게 서운하다기보다 괜한 짓을 했나 싶어 후회 중이다.

그런데 그가 차까지 세운다. 정말 원피스를 입고 온 게 문제인가 보다.

"도저히 안 되겠습니다."

그가 입을 맞춰 온다. 그녀의 입술에 굶주렸던 사람처럼 입술을 탐하는 속도가 무척이나 빠르고 격하다.

'안 되는데…… 애타게 만들어서 딜을 해야 하는데…….'

그 생각에 미치자 선민이 몸을 빼고 입술을 뗐다.

갑작스럽게 도망가듯 입술을 뗀 그녀를 바라보는 동우의 얼굴에 당황한 기색이 스쳤지만, 이내 제 얼굴을 찾고는 차에 시동을 걸었다.

"너무 예뻐서 그랬습니다."

제대로 계획이 먹혀 들어가는 것 같아 다행이다.

"일단 부대에 들러 애들한테 먹을거리 전해 주고 좋은 데로 가서 점심 먹죠."

"네."

부대에 도착한 동우는 전화로 부하병사를 불러냈다.

"필승!"

차에서 내린 동우에게 경례를 하는 병사는 이병답게 어리고 군기가 바짝 들어 있었다.

"지금 뭐 하고들 있나?"

"족구 하고 있습니다."

"이거 가지고 가라."

동우가 선민이 가져온 간식거리들을 꺼내 병사에게 건네주었다.

간식을 보고 얼굴이 환해진 병사는 곧이어 차 안의 선민을 보더니 혼이 나간 사람처럼 갑자기 얼어붙었다.

"왜?"

"아닙니다. 잘 먹겠습니다!"

간식거리를 잔뜩 들고 부대 안으로 들어가려던 병사를 동우가 불렀다.

"야, 정 이병! 이분께 제대로 인사하고 가라. 그 간식 제공자시니까."

"고맙습니다! 잘 먹겠습니다! 필승!"

병사가 동우에게 했던 것처럼 제대로 된 경례까지 붙였다. 군기가 바짝 들어 있는 모습에 선민은 쭈뼛거리며 고개를 숙여 답을 해 주었다.

"자, 우리도 가서 뭣 좀 먹읍시다."

동우는 선민을 바닷가 근처 작은 식당으로 데리고 갔고, 그곳은 그의 단골이었는지 주인아주머니의 후한 대접과 서비스를 받으며 싱싱한 해물과 매운탕으로 점심을 해결했다.

"다음은 한국의 나폴리라고 하는 장호항으로 갈 건데, 가 봤습니까?"

"아니요. 진짜 나폴리 같은 곳이 있어요?"

"가 보면 왜 나폴리라고 하는지 알 수 있을 겁니다."

동우의 말대로 그가 데리고 간 장호항은 아름다운 곳이었고, 그곳 경치를 바라보며 선민은 쉽게 일어나지 못했다.

투명 카누가 있다고 했지만 계절이 아니어서 타 보지 못하는 아쉬움을 뒤로한 채 선민은 동우의 차를 타고 다시 이동했다.

해안도로를 따라 달려 도착한 곳은 강릉 해변의 고급 리조트였다.

"여기는……."

"커피 한 잔 마실까요?"

그냥 커피를 마시러 온 것인지 아니면 오늘 그가 잡은 숙소가 이곳인지 알 수 없게 그는 그녀를 데리고 리조트 로비에 있는 커피숍으로 향했다.

커피숍 전면이 모두 유리로 되어 있어 밖으로 바다가 보였다. 잔잔한 음악과 은은한 커피 향이 마음을 느긋하게 해 주는 곳이었다.

하지만 느긋하고 여유 있는 마음으로 계속 앉아만 있을 수는 없었다. 지금부터 슬슬 계획을 실천해야 한다.

"올라가는 막차 몇 시죠?"

선민의 질문에 동우의 표정이 굳어졌다.

"설마 그 막차가 오늘 올라가는 막차를 말하는 건 아니겠죠?"

"오늘 올라가는 거죠. 몇 시에 있어요? 강릉이면 늦게까지 자주 있겠네요? 알아볼까?"

선민이 휴대폰을 꺼내 인터넷 검색을 하려는데 동우가 그녀의 휴대폰을 빼앗았다.

"선민 씨. 정말 오늘 올라가겠다는 겁니까?"

"네."

예상치 못한 상황에 놀랐는지 그는 아무 말도 하지 못하고 있었다. 굳어진 표정을 풀지 않은 채 선민을 뚫어지게 보고만 있었다.

그의 무표정이 선민의 마음 한구석을 움찔하게 만들었지만 겉으로는 아무렇지 않은 듯 그녀도 한결같은 무표정으로 버티고 있었다.

"왜 올라가려고 합니까?"

"왜라뇨? 엄마가 걱정도 하고, 또 집이 없는 것도 아니고 차편이 없는 것도 아닌데 굳이 자고 가야 할 이유가 없잖아요."

점점 더 굳어지는 동우의 표정에 선민의 마음은 움츠러들기 시작했다. 잊고 있던 동우의 카리스마가 떠올랐고 이대로 가다가는 자신이 그에게 백기를 들 것 같은 예감이 들었다.

"못 갑니다."

"갈 건데요."

"못 간다고요!"

"왜요?"

"여기…… 이 리조트 스위트룸 예약해 놨습니다."

"동우 씨 혼자 가서 자도 되는 거잖아요. 꼭…… 둘이 가서 자야 하는 건 아니잖아요."

"꼭 둘이 가서 자야 합니다."

두 사람의 눈싸움과 기싸움이 시작되었다. 말없이 서로의 고집을 담은 눈으로 바라보았다.

언제쯤 그에게 져 주듯 숙이고 들어가야 하나 선민이 고민할 때 동우가 흥분을 가라앉힌 차분한 목소리로 물었다.

"선민 씨, 갑자기 왜 이럽니까? 내가 무슨 실수 했습니까?"

"그런 거 아니에요. 그냥…… 알게 된 시간이 짧은데 이래도 되는 건가 하는 마음이 들고……."

"시간의 문제가 아니라 서로에 대해 얼마나 진심인가가 중요한 거 아닙니까? 난 선민 씨에게 진심입니다. 다 주고 싶고, 안 보면 보고 싶고, 보고 있으면 안고 싶고, 같이 있어도 계속 옆에 두고 보내고 싶지 않고 그렇습니다. 내 그런 마음이 안 느껴집니까? 내가 선민 씨 데리고 장난하는 거 같습니까?"

"아니요."

"그러지 마요. 보고 싶을 때 마음대로 볼 수 없게 떨어져 있는 것도 힘든데…… 만나서까지 이러지 말아요, 선민 씨."

그건 선민도 같은 마음이다. 다만 지금은 표현할 수 없어 안타까울 뿐이었다.

선민이 고개를 끄덕였다.

"막차 타고 갈 거 아니죠?"

또다시 선민이 고개를 끄덕였고 그제야 두 사람의 무겁고 어두웠던 분위기가 밝아졌다.

두 사람의 찻잔이 비자 동우가 서두르기 시작했다.

"올라가서 편하게 쉬는 게 좋을 것 같은데, 올라가죠?"

"……네, 그, 그러죠."

커피숍을 나와 프런트에서 키를 받은 동우와 함께 승강기에 올랐다.

기분이 묘했다. 사랑하는 사람과 편하게 있을 공간으로 들어간다는 생각보다는 섹스를 위한 공간으로 들어간다는 음란한 생각이 그녀를 부끄럽게 만들었다.

집에서 단둘이 있을 때와 다른 긴장감과 부끄러움이 그녀의 호흡을 불규칙하게 만들었다.

하지만 룸에 들어와 통유리로 되어 있는 창과 그 밖으로 보이는 쪽빛 바다에 시선을 빼앗기고부터는 그곳에 마음까지 빼앗겨 버렸다.

고급스럽고 세련된 호텔 스위트룸의 인테리어도 최고지만 마치 바다 위에 낙원을 만들어 놓은 것 같은 경관이 예술이었다.

"어때요? 맘에 듭니까?"

넋을 놓고 창밖을 바라보는 선민의 뒤에서 동우가 그녀의 허리를 안으며 물었다.

"네. 완전 예술이에요. 너무 예뻐요."

"사실, 우리의 첫날밤을 이화리 집에서 보낸 게 선민 씨한테 미안해서…… 오늘은 신경 좀 썼습니다."

동우가 그녀의 목에 입술을 댔다. 목선에서 느껴지는 촉촉한 그의 입술과 숨결이 그녀의 온 신경을 긴장시킴과 동시에 알 수 없는 감각들이 깨어나기 시작했다.

동우가 그녀의 머리카락을 옆으로 밀어내고 본격적으로 그녀의 목선을 따라 키스를 퍼붓기 시작했다.

"도, 동우 씨."

선민이 몸을 돌렸다.

"아직 날도 밝은데…… 이러는 건 좀……."

동우가 급하게 테이블 위에서 리모컨을 집어 들어 버튼을 눌렀다. 그러자 커튼이 커다란 창을 가리기 시작했고 룸으로 어둠이

깔렸다.

당황해하는 선민을 번쩍 안아 들고 침대에 눕힌 동우는 이제 다시는 어떤 방해도 받지 않고 그녀를 안겠다는 의지를 불태우듯 이글거리는 눈으로 그녀를 보며 속삭였다.

"이제 모든 건 뒤로 미룹시다."

그가 뜨겁게 그녀의 입술을 막아 버렸다.

'이러면 안 되는데…… 이러면 계획 실패인데…….'

그녀의 머리는 그를 밀어내고 계획대로 움직이라고 하지만 몸과 마음은 이성을 배반하고 있는 중이었다.

그의 손이 부드럽게 그녀의 가슴을 감싸 쥐고 정점을 찾는 순간, 마지막 남아 있던 이성이 저 멀리 날아가 버리고 말았다.

'아, 몰라, 몰라. 지금 이 사람이 이렇게 해 주는 게 너무 좋아. 모든 걸 뒤로 미루자고 했으니까…….'

수희의 사랑과 재혼을 위한 계획 따위는 없다. 오로지 그가 주는 달콤하면서 뜨거운 감각과 몸짓을 느끼고 나누고 싶은 마음뿐이었다.

커튼이 열리면서 어두웠던 룸이 밝아지기는 했지만, 해가 지기 시작한 시간이라 환한 빛이 들어오지는 않았다.

사랑을 나누고 난 후 나신으로 동우의 품에 안겨 있던 선민은 다행이라는 생각이 들었다. 너무 밝았으면 흥분으로 들떠 있는 자신의 붉은 빰과 땀으로 얼룩져 있을 얼굴을 그에게 적나라하게 들켜 창피했을 것이다.

온 힘과 정열을 그녀에게 퍼부은 것 같은데도 아직도 아쉬운지, 그가 선민의 손에 깍지를 끼고 그녀의 이마에 가벼운 키스를 계속하고 있었다.

"동우 씨. 사랑을 한다는 건 참 아름다운 축복인 거 같아요."

"그렇죠."

"그런데 왜 동우 씨는 어머니 사랑을 반대해요?"

선민은 돌아가지 않기로 했다. 동우 앞에서 머리를 써 가며 그를 시험하듯 그렇게 답을 받아 내고 싶지 않아졌다. 그를 사랑하는 것만큼 그 앞에서 숨기거나 속이면 안 되겠다는 생각에 수희 문제를 바로 꺼내 들었다.

동우는 갑작스러운 선민의 말에 놀랐는지 이마에 쏟아붓던 키스를 멈추고 허리를 곧추세우고 앉아 그녀를 빤히 바라봤다.

"어머니를 만났습니까?"

"네."

"선민 씨에게 어머니가 나를 설득해 달라고 했습니까?"

"네. 하지만 아줌마가 그렇게 말하지 않았어도 난 아줌마 편에 서서 동우 씨를 설득했을 거예요."

평안했던 그의 얼굴이 깨지기 시작했다. 아마도 마음은 그보다 더 심하게 깨지고 있을지 모르지만, 선민은 동우에게 제 할 말을 다 하기 시작했다.

"아줌마도 우리처럼 사랑을 하시는 거예요. 나이가 좀 있어도 마음에서 느껴지는 사랑은 누구에게나 다 같은 거라고 생각해요. 동우 씨가 그렇게 두 분을 반대하면서……."

"반대한 적 없습니다. 다만, 재혼을 하지 말라는 거지."

"사랑하면 같이 있고 싶어지고 또 같이 있으려면 동거나 결혼을 해야 하는데, 두 분 연세에 동거는 좀 그렇잖아요."

"선민 씨 말대로라면 선민 씨, 나하고 동거할래요? 아니면 결혼할래요?"

"동우 씨!"

"아무리 사랑해도 형편이라는 게 있고, 입장이라는 게 있고, 경우라는 게 있습니다. 꼭 사랑한다고 해서 동거나 결혼으로 가지 않아도 된다는 겁니다."

"그럼, 아줌마의 경우도 그렇고 우리 경우도 그렇고…… 사랑하지만 결혼은 안 되는 경우와 형편과 입장이라는 건가요?"

"어머니 경우는 빼고 우리만 얘기합시다, 그럼."

"아니요. 난 우리 빼고 아줌마 얘기를 하고 싶어요."

"왜! 왜 우리 둘이 있는데 어머니 얘기를 해야 합니까? 난 둘이 있는 이 시간도 아까워서 미치겠는데 왜 어머니 얘기로 시간을 낭비해야 하는 겁니까? 선민 씨, 우리……."

"왜 반대하는 거예요? 연애는 해도 결혼은 왜 안 되는 거예요?"

선민은 굽히지 않고 물었다.

동우가 벌떡 일어나 바닥에 떨어진 옷을 주워 입었다. 그런 행동이 무척 거칠게 보였지만 선민은 조용히 바라보고만 있었다.

"그 결혼이 여러 사람 힘들게 할 것 같아서 그렇습니다. 어머니는 누구를 위해 희생 같은 거 안 하시는 분입니다. 아니 못 하십니다. 그런 분이 농사짓고 사는 이장님과 살면 이장님이 힘들어집니다."

옷을 입고 창가로 간 동우가 밖을 보더니 다시 선민에게 시선을 돌린 후 말을 이었다.

"이장님한테 아들이 둘 있다고 들었습니다. 아마도 그 아들들한테도 어머니는 대접받지 못하는 새어머니가 될 건데, 그런 거보고 싶지 않습니다. 그냥 내 어머니로, 나만 그런 어머니를 받아들이고 이해하면서 사는 게 나도, 어머니도 그리고 이장님에게도가장 좋은 방법일 겁니다."

그 말을 듣는 순간 선민은 자신의 옛 사랑이 생각났다.

선민은 규민을 위해 모든 걸 다 맞춰 주었다. 고시 공부를 하는 그를 위해 자신이 먹을 것을 줄여 가며 보양식을 먹이고 자신의 차림보다는 그의 차림새에 신경을 써서 더 좋은 옷을 사 주기도 했다. 오로지 공부만 할 수 있도록 그리움을 참아 가면서 그가 사법고시에 합격하기만을 바랐다.

그는 서로의 바람대로 사법고시에 합격했고 변호사가 되었다. 제법 규모가 있는 로펌에 들어가면서 선민의 마음고생은 끝난 줄알았다. 하지만 그건 시작이었다.

'여기저기서 여자 한번 만나 보라고 하는데 기본으로 집 한 채들고 시집오겠대. 난 그냥 변호사가 꿈이었는데 이렇게까지 내가

이룬 꿈이 대단할 건 줄 몰랐네.'

그 말이 선민을 불안하게 만들었고 결국…….

'내가 웬만하면 우리 정 생각해서 너하고 결혼하고 싶은데 이건 차이가 나도 어느 정도여야 말이지. 우리 로펌 파트너 변호사님들은 물론이고 어시들도 와이프들이 장난 아니야. 처갓집 줄 타고 파트너까지 오른 사람들도 꽤 되고. 너하고 결혼하면 나 여기 로펌에서 버티기도 힘들 것 같다. 나도 가진 게 없는데 처가까지 없으면 맨땅에 헤딩하다가 끝날 게 뻔하거든.'

그런 말을 듣고 상처를 받은 선민은 규민과 끝을 냈다.

한쪽으로만 치우친 사랑, 그런 사랑을 당연히 받아들이는 쪽과, 당연히 퍼 주어야 하는 쪽. 그런 불균형이 가져다주는 결말을 누구보다 잘 안다.

만일 수희와 이장과의 사랑이 그런 관계라면 동우와 함께 반대를 해야 정상이다. 하지만 이상하게 수희의 사랑을 지지하고 싶어진다. 앞으로 이어질 동우와의 관계가 수희의 손에 달린 것과 상관없이 소녀 같은 얼굴을 하던 수희의 사랑을 믿고 싶었다.

"그건 모르는 일이잖아요. 두 분이 결혼해서 아줌마가 희생을 하고 이장님이 그 희생을 당연히 받아들일지 누가 알아요? 두 분이 함께하기 전에는 모르는 일이에요. 그러니까 그렇게 단정 지어서 반대하지 말아요. 우리 둘도 모르는 일이에요. 당장은 동우 씨가 우리 엄마한테 돈까지 갚아 주면서 잘해 주지만, 또 나중에는 나한테 뭔가를 바라는 사람이 될지도."

화가 난 것처럼 거칠었던 동우와는 달리 선민의 말과 행동은 조용하고 차분했다. 침대에서 나와 옷을 챙겨 입고 거울을 보며 자신의 매무새를 확인하면서도 그녀는 여유가 있어 보였다.

"우리 엄마 극성에 지겨워서 날 떠날 수도 있어요, 동우 씨가. 내가 그만큼 동우 씨에게 해 줄 것도, 해 준 것도 없으면. 안 그래요?"

동우가 선민에게 성큼 다가왔다.

"그게 무슨 말입니까? 내가 그렇게밖에 안 보입니까? 내 진심이 계산적으로 보이는 겁니까?"

아직도 동우는 감정적으로 흥분해 있는 것처럼 보였다.

"그럴 수 있다는 거예요. 사랑에 있어서 불균형한 감정이나 마음뿐 아니라 불균형한 조건이나 희생이 서로에게 얼마나 고단하고 불편한 건지 잘 알아요. 그렇게 볼 때…… 나보다 동우 씨가 나한테 더 많이 해 줄 것 같거든요."

동우가 아주 가까운 거리에서 그녀를 바라보고 있었다. 갑자기 두려운 마음이 들었다.

"난 동우 씨에 비해 부족한 것들이 많고. 해 줄 수 있는 것들도 적고. 혹시라도 나중에 그런 나한테 지치면 미리 말해 줘요. 애써 의리 같은 감정으로 붙들고 있지 말고."

이상하다. 의도는 이게 아니었는데 말을 하다 보니 너무 앞서 갔고 자신의 말에 감정이 배어들어 정말로 동우가 규민처럼 자신을 버릴까 두려워졌다.

동우가 그럴 사람이 아니라는 걸 알면서도 이상하게 눈물이 흘렀다.

그런 그녀를 보던 동우가 조용히 물었다.

"과거에 그런 사랑을 했습니까? 그래서 지금도 아픈 겁니까?"

그런 사랑을 했지만 그 사랑으로 지금까지 아픈 건 아니다.

자신이 규민에게 했던 것처럼 그렇게 자신에게 해 줄 남자를 만나고 싶었다. 그리고 동우는 그렇게 해 줄 수 있을 것 같은 남자였다. 그런 남자여서 동우를 사랑한 게 아니라 동우를 사랑하고 보니 그런 남자여서 더 좋았다.

동우가 그녀를 따뜻하게 안아 주었다.

"날 믿지 못합니까?"

한참을 그녀의 머리와 등을 쓰다듬어 주던 그가 물었다.

믿는다. 윤동우만큼 믿고 사랑할 만한 남자도 드물다는 걸 잘 안다. 그런 그가 떠날까 봐 그냥 두려울 뿐이다.

"선민 씨, 난 그냥 당신과 함께 있는 게 좋은 겁니다. 해 주고 싶은 건 있지만 바라는 건 없습니다. 굳이 있다고 하면 그냥 늘 옆에 있어 줬으면 하는 거. 불균형이라고 했습니까? 감정이나 조건 이런 것들? 이미 우리는 불균형합니다. 아무리 봐도 내가 선민 씨를 더 많이 담고 있는 것 같으니까. 그래도 상관없습니다. 갈수록 그 불균형이 심해지더라도 난 안 변할 거니까."

그런 그의 말을 듣고 있으니 가슴에 벅찬 감동이 밀려왔다. 그러면서 그의 품에 안겨 있는 자신이 참으로 한심해 보였다. 일어

나지 않은 일에 미리 걱정하고 불안해하고 슬퍼서 울고 있는 꼴
이라니.

선민이 그의 허리를 양팔로 감싸 안았다.

"어려서부터 감당해야 할 것들이 너무 많았어요. 드세고 생활력
강한 엄마 밑에서 언니보다 내가 더 집안일을 많이 하고 내가 더
희생하고 양보하는 게 힘들었어요. 그래서 난 사랑을 하면 나를
더 많이 사랑해 주는 남자를 만나길 원했는지 몰라요. 그런데……
동우 씨가 나를 더 많이 사랑해 주다가 지치면 어쩌나, 난 동우 씨
없으면 안 될 것 같은데……. 그게 불안하고 무서워서……. 나 너
무 유치하죠?"

"어린아이 같아도 좋고, 유치해도 좋습니다. 다시 한 번 말하지
만 나 절대 선민 씨 안 놓아줍니다."

"놓으면 내가 잡을 거니까 걱정 말아요."

동우가 그녀를 번쩍 들어 안았다.

"어, 어!"

놀라서 버둥거리는 선민을 안아 침대에 눕혔다.

"시간이 너무 아깝지 않습니까? 이렇게 바라만 보고 있어도 아
까운데."

그가 그녀의 양손을 잡아 위로 올렸다. 옴짝달싹하지 못하게
만든 뒤 그녀의 몸 위로 올라타 입을 맞춘 후 속삭였다.

"밤새 안아도 모자랄 것 같은 시간을 낭비하지 맙시다."

자신의 말을 지키려는지 동우는 밤새 시간을 낭비하지 않고 여러 번 그녀와 사랑을 나누었다.

그리고 지쳐 잠드는 그녀에게 속삭였다.

"다시 생각하기로 했습니다."

"뭘요?"

반쯤 눈이 감긴 선민이 잠꼬대하듯 물었다.

"어머니 재혼. 다시 생각해 볼게요. 다른 어머니들과 다르게 한 번도 자식을 위해, 남편을 위해, 당신 자신을 버리고 희생한 적이 없는 어머니에 대한 서운함과 원망 때문에 나도 모르게 어머니를 아내나 엄마로서 자격미달이라고 평가하고 있었나 봅니다. 그건 분명 잘못된 거라고 생각한 지 얼마 지나지 않았는데 또 내가 어머니 입장이 아닌 내 입장만을 내세우고 말았네요."

"그래요, 잘 생각했어요. 동우 씨는 정말 현명한 남자예요. 그러니까 이제는 절 좀 재워 주세요."

동우가 웃으며 그녀의 뺨에 입 맞춰 주었다.

"잘 자요."

대답조차 하지 못한 선민이 깊은 잠 속에 빠져들었다. 그녀를 향한 동우의 마음이 더 깊게 빠져들었다는 말을 듣지 못한 채.

9. 꽃바람 부는 밤

차의 앞 유리에 배꽃이 날아와 앉았다가 다시 바람에 멀리 날아가 버렸다. 마치 눈발이 내리는 것처럼 그렇게 많은 꽃잎들이 흩날려 그의 시선을 어지럽히면서 이리저리 날아다니고 있었다.

열린 창문으로 꽃잎이 하나 날려 들어왔다. 새하얗고 청순해 보이는 꽃잎을 보자 배꽃 아가씨, 선민을 보고 싶은 마음이 급해졌다. 5분 이내로 이화리 집에 도착할 텐데도 차의 속도가 점점 올라갔다.

일주일 동안 많은 일이 일어났다. 수희도 이화리로 내려왔고 선민도 이화리로 내려왔다. 당장 짐을 옮긴 건 아니지만 수희는 이장과의 결혼 전까지 이화리에서 생활할 계획이었고 선민은 답답한 서울 집과 순영의 잔소리를 이기지 못해 이화리로 가출을 해 버렸다.

순영이 내려와 또다시 한바탕 난리가 났었지만 선민의 고집을 꺾지는 못했다.

선민은 처음으로 엄마한테 반항을 했고 승리를 했다며 그 공을 동우에게 돌렸다.

수희와 이장의 결혼은 바쁜 봄을 보내고 여름 정도에 올리기로 하고 양가 가족 모임도 그때로 잡아 놓은 상태다.

일상이 선민이 서울로 끌려가기 전으로 다시 돌아왔다. 다른 게 있다면 동우가 읍내 여관이 아닌 동해 부대에서 이화리로 가고 있다는 것뿐.

배 농사 중 가장 고되고 힘들다는 화접을 해야 하니 꼭 내려오라는 이장의 전화를 받고 당직을 바꿔 가면서까지 내려오는 길이다.

화접이 뭔가 싶어 이장에게 물었더니 쉽게 말해 배 열매를 맺기 위한 인공수분이라고 했다. 환경오염으로 인해 벌과 나비가 줄어들면서 꽃가루를 옮겨 수정을 시킬 매개체가 없어져 열매 맺기가 힘들어지니 사람들이 인공적으로 수정을 시켜 주어야 한다고.

꽃피는 시기가 같고 그나마 꽃이 피어 있는 시간마저 길지 않으니 화접 하는 시기에는 사람을 구하기가 하늘의 별 따기다. 품앗이는 더더욱 할 수도 없으니 꼭 와야 한다는 이장의 엄명에 오는 길이지만 동우의 속내는 다른 곳에 있었다.

집에 도착하니 아르바이트로 일하는 대학생 두 명과 함께 선민과 수희가 화접이라는 작업을 하고 있었다.

"얼른 와! 얼른!"

동우를 발견한 수희가 재촉을 했고 선민과 제대로 인사를 나누지도 못한 채 동우도 나무에 매달려 꽃가루를 꽃송이 하나하나에 묻혀 주었다.

허리도 아프지만 특히나 목이 아파 왔다. 키가 큰 자신도 힘이 드는데 선민은 오죽할까 싶어 그녀를 보는데, 그녀는 시선도 느끼지 못한 채 일만 하고 있었다.

안쓰러운 마음에 집으로 들여보내고 싶어 그녀를 불렀다.

"구선민 씨! 커피 한 잔 부탁할게요!"

그렇게라도 쉬게 해 주고 싶은 그의 마음은 알지 못한 채 그녀가 엉뚱한 소리를 해댄다.

"커피는 동우 씨가 타 주는 게 맛있어요. 아이스로 부탁해요."

눈치 없는 여자 같으니라고!

그녀의 부탁을 거절하고 다시 한 번 선민에게 커피를 청하려는데 이번에는 수희가 거든다.

"그래, 동우야. 엄마도 아이스로 한 잔. 그리고 여기 알바 학생들한테도 한 잔씩."

여론에 밀려 동우는 선민을 구해 주지 못한 채 집으로 들어가 커피 네 잔을 타 왔다.

모두가 감탄을 하며 마시고 또다시 작업을 시작했다. 점심 식사 시간과 새참 시간을 제외하고는 해가 질 때까지 쉬지 않고 일만 했다.

그러니 저녁 시간 집으로 들어왔을 때는 모두가 지쳐 소파와 방에 시체처럼 누워 꼼짝을 하지 못하는 상태가 되어 버렸다.

"저녁은 대충 라면으로 먹자."

수희가 앓듯 중얼거렸다.

"라면도 못 끓이겠어요, 아줌마. 끄응."

선민의 앓는 소리에 동우가 자리에서 일어나 주방으로 들어가서 라면을 준비했다. 뿐만 아니라 식사 후 설거지까지 모두 동우 차지가 되었다. 뒷정리를 마치고 주방에서 나왔을 때 수희는 이미 곯아떨어진 상태였고 선민도 소파에서 졸며 앉아 있었다.

"선민 씨."

"네."

화들짝 놀라 일어나는 선민에게 맥주 캔을 내밀었다.

"한잔하고 잘래요?"

"네, 좋아요."

"여기서 말고, 배꽃 구경할 겸 과수원으로 나갈까요?"

"배꽃이요? 배꽃 보기도 싫은데……."

하루 종일 그 꽃에 꽃가루를 묻히느라 힘들었으니 보기 싫기도 하겠지.

그 마음을 이해하면서도 동우는 선민을 데리고 밖으로 나갔다.

밤에 핀 배꽃은 벚꽃과 다르게 소박한 운치를 자아내고 있었다. 그렇게 흐드러지게 핀 배꽃 나무 아래에서 동우는 집에서 가지고 나온 돗자리를 펴고 손에 든 쇼핑백에서 맥주를 꺼냈다.

"많이 피곤하죠?"

"네. 동우 씨가 시켰던 일은 일도 아니었어요. 이건 정말 너무 힘들어요."

맥주를 한 모금 마신 그녀가 투정 부리듯 툴툴거리는 모습이 예뻐 입술을 가볍게 맞추었다.

"아까부터 정말 이러고 싶어서 죽는 줄 알았습니다."

그리고 또다시 입을 맞추었고 이번에는 길고 깊게 키스를 한 후 그녀를 놓아주었다.

"선민 씨, 이거."

그가 그녀에게 쇼핑백에서 꺼낸 유리병 하나를 건넸다.

"어? 이거……. 안 먹었어요?"

그건 선민이 며칠 전에 그에게 택배로 보낸 색다른 위문품이었다.

처음 동우가 받았을 때 그 유리병 안에는 사탕이 가득했었다.

사탕을 좋아하지도 않고, 뜬금없이 사탕을 보내 의아했다. 하지만 보내 준 선민의 정성과 마음을 생각해 꺼내 포장을 풀어 입에 넣으려는데 사탕을 포장했던 포장 비닐 안에 무언가 적혀 있었다.

「힘내세요, 동우 씨♥」

생각지도 못한 메시지에 자칫 커다란 사탕이 목으로 그냥 넘어갈 뻔했다.

손으로 직접 쓴 글씨를 보니 벅차게 기쁘기도 하고 가슴이 먹먹하기도 했다.

혹시나 싶어 하나 더 포장을 벗겨 보았다.

「내 꿈 꿔요, 동우 씨♥」

그리고 유리병 안에서 작은 쪽지 하나를 발견했다.

「하루에 하나씩만 먹어요. 이런 건 어렸을 때 했어야 하는데 그래도 할 수 있는 기회를 줘서 고마워요, 군인 아저씨. 그리고 사랑해요.」

눈앞에 놓인 사탕을 다시 보았다. 그녀가 보내는 사랑에 자꾸 웃음이 났었다.

그렇게 선민에게 받았던 사탕 담긴 유리병을 다시 건네니 그녀의 표정이 심상치 않게 변했다.

받아 든 그녀의 표정이 더욱더 굳어졌다. 그녀가 포장해서 준 사탕이 그대로 들어 있으니 그럴 수밖에.

"안 먹었어요?"

선민의 목소리가 커졌다. 놀라움도 있었지만 서운해하는 그녀의 마음을 느낄 수 있었다.

"혼자 먹기 아까워서."

"아니, 그래도…… 준 사람 정성을 생각해서……. 정말 하나도 안 먹었어요?"

화가 난 마음을 억지로 누르고 있는 것 같은 그녀에게 동우는 사탕 하나를 꺼내 내밀었다.

"먹기 싫어서 안 먹은 거예요? 아니면 정말 혼자 먹기 아까워서였어요?"

"혼자 먹기 아까웠다니까요. 그러니까 하나 먼저 먹어 봐요."

아무래도 그녀가 단단히 화가 난 것 같다.

"됐어요. 지금 안 먹을래요. 그냥 가져가서 나중에 내가 다 먹을게요."

선민이 동우 옆에 놓인 쇼핑백으로 유리병을 넣으려고 하자 동우가 막았다.

"일단 하나 먹고."

지금 이 자리에서 사탕을 내밀고 먹으라는 말이 기가 막힌지 선민이 그를 새치름하게 노려보기만 했다. 그러다 거칠게 그가 내민 사탕을 받아 들더니 한숨을 크게 내쉬고는 사탕 껍질을 벗겼다.

그리고 사탕을 입에 넣으며 힐끗 껍질 안쪽에 적어 두었던 자신의 마음에 시선을 두었다. 무시당한 자신의 마음을 안쓰럽게 바라보는 그런 마음을 담고 있는 듯한 눈빛이었다.

그러다 무언가 이상한 느낌에 그녀가 포장 껍질을 제대로 다 펴 보았다.

「오늘은 많이 웃었길 바라요, 동우 씨♥」

그녀가 적어 놓은 글 아래로 또 한 줄의 글이 적혀 있는 걸 발견했다.

「나보다 당신이 더 많이 웃었기를♥」

천천히 선민이 동우를 바라보았다. 미소 어린 얼굴로 그가 그녀를 수줍게 바라봤다.

선민은 다른 사탕도 하나 꺼내어 껍질을 벗겨 보았다.

「비타민도 보내 줄까요? 동우 씨♥」

「비타민보다 당신을 보내 주면……??^^♥」

"이거 오늘 다 뜯어 봐야 하는데."

순수와 음흉이 섞인 미소로 그가 말했다.

"응? 오늘 다요?"

"네. 둘이서 함께."

"함께?"

"혼자 먹기 아까운 거라고 했잖습니까?"

혼자 먹기 아깝다며 함께 다 뜯어 보자고 해 놓고는 선민 혼자 포장 껍질을 벗기며 안에 적어 놓은 동우의 메시지를 읽고 있었고, 동우는 맥주만 홀짝이고 있었다.

"어? 이건 사탕이 아닌 것 같은데요?"

또 하나 꺼내려던 그녀의 손에 잡힌 것은 사탕이 아니었다.

무언가 싶어 벗겼더니 반지가 들어 있었다. 붉은색 보석이 박힌 모양새가 임관 반지로 보였다.

「촌스러운 표현이지만 마음은 함께 있다고 생각해요, 동우 씨♥」

「마음과 몸이 늘 함께 있고 싶습니다. 결혼합시다, 선민 씨♥」

청혼이었다. 그가 그녀에게 하는 청혼.

동우가 선민이 쥐고 있는 반지를 그녀의 손가락에 끼워 주었다.

"이거 끼워 줄 여자, 10년 넘게 기다렸습니다."

사랑하는 남자에게 청혼을 받는 순간이 이토록 설레고 가슴 벅찰 줄은 몰랐다.

배꽃 흩날리는 봄밤에 배꽃 아가씨의 가슴에 꽃바람이 불어왔다. 행복하고 따뜻한 꽃바람을 가슴에 안고 그의 품에 안긴다.

—fin

에필로그

하얀 배꽃들이 터널을 이루고 있는 과수원의 경치는 장관이었
다. 지나가는 차들이 길가에 서서 꽃구경을 할 정도로 이화리는
지금 배꽃 천지다. 하지만 이화리 마을 사람들은 한가로이 구경만
하는 타지 사람들과 달리 최고 바쁘고 힘든 시기를 보내고 있다.
모두가 화접(인공수분)으로 인해 목과 팔이 아플 정도로 일에 매
달려 있다.

선민의 과수원도 예외는 아니다.

"처형, 그렇게 대강하면 열매를 못 맺습니다. 꼼꼼하게 제대로
하십시오."

날카롭게 떨어지는 한마디에 구겨진 인상으로 일을 하던 선아
의 인상이 더 심하게 구겨졌다.

'내가 왜 여기에서 이 고생을 하는 거야? 하, 정말 집에 가고

싶다.'

나무에 매달린 꽃마다 꽃가루를 묻혀 주는 일에 이제는 멀미가 나려고 한다.

"저기, 제부! 점심은 좀 먹고 합시다!"

선아의 말에 동우가 시간을 확인했다.

"이제 겨우 11시입니다. 한 시간은 더 하십시오."

'아오!'

불평을 토해 낼 수 없는 선아는 뒷목을 잡으며 이 모든 상황에 괴로워하기만 했다.

'도대체 지금 내가 누구를 위해서 이 일을 하는 건지.'

동생이고, 제부고, 남편이고 지금 선아에게 있어서는 모두가 원수다.

'배를 괜히 먹었어.'

뒤늦은 후회가 밀려왔지만 이제 와서 후회한들 무슨 소용이랴.

일 년 전, 선민의 결혼식으로 인해 알버트와 함께 한국에 들어 왔었다. 그때 선민의 과수원에서 처음으로 수확한 배를 시식하게 되었다.

그런데 알버트가 그 맛을 보고는 "Oh, my God! Tastes great!"라며 격찬을 아끼지 않았다. 미국에서 먹던 배와는 차원이 다르게 시원하고 달콤하고 아삭한 맛에 알버트는 미국으로 돌아가기 전까지 거의 배만 먹고 지냈다고 해도 과언이 아니었다.

문제는 그렇게 먹고만 돌아갔으면 괜찮은데, 언제 또 수확을 하느냐며 배를 먹기 위해서라도 매년 한국의 처갓집을 찾아와야겠다고 했다.

그 말에 동우가 수확을 하고 나면 알버트 몫의 배를 넉넉하게 남겨 놓는 대신 바쁠 때 선아가 한국에 나올 수 있으면 나와서 도와주면 좋겠다, 라고 말했다.

알버트는 기분 좋게 오케이를 했고, 가장 바쁜 화접 시기에 선아를 한국으로 보내 주었다. 슬슬 꽃구경이나 하며 대충 일하는 흉내만 낼 마음으로 내려온 선아는 지금 눈물을 쏟고 싶은 마음이다.

결혼 전에는 별로 어렵지도 않았던 제부가 지금은 왜 이렇게 어렵고 불편한지 모르겠다. 일을 대충 하는 것 같으면 무섭게 굳은 얼굴로 다가와 차갑게 한마디를 던진다.

"지금 쉬고 있는 겁니까? 다른 사람들 일하는 건 안 보이십니까, 처형? 그냥 미국으로 돌아가십시오."

제부가 겁도 없이 어디 처형에게 그따위로 말을 하냐고 쏘아붙여야 구선아다. 그런데 제부가 해군 장교라 그런지 쉽게 대들 수가 없다. 그가 눈에 힘만 줘도 학창시절 학생주임 앞에 선 것처럼 그냥 몸과 마음이 저절로 쪼그라든다.

「허니, 나 빨리 돌아가면 안 될까? 일이 너무 힘들어서 쓰러질 것 같아.」

하며 알버트에게 죽는 소리로 전화를 했었다.

— 동우는 허니가 너무 일을 잘 하고 있다고 하던데? 허니 때

문에 일도 잘 진행되고 배도 많이 열릴 것 같다고. 그러면서 일을 못하면 하나도 안 남겨 주려고 했는데 고마워서 많이 남겨 놓을 테니 와서 먹고 싶은 만큼 먹으라고 해서 좋아했는데.

배 맛을 떠올린 건지 웃으며 말하던 알버트의 목소리가 갑자기 작아졌다.

— 그런데 많이 아파? 아프면 그만하고 돌아와. 동우는 허니가 일을 하지 않으면 정말로 우리가 먹을 배를 남겨 놓지 않을 거라는 걸 알지만…… 음…… 허니가 힘들면…… 내가 안 먹으면 되는 거니까…….

차라리 그냥 일을 더 하라고 하는 게 낫지, 머뭇거리면서 일을 안 하고 돌아오는 게 아쉽다는 뉘앙스를 풍기는 게 남편이 아닌 웬수 같다. 결혼 후 처음으로 남편이 야속한 순간이었다.

결국 선아는 동우도 이기지 못하고, 남편도 설득하지 못한 채 땀 흘리며 일만 하는 신세가 되어 버렸다.

그날 밤, 프러포즈 때를 생각하며 동우와 선민은 과수원으로 나왔다. 한쪽 구석에 그늘막처럼 쳐 놓은 커다란 텐트가 있었다. 한낮에 일하다가 힘들 때 뜨거운 태양을 피하라고 이장이 만들어 준 휴식 장소다.

두 사람은 그곳에 자리를 잡고 앉아 집에서 가지고 나온 맥주를 마셨다.

"오늘 많이 힘들었죠?"

동우가 선민의 피곤을 풀어 주려는 듯 어깨를 꾹꾹 눌러 지압을 해 주었다.

"배 따는 건 재미있는데, 이건 너무 힘들어요."

"이런 수고가 있어야 또 그런 기쁨도 있는 거니까."

동우의 손이 어깨에서 목으로 옮겨 갔고 이번에는 목을 따라 위아래로 눌러 주며 지압을 해 주었다.

"흐응, 너무 좋다. 으으응."

동우의 지압이 너무도 시원한 나머지 그 느낌 그대로 감탄사를 낸다는 것이 야릇한 신음처럼 터져 나왔다.

"여기서 그런 소리를 내면 곤란해요, 선민 씨."

동우의 말에 선민이 키득거리며 웃었다.

"그렇게 귀엽게 웃어도 곤란합니다. 여기서 확."

동우가 선민을 와락 껴안고 바닥으로 눕히고는 그녀의 몸 위로 올라탔다.

"안을 수도 있으니까."

"여기가 무슨 뽕밭이나 물레방앗간만 됐어도 은밀하게 요구했을 텐데……. 과수원은 좀…… 분위기가 떨어져서 유혹을 못 하겠네요."

선민의 입술에 가볍게 입을 맞춘 동우가 그녀 옆으로 누웠다.

"화접 끝나고 처형 미국 들어갈 때 선민 씨도 장모님 모시고 가서 좀 쉬다 와요."

"미국을요?"

"형님이 그렇게 하래요. 장모님하고 선민 씨 와서 좋은 시간 보내고 가면 어떻겠냐고 해서 알았다고 했어요."

"엄마만 가시라고 해요. 난 여기가 더 좋아요."

"다녀와요. 지금 아니면 다음에 언제 기회가 올지 모르니까."

"싫어요. 엄마하고 언니하고 있어 봐야 재미도 없고. 그리고…… 동우 씨가 언니를 너무 힘들게 부려 먹어서 미국 가면 언니가 나한테 어떻게 복수할지 모른단 말이에요."

선민의 말에 동우가 웃기 시작했다.

"사실은 더 굴리고 싶었는데 그만한 겁니다. 결혼 전에 선민 씨한테 한 거 생각하면 지금도 여기서 욱하고 올라오는 게 있습니다. 알아요?"

"언니가 선보게 한 거 때문에 그래요?"

"그것도 있고, 선민 씨 혼자 집안 살림 다 하게 만든 것도 그렇고. 너무 이기적인 것도 그렇고."

그래서 더 일부러 선아를 몰아붙였다. 처제도 아닌 처형이 너무 철이 없는 것 같아서. 늘 선민을 무시하는 것 같은 그 모습이 너무 미워서.

동우가 그렇게 한다고 천성이 바뀌는 건 아니지만 적어도 자신 앞에서 선민을 무시하고 함부로 대할 수 없게 만들고 싶었다.

다행히 반은 성공한 것 같다. 다음에는 또 어떻게 정신 교육을 시킬까 고민 중이다.

'다음엔 채찍이 아닌 당근을 줘 볼까?'

혼자만의 생각에 빠져 있을 때 선민이 그의 허리를 껴안고 품으로 들어온다.

"난 참 든든한 백을 가진 것 같아요."

"음…… 그렇게 생각해 주니 다행입니다."

"난 동우 씨가 내 남편인 게 다행인데."

"난 선민 씨가 내 아내인 게 행운입니다."

쑥스럽게 웃는 선민의 입술을 머금으며 동우가 또다시 그녀의 몸 위로 올라왔다.

하얀 배 꽃잎이 날리는 과수원에는 남녀의 뜨거운 숨소리가 봄바람 대신 밤을 채우고 있었다.

❄❄❄

5년 후.

퇴근을 하고 집으로 들어온 동우는 눈앞에 펼쳐진 광경을 보고 입을 떡 벌렸다.

거실은 블록과 장난감 로봇, 그리고 자동차 등으로 난장판이 되어 있었다. 소파에 앉아 있는 선민의 어깨 위에는 큰아들 주원이, 그리고 둘째 상원은 선민의 목을 껴안고 가슴에 기대어 울고 있다.

선민도 울상이 되어서는 두 아이가 매달려 있음에도 곧 쓰러질 것처럼 축 늘어져 있다.

"윤주원! 윤상원!"

동우의 절도 있는 목소리에 선민에게 매달려 울고 있던 두 녀석이 울음을 그치고 선민에게서 떨어져 동우 앞에 나란히 섰다.

"필승!"

"피뜽!"

5살, 4살 연년생이지만 그래도 한 살 형이라고 상원에 비해 주원의 발음은 정확했다.

"거실이 너무 엉망이다! 정리해야겠지?"

"네!"

두 녀석이 동시에 우렁차게 대답했다. 방금 전까지 엄마에게 매달려 어리광을 부리고 울던 녀석들이 아닌 것처럼.

"거실 정리 실시한다! 실시!"

"실시!"

"시띠!"

아이들이 거실에 있는 블록을 블록 상자에 넣는 사이 동우가 선민 옆으로 다가와 어깨를 두드려 주었다.

"고생했어, 우리 부인."

연년생, 그것도 아들로 둘이나 낳은 선민은 매일 육아에 지쳐 제정신이 아니다. 동우가 퇴근하여 올 때까지 그녀는 인간답지 못한 모습으로 애들한테 치여 지냈다.

동우가 퇴근하고 와서 아이들과 놀아 주어야 인간 본연의 모습으로 돌아온다. 그런데 오늘 그녀의 얼굴은 평소와 다르다.

"오늘은 유난히 힘들었나 보네? 저녁 준비는 내가 할게, 자기는 쉬고 있어. 많이 지쳐 보인다."

옷을 갈아입고 나오는 동안 아이들은 거실 정리를 완벽하게 해 놓았다. 평소 잘 놀아 주지만 군기 또한 잘 잡는 동우는 아이들에게 친구 같은 아빠이자 무서운 교관이기도 하다.

하지만 기본적으로 아빠를 잘 따르기 때문에 동우만 있으면 집 안은 늘 평화롭다.

그런데 오늘은 그 평화가 불안하다.

저녁 준비를 끝낸 동우가 아이들을 식탁에 앉혔는데도 선민은 아직도 소파에 앉아 넋을 빼고 있다.

"주원 엄마. 얼른 와. 자기 좋아하는 햄마요덮밥 했어."

그래도 그녀는 꼼짝 않고 자리에 앉아 있다.

"주원 엄마. 무슨 일 있어?"

심상치 않아 보이는 선민 옆에 앉아 동우가 물었다.

"윤동우 소령님. 난 당신한테 뭡니까?"

"왜, 왜 이러십니까? 무섭습니다."

정색을 하며 질문을 던진 선민이 무섭게 동우를 노려봤다. 앙 칼진 그녀의 시선이 너무도 낯설 정도로 화가 많이 난 것 같았다.

"내가 분명! 안 된다고…… 했습니까? 안 했습니까?"

"뭘, 뭘 말입니까? ……무슨 일인지…….."

무슨 일로 선민이 화가 난 건지 기억을 더듬는 순간, 무언가 머 릿속을 강하게 스치고 지나가는 어느 날이 떠올랐다.

그날은 워터파크에서 물놀이를 하고 와서 그런지 두 아들은 재워 주지 않아도 알아서 잠에 빠져들었다.

동우도 선민과 함께 일찍 자기 위해 침대에 누웠다. 그런데 낮에 보았던 수영복 차림의 선민의 모습이 눈에 아른거리는 것이 아닌가.

두 아이의 엄마임에도 아직 처녀 같은 몸매를 유지하고 있는 그녀의 수영복 자태는 배꽃 아가씨 출신인 만큼 황홀했다.

'주원 엄마, 피곤해?'

슬며시 다리를 그녀의 허리에 감으며 유혹을 했고 선민은 콘돔도 떨어지고 없다며 그의 유혹을 거절했다.

하지만 선민을 안고 싶은 동우의 강한 욕망과 욕심을 이길 수는 없었고 체외 사정을 전제로 그를 허락했던 날.

체외 사정을 하기는 했지만 조금 늦은 감이 있어 불안하기는 했었는데.

"주원 엄마⋯⋯. 설마⋯⋯ 그날⋯⋯."

퍽. 선민이 동우의 등을 강하게 한 대 때렸다.

퍽퍽퍽퍽. 한 대로는 성이 차지 않는지 아예 두 주먹으로 두들겨 패기 시작했다.

"왜 말을 안 들었어? 왜? 왜?"

두 아들이 수저질을 멈추고 매 맞는 아빠와 매질을 하는 엄마의 모습을 보며 울먹이고 있다는 것도 모른 채 선민은 동우의 등을 마구 때렸다.

"선민아!"

한참을 맞아 주기만 하던 동우가 선민의 손을 덥석 잡았다.

"미안한데…… 정말 미안하데……. 그런데…… 고맙다."

"뭐? 고맙다고? 고맙다고?"

동우에게 잡힌 손을 빼내기 위해 안간힘을 썼지만 선민의 손은 동우에게 잡혀 꼼짝도 하지 않았다.

"이번에는…… 딸일 거야."

"딸이고, 아들이고……. 셋을 어떻게 키워? 책임져! 책임져!"

"당연히 책임지지. 내가 아빤데."

동우가 선민의 손을 놓아주고 그녀를 품으로 와락 안았다.

"내가 더 많이 도와줄게. 힘들겠지만…… 나 너무 미워하지 말고."

선민은 동우의 따뜻한 품과 그의 다정한 말투 그리고 자신을 사랑스럽게 바라보는 그 눈빛에 심란했던 마음이 녹아내렸다.

"딸 아니면 어떡해?"

"평소하고 다른 체위였으니까 이번에는 분명…… 딸일 거야."

"아빠."

"엄마."

이제 막 풀리는 분위기가 되어서야 식탁에 있는 두 아들의 목소리가 들려왔다.

"어, 얘들아! 우리 주원이, 상원이…… 동생 생겼네. 엄마 배에 동생이 있다네."

"동생?"

"엄마, 동댕 댕겨떠? 엄마 배에 동댕?"

상원의 말에 동우와 선민이 웃기 시작했다. 저렇게 예쁘고 귀여운 아이가 하나 더 생겼다는데 어찌 웃지 않을 수 있을까.

그래! 동생 생겼다!

과연 이 글을 완결할 수 있을까?

매일을 이 고민에 시달리며 써지지도 않는 글을 놓았다 잡았다
가 한 시간이 어언 3년.

이 글뿐 아니라 아예 글 자체를 놓았을 정도로 힘든 시간이었
습니다. 어쩌면 완결 자체가 기적일 수도 있습니다. 정말 다 포기
하고 싶었으니까요.

어쨌든 세 번에 걸쳐 내용이 수정되었고 마지막에는 아예 다
뒤엎고 새로 써야 하는 작업을 거쳐 드디어 이 녀석이 세상에 나
오게 되었습니다.

그래서 그런지 첫 출간 때만큼이나 설레고 떨립니다.

그 설렘을 느낄 수 있는 지금은 행복합니다.

저 혼자만이 아니라 독자님들도 함께 행복하셨으면 좋겠습니다.

어려운 출간이었던 만큼 고마운 분들이 많습니다.

긴 시간을 방황하는 동안 저를 잡아 준 '그녀의 서재' 작가님들과 독자님들이 아니었으면 이 글을 출간하는 것도, 계속 글을 쓰는 것도 어려웠을 겁니다.

오랜 시간을 함께해 준 고마운 친구들.
연수, 진화, 승원.
이들이 함께 있어 인생이 외롭지 않습니다.

로맨스 동지인 인혜 씨, 가장 행복한 순간에 함께한 친구 은숙.

또한 많이 모자란 글을 꼼꼼하게 봐 주신 이은정 편집자님에게도 감사드립니다.

그리고 마지막으로 가족들, 남편과 준희와 채희.
"아직도 배꽃이야?"
하고 한심하게 바라보았지만 글을 쓰는 시간만큼은 방해하지 않으려고 배려해 주었던 그 마음이 고맙기만 합니다. 그리고 사랑합니다.

왜 배꽃 아가씨였냐 물어보시면…….

시댁이 배 과수원을 하기 때문이라고 답할 수 있습니다.

하얀 배꽃 피는 과수원을 배경으로 나무와 같이 든든한 남주와 꽃과 같이 순수한 여주의 이야기를 생생하게 그려 낼 수 있을 거라 여겼습니다.

전원을 배경으로 한, 시 같은 로맨스를 만들어 낼 수 있을 거라 여겼습니다.

하지만 간과한 게 있었습니다. 시월드에 피는 꽃은 그리 아름답지 못하다는 것을.

그래서 시 같은 로맨스를 만들어 내기 어려웠습니다(사실은 능력부족입니다).

그러면서 다음 글은 시같이 서정적인 글을 쓰겠노라 마음먹어 봅니다.

부디 다음에는 시같이 아름다운 글로 독자님들과 소통하기를 바라며 여기서 줄입니다. 고맙습니다. 건강하세요.

—초여름 저녁, 공원이 내려다보이는 카페에서
성희주(guree)—

배꽃
아가씨의
꽃바람

1판 1쇄 찍음 2015년 7월 8일
1판 1쇄 펴냄 2015년 7월 14일

지은이 | 성희주
펴낸이 | 정 필
펴낸곳 | (주)뿔미디어

편집장 | 이재권
기획 · 편집 | 이은정, 조미연

출판등록 | 2002년 9월 11일 (제1081-1-132호)
주소 | 경기도 부천시 원미구 소향로 17, 303(두성프라자)
전화 | 032)651-6513 / 팩스 032)651-6094
E-mail | scarlets2012@hanmail.net
블로그 | http://blog.naver.com/dahyangs
홈페이지 | http://bbulmedia.com

값 9,000원

ISBN 979-11-315-6566-7 03810